众人弃她如尘屑
他却奉她如明月

大鱼
有爱的青春陪伴者

YU JUN
H U A N

与君欢

陈十年 著

江苏凤凰文艺出版社
JIANGSU PHOENIX LITERATURE AND ART PUBLISHING

图书在版编目（CIP）数据

与君欢 / 陈十年著. -- 南京 : 江苏凤凰文艺出版社, 2022.5
ISBN 978-7-5594-6321-0

Ⅰ. ①与… Ⅱ. ①陈… Ⅲ. ①长篇小说－中国－当代
Ⅳ. ①I247.5

中国版本图书馆CIP数据核字(2021)第201864号

与君欢

陈十年 著

责任编辑	王昕宁
特约编辑	廖　妍　正月初三
责任校对	彭　佳
出版发行	江苏凤凰文艺出版社
	南京市中央路165号，邮编：210009
网　　址	http://www.jswenyi.com
印　　刷	长沙鸿发印务实业有限公司
开　　本	880mm×1230mm 1/32
印　　张	10
字　　数	295千字
版　　次	2022年5月第1版
印　　次	2022年5月第1次印刷
书　　号	ISBN 978-7-5594-6321-0
定　　价	42.80元

目录

Contents

/ 第一章 /

· 也许，她喜欢孤 ·

偌大的皇宫里，无处不是压抑的，只有看着她明亮的笑容，
心里的躁郁才会消散几分。

楚星是个暴君，他一皱眉头满朝文武都哆嗦。

片刻之前，楚星刚杀了个人。

“啊！”一个宫女尖叫一声，瘫软在地。

这一声穿透了楚星的耳膜，他眉头往下压了压，眼底一片阴郁。他声音低沉不悦，隐隐在压抑着什么：“拖下去。”

话音刚落，便有两个守卫进来，将那宫女拖了出去。

殿中沉寂下来，跪了一地的宫人，气氛沉闷。楚星很烦躁，觉得自己的血液仿佛也躁动起来。他丢了剑，“哐当”一声，落在地上。

楚星冷冷地说道：“处理干净，若叫孤明日还看见和她有关的东西，孤便杀了你们。”

那群宫人瑟瑟发抖，皆低着头，没人敢答话。

楚星的视线扫过他们低垂的头颅，只觉得每个脑袋都显得多余。

他大叫一声，出了殿门。

宫人们瞧着这位帝王的暗紫色衣角彻底消失在夜色里后，才劫后余生般瘫软在地。

楚星出了殿门，把身边的守卫赶走，压抑着胸中的烦躁，大步往前走。

待到回过神来，楚星已经到了冷宫门口。他看了眼萧瑟的宫殿，平时觉得过分冷清，这会儿却格外合他意。

冷宫里没住人，前朝的时候，犯了错的妃子会被贬到冷宫，楚星即位之后，那些人都死了。他推开冷宫的门，今夜月色清冷，仿佛连灰尘都无处藏身。

楚星进了门，周遭的阴冷让他的情绪稍稍安定下来。他循着游廊往前走，在月色里，这仿佛是一条没有尽头的路。

直到少女的灯笼照亮了路的尽头。

楚星停下脚步，看着那个少女，她提着一盏纸糊的灯笼，那是下等宫人才会用的东西。

这个少女叫城月，她弯着腰，似乎在找什么东西。她找得那么专注，那么认真，仿佛世界万物都不存在一样，连同楚星也是不存在的。

楚星觉得很有意思。他放轻了脚步，走近少女。

少女扎着下等宫人才会扎的发髻，仍旧在低头找寻着什么。她抬起头来，少女明丽的脸庞被灯笼照亮。

“啊！”她叫了声，眨了眨眼睛，有些新奇地看着楚星。

楚星的脸色又沉了下来，他以为，她也会立刻害怕起来。

可是没有。

少女只是新奇地眨着眼，将他从头到脚打量一番，如同小孩子看见一个新玩具一般。她的表情忽然明亮起来，笑声如铜铃一般清脆。

“你长得真好看。”少女说着，目光有些迷离。

她低下头，似乎在思索该用什么形容词。她摸着自己的下巴，腮帮子微微鼓着，表情很是为难。这模样，让楚星想起他还是皇子时养过的一只猫。

楚星回过神来，眼神幽暗，看着面前的少女。

少女搜索一圈也没能在脑子里找到一个合适的形容词，她轻叹了声，转而又看他。多么好看的一张脸，可是为什么要皱眉呢？是因为不高兴吗？

她伸手戳他嘴角，眼神有些担忧："你为什么不高兴呀？"

楚星被少女突然的举动惊得往后退了一步，神色复杂地望着她。她的动作那么自然，一点也不畏惧。还从来没有人这么对待过他，他藏在袖子里的手攥起了拳头，立刻冒出一个念头：她在故意巴结孤。

这么想着，楚星的神色越发凝重。

落在城月眼里，她以为这人更不高兴了。小时候她不高兴了，明月姑姑就会抱抱她，然后哄她："月儿要笑哦。"

城月学着记忆中明月姑姑的样子，伸手拥住面前的人："要笑哦。"

楚星眼中难掩震惊，却又无法动弹。这还是第一次有女人靠他这么近，她身上有一股淡淡的香味，扑入他鼻腔中。

他想起不久之前的那个妃子，她也是这样哆嗦着靠近自己。她们是同类人吗？想从他身上得到些什么？

城月松开手，发觉他的脸色还是那么难看，抱抱也不能让他高兴吗？

她眨了眨眼，靠近他，有些无奈地踮脚，轻轻地蹭了蹭他脸颊。

楚星还没反应过来，她已经回身，嘴角带着浅浅的笑意，眼睛莹润而明亮。

"你现在高兴了吗？"城月好像在自言自语，"虽然我不知道你为什么不高兴，但是小时候当我觉得不高兴了，姑姑就是这么哄我的。现在你有没有觉得高兴一点？"

他没有回答她的问题，但她已经从他的神色变化中找到了答案。

见她的眼神真诚而单纯，楚星心里有了定论：她们不是一类人。

在冒出这个想法之后，楚星放松下来，甚至后知后觉地反应过来，他似乎被这宫女占了便宜。按理说他应当生气，可是他一点也没觉得有怒意，甚至连浑身的血液都变得安静下来。一切仿佛都安静下来了，就连冷宫里的风也变得轻柔。

楚星的声音微微沙哑，带着些慵懒："你叫什么名字？"

他的眉头舒展开来，使得整张脸的气质都柔和下来，变得更加好看。城月看着，也觉得高兴。

少女嘴角弯着，含笑回答："我叫城月。"

"城月。"楚星轻声念了一遍。

怕他不知道，城月又解释："城，就是城墙的那个城，月就是……"她抬起头来，指着天上好大一轮月亮，笑得灿烂，"就是它！"

她突然想起什么："啊，我忘了正事了，我的东西丢了，你可以帮我找找吗？"她低下头来，看向游廊的四周，"是一只耳环，我很喜欢，托三顺给我买的。"

楚星本想说"大胆，你可知道孤是谁"，可他喉头一动，什么也没说，只是跟着她一起，低着头，寻找那只小小的耳环。

城月一边找，一边喃喃自语："我今天来这里打扫，回去之后，就发现耳环只有一只了。"

楚星默不作声地跟在她身后，看着她的侧脸。

沿着游廊一直往前，有一个荒废的湖，湖水在月色中波光粼粼。

城月无意间抬头，发出赞叹的声音："好美啊。"

"咕……"城月看得正入神时，肚子不合时宜地叫了声。她有些不好意思，捂着肚子，解释道："我为了找耳环，连晚饭都没有吃。"

楚星看着她，忽然笑了声："是什么样子的耳环？"

城月比画着："是一朵桃花。"

楚星"哦"了声："你回去吧，我帮你找。明天，明天你来这里，那时我一定找到了。"

城月眼睛亮晶晶的，说道："真的吗？谢谢你。你真是个好人。"

楚星嘴角勾了勾，好人？还从来没有人说过他是个好人。

他看着湖里的月亮，声音也柔和了三分：“嗯，我是个好人。”

城月看时辰已经不早了，若是再不回去，宫女所就要关门了。

她踮起脚，又戳了一下他的脸颊：“谢谢你，我明天会记得过来的。希望你明天也开心哦。”

城月飞快地跑远，提着的灯笼一晃一晃的。

楚星看着她的背影消失，才后知后觉摸了摸自己的脸颊，仿佛还能闻到空气中她遗留的淡淡奶香味。

楚星沿着游廊折返，踏着月色回去。

看到楚星回来，宫人们齐声道：“恭迎陛下回宫。”

“嗯，都下去吧。”楚星心情大好，连说话的声音也活泼了两分。

宫人们惊诧不已，距离楚星发怒还没过去一个时辰。

他们刚要退下去，又被楚星叫住：“等等，去叫尚宫过来，告诉她，孤想要一只桃花形状的耳环。”

“是。”宫人们出了殿门，互相看了一眼，都松了口气。

一个宫女说：“吓死我了，今天陛下生了好大的气。”

另一个宫女应和：“是啊，谁叫那刘妃不知好歹，竟然妄想给陛下下药，以此来爬上龙床，结果被陛下发现了，当场就给杀了……”

说起这些，宫人们心有余悸：“快别说了，去叫尚宫过来吧。”

自从楚星即位后，大昭的后宫就十分冷清。

这冷清是相对而言，从前为了繁衍子嗣，每位帝王后宫里的女人数不胜数。而如今，不过十来个妃子。

众人皆知楚星不喜欢女人，即位三年，连娘娘的手都没碰过。

可是皇族血脉是不能断的，那些大臣着急上火，不断地往宫里送人。送进来的那些女人，要么是胆子太大了，已经成了孤魂野鬼；要么就是胆子太小了，连楚星的面都没见上。

这宫里的娘娘们，都不好过。不过主子再不好过，也比他们这些宫人好过。

城月赶着点回到宫女所。

这间房里的大通铺上睡着七八个宫女，城月睡在最里面，没人同她亲近，因为她脑子不好。

城月是宫里一个老姑姑在城墙底下捡来的，那天晚上好大一轮月亮高高挂着，因此被唤作城月。

姑姑在的时候，城月的日子还算好过。城月十岁的时候，姑姑病死了，城月的日子就不好过了。因为她脑子不好，那些娘娘宫里选宫女都不要她，她只能做个杂役宫女。杂役宫女的活计也有轻松和繁重之分，那些宫女排斥她，因此她做的都是别人不愿意做的活计。比如说，去冷宫打扫。她们都说冷宫里死过人，还有鬼，就打发城月去。

城月躺进被窝里偷笑，冷宫里才没有鬼，只有一个长得很好看的男人。

尚宫很快赶来，对这生性暴戾的君王心怀恐惧。

楚星命令道："你给孤找些桃花形状的耳环来。"

尚宫低着头，不敢和他对视："不知陛下要哪样的桃花耳环？"

楚星沉吟片刻，城月也没说她的耳环到底长什么样。

他又有些微微暴躁："随便，既然有许多种，那就全给孤找来。"

尚宫应下："臣遵旨。不知道陛下何时需要？"

楚星懒懒地靠在椅子上，手指从脸颊边拂过："就今夜，快去吧。"

尚宫低头退出大殿，急匆匆领着宫女去了库房，将桃花形状的耳环全都翻找出来，一并献给楚星。

“放那儿，下去吧。”

一众宫人退了下去，殿中安静下来。

楚星又想起城月，她那么真诚地在乎他是否高兴。在这宫里，从没有人这样纯粹地在乎楚星高兴与否，多数人都只是哄着他，希望他高兴，因为那些人需要楚星高高兴兴地做储君、做君王。他们会问“陛下，您现在高兴了吗”“要不再学一炷香”“要不看看这些人家的姑娘”……

他们有许许多多的要求，等着楚星高兴了之后提。

可城月不同，她没有任何要求，甚至于连赏赐也不要，对他的期许只有一句“希望你明天也高兴”。

楚星在心里默念她的名字，想着她的笑容，躁动的心安定下来，难得一夜好眠。

次日，楚星起得很早，昨夜睡得好，连带着他上朝的心情也好了几分。楚星的性格虽然常为人诟病，但在政治和军事上的才能却又叫人折服。

他的一举一动都被宫中老臣看在眼里，当即有人劝谏：“陛下此举，实乃不妥。那女子虽然行为不端，却也是为了皇家血脉着想。陛下即位两年，宫中却无所出，臣以为，这大大的不妥。”

那老臣磕了个头，声音更洪亮：“若是陛下有难言之隐，应当尽早向太医说明情况，寻求医治之法，而非讳疾忌医。”

老臣的声音那么大，在说他不行，楚星一早的好心情在这一刻烟消云散。

楚星抬手挥袖，倾身看向那位老臣：“爱卿的意思是，孤不行？”

老臣梗着脖子，抬起头来：“陛下若是能人道，便应当宠幸各宫娘娘。”

楚星看着那老臣，感觉真是碍眼。他的手慢慢拂过腰间佩剑，扬起嘴角。

满堂臣子立即惊慌跪下：“陛下息怒。”

“滚。”楚星声音低沉，如同暴风雨来临的前兆。

他扔了剑，起身离开。

寅时刚过，宫女们就陆陆续续起床，分配各自的活计。昨天是城月去打扫的冷宫，管事姑姑手指在她们之间游走一番，最后还是落在城月身上。

“今天还是城月去吧。”

其他人都笑起来，是嘲笑的意思。城月也跟着笑，却是高兴的意味。她昨天答应了那个人，今天要去冷宫见他的。

城月越笑，她们越觉得她是傻子。冷宫那种地方，只有傻子才会愿意去。

冷宫里凄凄凉凉的，没有升官发财的机会也就算了，还死过无数的人，说不定有不少孤魂野鬼。

“你看那个傻子，只有她这么高兴。”宫女甲说。

“可能人家根本就不怕鬼呢。再说了，她也没有升官发财的机会啊，哪位贵人会要她啊？”宫女乙“扑哧”笑了一声，接话道。

城月权当没听见，欢欢喜喜地先干完手里的活，然后去吃饭。

饭菜是由膳房统一送过来的。宫里有御膳房与膳房，御膳房专门负责陛下的吃食，而各宫娘娘都有自己的小厨房。至于那些打杂的宫人，便是膳房负责吃食。

她们是下等宫女，轮不上什么好东西，即便有，更轮不上城月。今天的饭食不太好，她们都在抱怨。

“这什么啊，这鬼地方，连吃的都这么差。”说话的人叫琉璃。

城月不太挑这些，安静地吃着东西。她想趁早吃完，去冷宫里要她的耳环。因为丢了一只，所以她今天只戴了一只。

琉璃把碗放在一边，没好气地起身，路过城月的时候，还绊了城月一下。

城月手没端稳，碗摔在了地上。

她看着琉璃，有些生气地说：“你把我的碗摔了。”

琉璃平时就很讨厌城月，不屑道："摔了就摔了呗，又不是什么好东西。"

说罢，琉璃就走了。

周边的人吃着自己的东西，也没人管城月。

城月收了碗，沉默地起身，直接去了冷宫。其实冷宫里没什么要打扫的，从前还住着几个娘娘，还要送点东西吃，后来她们都死了，冷宫就空下来，没人住了。

就算没打扫干净，也没人会知道。

冷宫这么大，他没说在哪里见面，城月思来想去，直接去了昨日她同那人遇见的地方。

她坐在栏杆上，晃动着腿，等待着那个好看的男人过来。

城月以前听其他宫女说过，和男人在一块，特别快活。

城月听不懂这话的意思，到底哪里快活？怎么快活？

她身边没有男人，除了三顺。可三顺是个太监，姑姑说，太监不算男人。

除此之外，她就只见过昨天晚上的那个男人了。那个男人长得很好看，同他在一块确实很快活。

不过，他也是太监吗？如果他也是太监的话，那他也不算男人了。城月打算等他来了问问他。宫里除了太监，还有侍卫，也许他是个侍卫。侍卫也好，太监也好，都是伺候主子、替主子办差的。

主子怎么可能到这种地方来呢？主子都是养尊处优的，双手每天都要泡花瓣和羊奶。

城月等待着，时间一点一点地过去了，可那个男人还没来。她早上没吃饱，这会儿肚子咕噜噜地叫起来。她咽了口口水，想起来他们也没约定时间。一天这么长，要等待的时间这么久。

城月从栏杆上跳下来，沿着地砖缝在长廊里走过一遭。

今日早朝上发生的事情让楚星浑身血液又躁动起来。他回到殿里，看见那一堆桃花耳环，想起来还有只“小猫”在等。“小猫”昨天肚子饿了，他又命人准备了点吃的，吃的放在下面，耳环放在上面。

楚星到的时候，便看见城月在低头认真地贴着地砖缝走。

楚星站定，唤道：“城月。”

城月回过头，眼神亮起来，小跑到楚星身边，笑道：“你来了，我还以为你不来了，还以为我又被骗了。”

楚星敏锐地抓住她话里的关键词：“又？你经常被人骗吗？”

他把手里的盒子放下来，打开盖子，第一层的耳环露出来。楚星看一眼城月左耳的耳环，从那一堆耳环里挑出了一只相似的。

“你的耳环。”他拿出那一对，递给城月。

城月看着楚星，眼里充满惊喜：“你是哪个宫的侍卫，好厉害，比三顺还厉害。”

楚星沉默片刻，决定跳过这个话题。

他打开第二层的盖子，饭菜的香味飘出来。他说道：“吃东西。”

城月的肚子适时地叫了一声，她欢喜地将耳环戴上，向他道谢：“你好厉害啊，你叫什么名字？”

“楚星。”

“楚星……”城月思考了片刻，抬起头来，“这名字真好。你真的长得很好看，比我见过的男人都好看。”

虽然严格算起来，她只见过他一个男人。昨晚光线昏暗，她没怎么看清他的脸，今天天朗气清，他的眉眼都能被描摹出来。她又笑起来，的确很快活。

城月已经很饿了，吃东西也不斯文，狼吞虎咽。

楚星看着她的动作，感觉自己自下朝以来的躁郁不安全都被抚平了，这很神奇。楚星打量着“小猫”，她还不认识他，以为他是个侍卫。

城月吃得很快，吃完后眨眨眼，一脸满足的表情。

楚星问道：“你又没吃饭吗？”

城月点头：“嗯，琉璃把我的饭碰洒了。”

楚星皱眉：“琉璃是谁？”

城月闷声道：“就是琉璃啊。她不喜欢我，我也不喜欢她，她还说我是个傻子。”

楚星眉头皱得更深：“谁说你是个傻子？”

城月抬起头来，笑容非常明亮：“她们都说我是傻子，说我生下来就是傻子了，但是我觉得我也没那么傻。”

她起身拍了拍衣裳：“我觉得我应该走了。谢谢你的饭菜，也谢谢你帮我找耳环，但是我没什么报答你的。”她一顿，从袖中摸出了一个钱袋，“这是我全部的身家了，都给你。”

城月把钱袋送进楚星手里，转身欲走。

这就要走了？楚星皱眉，握住她的手腕。

城月转过头来看着他：“怎么了？”

楚星竟然渴望和她多待一会儿，多说几句话。

楚星语气沉了沉，自己都没察觉到带了些委屈：“你很忙吗？”

城月不太明白他为何有此一问，她摇头，诚实地回答：“也还好。”她来这里已经是偷懒了。

不是很忙，那为什么就要走了？楚星脸色沉下来，却无法说出自己的想法，只好沉默着。

城月看着他紧锁的眉头：嗯，今天心情看起来也不太好呀。

城月不知道楚星为什么会到这里来，猜测他情况应该和自己差不多，也是不受人喜欢才会被发配到这里。这么想着，就多了几分同病相怜。

“要高兴一点哦。”城月如昨日那般轻拥住他，还拍了拍他的背。

她后退一步，看着面前这张脸，长眉微蹙，一双美目如点墨，又如星辰，鼻梁挺拔而又不突兀，薄唇皓齿，简直就像从画里走出来的人一样。可惜“画中人”还是不大高兴，皱着眉走神。

她叹气，又踮脚，意欲亲他的脸颊。

楚星被她一抱，心中的阴郁消退几分。他回过神来，恰一偏头，少女的吻就落在了他的唇上。

很柔软的吻，带了些凉意。

城月没料到楚星会突然转头，惊诧地看着他，又摸了摸自己的嘴唇，一时愣住了。

楚星和她一样惊诧，她竟这样主动？他先是皱眉，随后嘴角微不可察地绽放出笑意，紧锁的眉头也舒展开来。

见他转忧为喜，城月也松了口气，然后放心地转身离开。走了几步，她又想起什么，回头问道：“你是侍卫吗？”

楚星“嗯”了声，算是承认。城月又高兴了一分，还好，他不是太监。

她冲楚星挥手，宽大的袖子顺着她细白的手腕滑下去，露出半截嫩藕似的手臂，声音清亮：“楚星，我走啦，今天真的很感谢你。你明天也要高兴哦。”

楚星看着她一蹦一跳的背影快要消失在长廊尽头的时候，忽然叫住她，问道：“明天还来吗？”

偌大的皇宫里，无处不是压抑的，只有看着她明亮的笑容，心里的躁郁才会消散几分。因而，他不由自主问出了这一句。

明天吗？当然可以。因为城月喜欢这里，在这里不必面对其他宫女，何况还多了一个朋友。

她回头朝楚星挥手：“明天见。”

日光落在湖面上，这湖水中竟然还有好几条金鲤鱼。金鲤鱼从荷叶下面游过，尾巴一甩一甩的。楚星手撑在栏杆上，看着金鲤鱼游动。他就这么一直看着，直到太阳落山。

楚星没同任何人说他去了哪里。君主忽然不见了，可急坏了宫里的一群人。

楚星从冷宫出来的时候，大家还在找他。

“陛下，可算寻到您了。”太监总管刘培恩急急忙忙赶来。

楚星这会儿心情大好，把手里的盒子递给刘培恩，背过手去，整个人特别放松：“找孤做什么？”

刘培恩低着头，笑道：“陛下是天下的君主，忽然不见了踪影，可把我们急坏了。陛下这大半天，是去了哪儿？”

楚星睨刘培恩一眼，刘培恩当即跪下：“奴才多嘴。”

楚星却懒懒道：“起来吧，孤不过是去散散心罢了。”

刘培恩松了口气，抹了把汗，又笑道：“那陛下可要传膳？”

“嗯，传吧。”说完，楚星越过刘培恩，走到前头去了。

刘培恩看着楚星的背影，心中疑惑：陛下今日上朝动了气，这会儿怎么感觉心情还不错？

他来不及多想，连忙跟上楚星的脚步。

楚星进了大殿，在椅子上坐下，手搭在扶手上，问道：“刘培恩，明天你叫御膳房给孤准备些吃的，仍旧放在盒子里送过来。”

刘培恩低着头：“是，奴才明白。”

“传膳吧。”

城月回来的时候心情大好，还哼着歌。她回到住处，琉璃和彩云都在。

琉璃白了城月一眼，语气不太好：“只有傻子才会待在这里还这么高兴。”

彩云同琉璃交好，自然附和：“是啊，这鬼地方，要什么没什么，也不知道什么时候能有机会离开这里。”

琉璃说道："我反正待不下去了，这里连饭菜都这么难吃，我一定要飞黄腾达。"

琉璃只当城月是傻子，说话并不顾忌城月。

城月铺着自己的被子，默默听着她们的话，她想说自己也不是那么傻，听得懂她们的话。

琉璃问彩云："你那个情哥哥呢？平日里他对你言听计从百依百顺，这两天怎么没看见了？"

话题一下子变得暧昧起来，城月又觉得自己听不懂了。她偷偷瞥了她们一眼，看见彩云羞红了脸，拍开琉璃的手。

彩云嗔怪道："你胡说八道什么？"

琉璃挤眉弄眼："我哪里胡说了，他对你可不是百依百顺，捧在手里都怕你摔了？"

彩云被说得急了，抄起旁边的枕头丢向琉璃，两个人打闹起来。

城月默默收回视线，心想：什么情哥哥情妹妹的？

她把自己的被子铺好，起身去外头晒太阳。这会儿太阳快要落山，既不会太晒，又暖洋洋的，最舒适了。再过会儿，就要吃晚饭了。

城月坐在外面的石头上，想起中午楚星给她带的吃食，很好吃，比这里的东西好吃一百倍，难怪琉璃她们都想离开这里。

宫女能飞黄腾达的机会无非就那么几种，要么跟了一个好的主子，跟着主子吃香喝辣；要么被陛下看上了，一跃成为主子。但是后者在当今陛下即位之后还未有过，听说当今陛下生性暴戾，且不喜欢女人。

城月没见过当今陛下，也不知他喜不喜欢女人，反正她觉得自己只能在这里待一辈子了，她已经在这里待了十六年，入了宫门，便再没出去的机会了。有些人或许碰上好时机，才能得到特赦出宫去，但城月不想出宫，她生下来就在这宫里了。宫外是何种样子，她想象不出来。

城月托着下巴，看着太阳一点点落下去。膳房的人送了吃的来，众人都走出来，院子里又热闹起来。

彩云和琉璃时常一起走，但是今天只有琉璃。城月看了一眼孤单的琉璃，想起她们先前说的话。

彩云是去见她的情哥哥了？宫女一辈子困在宫里，可侍卫不是，故而若能嫁给一个有出息的侍卫，也是一条好的出路，所以常常有宫女和侍卫私相授受。

捡到城月的明月姑姑也有一个很要好的侍卫。姑姑死了之后，那个侍卫把姑姑的骨灰带走了。

宫女是劳碌的，尤其是杂役宫女，有太多的事情要做。

吃过晚饭，管事姑姑叫城月把洗好的衣服送到太监所去。城月送完衣服回来，已经有点晚。

途中经过一处幽暗假山，城月仿佛听见彩云的声音，压抑的，又似乎不是痛苦的。城月停了脚步，轻手轻脚往假山深处探去，只看见彩云和一个男人抱在一起，她的头埋在男人怀里。

城月吓了一跳，趁着他们没发现，迅速跑走了。

城月一路跑回自己的住处，其他人已经睡下，她迅速地钻进被子里，身体微微颤抖起来。她卷着被子，只露出半个脑袋，竟然有一些害怕。

为了缓解这种害怕，她只好胡思乱想，想起死去的姑姑。姑姑人很好，从不为难她。她又想起姑姑和那侍卫感情很好，可惜姑姑后来病死了。城月在黑暗中睁开眼，两段记忆好像有了某种连接，惊得她把头也埋进了被子里。

城月渐渐睡着了，但睡得不太安稳，梦里好多东西混在一起，一会儿是明月姑姑，一会儿是彩云，忽然又回到冷宫里，梦里还有一个楚星。

城月吓出了一身冷汗，睁开眼从被子里探出头，瞧见彩云悄悄地打开门进来，脸上还挂着笑容。城月又迷迷糊糊地睡了过去，再醒过来，天就亮了。

城月把昨天的梦忘了，主动和管事姑姑说要去打扫冷宫。

管事姑姑巴不得如此，自然不会拒绝。

琉璃又看着城月笑："傻子真傻，往冷宫跑。"

彩云坐在琉璃身边，也跟着捂嘴笑。

城月看着捂嘴笑的彩云，转过头去，不理她们。

宫女所到冷宫要走很长一段路。城月又经过昨天晚上那座假山，今天已经什么也没有了。

她转身离开，到冷宫的时候，时辰还早，楚星还没来。她想起他微微皱着的眉，不知道他今天有没有高兴一些。

城月又坐在那条长廊上等待，等得无聊了，拍拍衣裳起身，拿了扫把去打扫冷宫。

冷宫很大，城月带着探索的心思，往更远的地方走。

她们都说冷宫里有鬼，城月来了这么多次，一次都没看见过。她举着扫把，小心翼翼地往里面走。里面有一个院子，推开门，灰尘蛛网都掉下来。她被呛得咳嗽了几声，挥着扫把打扫了一下，才跨过门槛进了院子。

院子已经很老旧了，围墙坍塌，围墙边有一棵很大的树。沿坍塌的围墙往前走，才发觉别有天地。前面的宫殿里有一个废弃的天然温泉，还在冒着热气，尽管这里已经如此破败，可这温泉看起来非常干净。

温泉四周的地砖规整，覆盖着厚重的尘埃，城月用扫把把灰尘拂去，露出它们曾经辉煌过的面目。不过因为时间太久，要全部打扫干净还是个大工程。她打扫出一块干净的地方，坐下来伸手往温泉里探了探，水还是温热的。

温热的水从她手心里滑过去，很舒服。她小巧而柔软的双手，在此刻化作两条灵巧的鱼，在透明的水流里游弋。

她找到乐趣，在水里变换着手势，这快乐来得如此简单。不知道过去了多久，她趴得膝盖都有些发麻了，才站起身来。

哎呀！楚星！她差点把楚星给忘了。

城月放下袖子起身，沿着来时的路跑回去。

楚星仍旧带了食盒，除了一般的吃食之外，还有些新进贡的樱桃。他想起那个连饭都吃不饱的小宫女，嘴角不自觉带了些微微的笑意。

楚星遣退了身边跟着伺候的那些人，独身前往冷宫。他到的时候，只有一条空荡的长廊。

没来吗？楚星眉头往下沉，提着食盒的手不自觉收紧几分。

她骗他？楚星偏头，微风从他脸边擦过，吹过他的头发，也吹过旁边的湖水，泛起一圈圈涟漪，心中好不容易消退的苦闷卷土重来。

“楚星——”身后有脚步声由远及近，伴随着一声呼唤。

楚星转过头，两绺长发被风吹得轻轻晃动。他长身玉立，宽肩窄腰，立在风中。

城月步子慢慢停下来，她嘴唇微微张着，看着面前的男人。

风似乎变大了一点，湖面上的涟漪越来越大。楚星的眉头舒展开来，他将背着的手放下，看着城月慢慢走近自己。

城月在距他三步之遥的位置停下来，又被他的美貌震惊到，愣在当场。

楚星开口：“去哪儿了？”

城月眼神动了动，笑起来：“我发现了一个很好玩的地方，我带你去看。”

她拉过楚星的手，抓着他往温泉的方向跑。

楚星还未来得及问出口，就这么跟着她跑。

城月拉着他一路跑到了那个院子，停下来：“就在里面。”

城月看着面前的门，眼神很亮。楚星看着她，视线转向身前的院子。

这院子破败不堪，散发着一股陈旧、腐朽的气息，倒是让他记起自己正身处冷宫。这冷宫是前朝时候便有的，到本朝也一直沿用，成为被贬妃子的去处。先帝在时，这里还住着些女人，等到楚星即位，慢慢就空下来了。

城月已经跨进了门槛，楚星只好跟在她身后。她小跑着往前，拐过一道弯后停下脚步，急切地和他分享自己的新发现：“就是这里！你看！”

她在方才打扫过的地方坐下来，朝楚星招了招手：“坐这里。”

楚星拂开衣袍，在城月身边坐下。

城月眼神亮晶晶的，献宝一般开口：“是一个温泉。”

楚星淡淡“嗯”了声，觉得好笑，他自然看得见这里是个温泉，温泉也不是什么稀罕东西。他看着面前少女莹润的眸子，又想：她是在和我分享这盛大的发现，于她而言，这或许是了不得的东西，她却愿意和我分享……

楚星获得一种满足感，脑子里忽然冒出一个念头：也许她喜欢孤。

但转念又否决，觉得这世上没人会喜欢他的。

/ 第二章 /

· 你是我最好的朋友 ·

于是，年轻的帝王笨拙地有样学样，学着城月此前安慰他的那样，轻轻地张开手臂，拥住了她。

楚星平静地拿过旁边的食盒，打开后递给城月："吃饭吧。"

城月的目光落在他带来的食盒上。昨天没注意看，今天才发现这食盒看起来很贵重。她下意识地问道："楚星，你一定很厉害吧。"

楚星动作一顿："为什么？"

城月接过食盒的盖子，理所当然道："你带来的东西一看就很贵重，你一定在很厉害的地方当差吧。嗯……宫里最厉害的就是陛下了。"她抬起头来，"你在陛下身边当差？"

楚星"嗯"了声："差不多吧。"

"哇，你好厉害啊。"

楚星听见城月对自己的夸赞，有种很奇妙的感觉。他沉吟片刻，问道："你觉得陛下厉害吗？"

城月一愣，她没见过陛下，只是听说陛下很凶。她微垂着头，想了想："应该很厉害吧，不然怎么会是陛下呢？"

楚星喉头一动："听说他喜欢杀人。"

城月眨着眼，似乎在思考：“可是我又没见过他，你也说是听说啦。”

“哇，看起来好好吃。”城月眼睛微微睁大，看着食盒里精致的饭食。

楚星没想到会听见这种回答，他还以为自己臭名远扬，可她竟然说因为没见过，所以无法评价。这是第二次，他被她的话触动了，她和旁人是这样不同。

楚星嘴角微勾，打开第二层，拿出里面的樱桃：“吃吧。”

城月看了眼饭菜，又看一眼樱桃，说道：“那就先吃饭，吃完再吃樱桃吧。”

她拿了碗筷，问楚星：“你不吃吗？”

楚星本想摇头拒绝，可看着她的眼睛，又改口了：“吃，一起吃。”

他也拿了双碗筷，同她一起吃。

城月时不时地给他夹菜：“这个好吃，这个也好吃。”

楚星其实对食物并不看重，因而平日里吃饭就如同完成一个应该完成的任务一样。今日看到城月吃饭，吃到腮帮子都鼓鼓的，他忽然觉得有了食欲，不知不觉就吃得比平日里多了些。

城月放下碗筷，又看向那一大盘樱桃。她还未曾吃过樱桃，只听人说过樱桃是好东西，以她的身份，平日里根本吃不到，甚至都难得瞧见。

城月拿起一颗，小心翼翼送进嘴里。樱桃被咬开，汁水在嘴里漫出来，甜，又不会过分腻。

她赞叹出声：“嗯！好好吃！”她嘴里含着一颗樱桃，说话有些含混不清。

楚星看着她的神情，仿佛那樱桃充满了吸引力似的。他几不可闻地笑了声：“好吃就多吃点。”

城月又拿起一颗，动作一顿：“这样的好东西，都给我吃吗？你不吃吗？”

楚星淡淡“嗯”了声：“我不爱吃。”

城月笑得眼睛弯起来：“谢谢你，楚星，你真好。”

楚星想：若是有一日，城月得知我便是那个传闻中暴戾的君王，会不会也变得和他们一样？我不能暴露自己的身份，哪怕这风险只有一成，我也不敢去冒。

为了这一星半点的轻松时光，向来杀伐决断的君王竟然露了怯。即便她只是靠近了一点点，也已经是他难得拥有的东西。

楚星看着她的侧脸，抿唇问道：“樱桃甜吗？”

城月点头：“好甜！你不吃吗？”她拿了一颗，递给楚星。

楚星其实并不喜欢吃甜食，但若是拒绝的话，她定然会难过吧。

楚星接过樱桃，咬了一口，如她所言，果真很甜。

“嗯，确实很甜。”

听他这么说，城月笑意更深，她又伸手去盒中拿樱桃，想递给他，可惜有一颗不听话，从她掌心滑出，眼看要掉落进水中。这可是好东西，掉进去太可惜了，她这么想着，伸手去捞，一下重心不稳，整个人往前栽去。

好在楚星眼疾手快，一把抓住她的胳膊，将她整个人带回来。一瞬间，城月跌进楚星怀里，二人靠得极近，连他心跳声都听得一清二楚。

城月忙退开一些，笑得眉眼弯弯：“谢谢楚星，不然我就掉下去了。”

熟悉的奶香味传来，楚星的眼神有一瞬失焦：刚才……我心跳好快。

他马上掩饰住这种情绪，只说道：“不谢。”

城月吃过东西，又歇了歇，看着旁边脏脏的地砖说：“等我打扫一下，我们下次就可以在这里见面啦。”

楚星看着她，目光像黏在她身上。良久，他才应了声：“嗯。”

城月从地上爬起来，拍了拍衣裳上的灰：“其实我还有好多地方没去过，她们叫我打扫冷宫，可是冷宫又没有住人，又这么大，打扫起来很累的嘛。所以我就偷懒，经常只打扫一小块地方，然后在这里玩。”她转过头来，看着楚星，笑容很可爱，“我告诉你，你可别告诉别人。”

楚星嘴角勾了勾：“不会。”

城月又笑，托着下巴若有所思：“对了，你为什么不高兴啊？可以告诉我吗？”

为什么不高兴呢？因为他们总是要求他做许多他不愿意做的事，没有人在乎他愿不愿意，没有任何人在意他真正的想法。所有人都害怕他，又不得不装得不害怕他。楚星低头，他从来没有和人说过类似的话，这要怎么说出口呢？

他为难的表情让城月觉得自己说错了话，她马上试图补救：“没关系，你不想说就不说了。总之，千万不要把不高兴的事情放在心上。今天要高兴，明天也要高兴，后天、大后天都要高兴，活得高兴最重要啦。”

城月说完，把空盘子收拾好，又把食盒递给他。

“明天，你还来吗？”城月充满期待地询问楚星，小脸绷着，仿佛他说一个“不”，她立刻就要难过起来。虽然才认识，但她已经把楚星当成了朋友。

楚星当然说不出不字，他接过食盒，点头：“嗯，明天，在这里见。”

城月立刻笑了，神情松懈下来：“那我走啦。”

她蹦跳着往前走，不时回头看他，直到走出去好远好远。

琉璃决意要找出路，她不想在这寂寥的深宫里当一辈子杂役宫女，老死宫中。只有傻子才会愿意一辈子待在这里，琉璃可不愿意。

出路只能自己去找，靠别人自然靠不住。

彩云有个侍卫情郎，盼着侍卫有一天出息了，娶了她。琉璃平日里虽然都奉承着彩云，实际上却觉得这可不好说，毕竟宫里的女人这么多，谁知道以后会怎么样。

琉璃思来想去，决定去投靠个娘娘，把娘娘照顾好了，伺候开心了，说不定能给她指婚风光嫁出去。要是运气再好些，被陛下看中，也成了主子。

琉璃如意算盘打得响，也不是嘴上说说，已经开始着手打听消息了。听说新进来了几位娘娘，新来的站不住脚，肯定更好投靠。

在琉璃认识的人里，只有三顺消息最灵通。三顺经常和她们这些宫女做买卖，他从宫外带回一些首饰和胭脂水粉，再高价卖给她们。虽然卖得很贵，但还是有很多人买，因为只有他有。

三顺已经三十多岁，其实说起来也没出息，这个年纪了也没升官发财，只能靠着倒卖首饰和胭脂水粉赚点钱。城月的那对桃花耳环，就是在他那里买的。

琉璃掏了掏钱袋子，这些年，她还是攒了点钱的。琉璃知道三顺贪财，她一咬牙，拿出了大半积蓄来找三顺。

三顺是八岁时被卖进宫里来的，他出生的时候，他爹给他取这个名字是盼着世道顺、家里顺、他也顺，结果不仅没一个应验的，倒是全都反着来。三顺出生没多久，老家就发了洪水，他娘和姐姐被冲走了。他爹娶了后娘，日子也不好过。后来后娘又生了个儿子，日子更加不好过。三顺八岁时，日子实在混不下去了，他爹不知道从哪儿打听到宫里要人，不过要剁了子孙根。

三顺那时候还不太懂事，被他爹卖进了宫，懵懵懂懂就没了子孙根。他只记得当时痛不欲生，他哭得很凶。再后来，一晃就过去了好多年。

三顺远远就看见了琉璃，琉璃脾气暴躁，今日却格外低眉顺眼，他一看便知她定然是有事相求。

三顺端出一副高高在上的嘴脸，阴阳怪气道："哟，这不是琉璃嘛。"

琉璃笑了笑，凑近了些，她不太想让别人知道这事，于是压低声音，说道："三顺，我有件事想请你帮忙。"

三顺睨她一眼："什么事？"

琉璃从袖子里拿出银子来："我想让你帮我打听打听，牵个线，挪去哪位娘娘宫里，你看怎么样？"她把银子塞给三顺，挤眉弄眼。

三顺打量琉璃一眼。琉璃长得还算不错，五官端正，小有姿色，就是总是恶声恶气，凶得很，徒增几分刻薄。

见三顺色眯眯地打量着自己，琉璃原本只以为他贪财，没想到还好色，她哪里能忍，脾气上来，一巴掌挥在他脸上。

三顺捂着脸，“哎哟”一声，脸上立刻浮现出几个手指印。

琉璃指着他鼻子骂道：“你个老东西，给你钱还长脸了是吧？”

三顺捂着脸“哎哟”叫唤，他下了面子，也板着脸：“呵，那你的忙我可帮不上，你得给我点别的好处。”

琉璃瞪着眼，像要喷出火来。

城月远远看见琉璃和三顺靠得很近，她以为三顺又有什么新东西卖。可惜她囊中空空，已经没钱再买了。

城月从他们旁边经过，三顺的目光跟着她移动，不由得看呆了。

城月比琉璃长得更美三分，虽算不上倾国倾城，但也算个小美人，只可惜是个傻子。

直到城月走远了，三顺才收回目光，仍旧端着架子：“你自己考虑吧，我可有人脉。”

琉璃注意到他的目光，心下暗道：那傻子确实长得还可以，平日里大家也都承认这一点，不妨叫三顺去打那傻子的主意，我顺便占个便宜。

琉璃收了怒意，不怀好意地笑起来：“三顺，城月长得好看吗？”

三顺斜着眼：“好看啊，比你好看多了。”

琉璃哼了声：“你不是没尝过女人嘛，城月岂不是刚好，是个傻子，又长得好看，这不是恰好吗？”

三顺半信半疑：“可是……她又没傻到那种地步。”

琉璃冷哼一声：“怎么，你有贼心没贼胆啊？怕什么，她每天去冷宫打扫，冷宫里什么人也没有，你就悄悄跟着她。冷宫那么大，她怎么叫也没人听见。”

琉璃觉得这想法有些恶毒，可这宫里就是这样，钩心斗角的。这也不能怪她，要怪就怪城月命不好，生来是个傻子，还是个长得好看的傻子。

琉璃恨恨地咬牙：“我帮了你，你也得帮我，你要是不帮我，我就把这事说出去。”

三顺瞪大了眼，心中盘算着，觉得琉璃说的似乎也有道理。

他吐出一口恶气，揉了揉脸：“也不是不可以，但是你还得帮我。”

琉璃看着他：“怎么帮？”

“你得告诉我她什么时候去冷宫。若是她要告发我，你也得帮着我。”三顺阴恻恻地笑起来，“咱们俩可是一条绳上的蚂蚱，一个人不好过，两个人都不好过。”

他这阴狠的小人嘴脸，让琉璃觉得非常不舒服，她心道：待我攀上了高枝，一定要踩你几脚。

可如今，她还得仰仗三顺才能攀上高枝，没办法，只好答应了。

“那就这么决定了，你得替我找位好主子。”琉璃咬牙切齿道。

“这是自然。”三顺不怀好意地笑起来，脑子里浮现出城月的脸。

第二日，天气不怎么好，阴沉沉的，看着就要下大雨。

城月看了眼天色，有些担心：要是下了大雨，楚星还会来吗？

吃过早饭，城月照旧往冷宫走去。待她出了门，琉璃便往三顺那儿去了。

“她去了，你快跟着去吧。”琉璃不耐烦道。

三顺搓着手，笑容猥琐：“那我可就去了。”

琉璃从背后推他一把：“你快去吧。”

琉璃看着他猥琐的身影出了门，皱了皱眉头，想起他的眼神，真是恶心。她看一眼天色，似乎要下雨了，该不会出什么大事吧？那个傻子应当也不会太过反抗吧？只要三顺哄着点，兴许就没什么事。

她这样想着，重新回到宫女所里去。

城月一路哼着小调，步子很欢快，并没有发觉身后跟着一个人。

她进了冷宫，照旧先扫地，打算扫完了地，去把温泉那块收拾一下，再然后，当然就是等楚星过来。她想起楚星，她为数不多的朋友，兴许是唯一的朋友，和他在一起真是高兴。她微微弯着腰，动作很欢快。

三顺在她身后不远处看着她，笑容猥琐，轻手轻脚地走近。他摆出一个笑容，心里已经有了一套说辞，试图诱惑她。

城月听见脚步声，转身叫道："楚星！"

但不是楚星，而是三顺。

她看着三顺，很是疑惑：三顺怎么会在这里呢？

三顺背着手，腰也微微弓着，他背过手的姿势和楚星完全不同。三顺时常给她们带东西，城月对他的印象还算不错。

"城月啊。"他靠近城月，靠得特别近。

城月皱眉，往后退了一步，察觉到一丝危险。

"三顺，你怎么来了？"城月看着他。

三顺在笑，似乎有什么好事发生。

"城月啊。"他又叫一声。

这一声听起来和平时不太一样，可城月说不上来哪里不一样。

"哎，怎么啦？"城月放下扫把，"有什么事吗？"

三顺眼珠贼溜溜地转动着，说道："我得了一批新的首饰，你要看看吗？"

城月先是高兴，又想起自己没钱，只好摇头道："可是我没钱买了。"

三顺又靠近了一步，拍拍城月的肩膀，语气也低下来："没关系，可以先看看。"

城月觉得他说得有理，她可以先看看，再攒钱买，于是点点头："那好吧，等我回去之后再来找你看看。"

她又要往前扫地，三顺绕到她跟前："哎呀，我带着呢，就现在看吧。"

城月有些惊讶："啊？现在啊？"

应该看看也用不了多久吧，反正楚星还没来，她先看看也没关系吧。城月这么想着，点头道："好吧。"

三顺听她这么说，笑得更加开心："行，我带的可是大宝贝，这里看不了，我们找个隐蔽的地方看。"

城月觉得他有些奇怪，可是她依旧不明白哪里奇怪。

"好吧，不过不能太远。"

三顺点头，笑成一个眯眯眼。

"行，不会太远的。"他看一眼四周，长廊尽头就有一个废弃的宫殿，"就那儿吧，你看怎么样？"

城月看了眼他指的方向，也不远，便同意了："那走吧。"

他们正说着话，雨点就淅淅沥沥地落下来，雨势很急，打在瓦上，听起来有些骇人。城月看到湖里起了一圈圈涟漪，旧的还没消下去，新的已经起来。她担心下这么大的雨，楚星不会来了。

她心不在焉地跟着三顺走到一个角落里，问道："什么首饰呀？"

突然，三顺变了脸，朝着城月扑了过来。

城月还没反应过来，就已经被他抱在怀里。她下意识地反抗，挣脱三顺的束缚，迅速跑开。

三顺没想到城月力气还挺大，居然一把将他推开了。

城月非常害怕，跑得很快。

三顺追得很紧："小宝贝，这里只有我们两个人，你想去哪儿，都可以。"

城月听出来了，三顺是坏人，想对她干坏事，她便跑得更快了。眼见长廊就要到头了，她转过弯，已经体力不支。

这时，城月看见了楚星，大叫一声："楚星！"

楚星刚收了伞，看向城月，她衣裳乱了，气喘吁吁地跑过来。

楚星还未反应过来发生了什么，城月已经跑了过来。她一把躲在他的身后，揪着他的腰带，像受了惊吓的样子。

楚星顺着城月的目光看过去，发觉她身后还跟着一个太监，很老很丑的太监。联想到她的衣服，楚星几乎立刻明白过来发生了什么。

楚星眼中寒光闪过，周身气势冷下来。

城月看见三顺追了上来，一颗心又提起来。

她看一眼楚星，说道："他是个坏人，楚星。"

楚星长眸微眯，跨上前去，同三顺迎面撞上。

三顺还没反应过来发生了什么，就倒了下去，骨碌碌滚进了湖里。

城月尖叫了一声，捂住了眼睛。

不知道是受到了血腥味的吸引，还是被血腥味刺激到，湖里的金鲤鱼都游了出来。

楚星红着眼，紧握着拳头，青筋突出，安抚道："别怕，没事了，这种人死有余辜。你没事吧？"

楚星把剑上的血擦干净，将剑收回剑鞘里，回头看见城月微微颤抖着，显然受惊不小，不知是被那恶人吓到，还是被他吓到。

他竟有些害怕知道答案。

城月惶惶不安地开口："你受伤了吗？楚星。"她攥着袖子，擦拭着刚刚溅到他脸上的血迹。

血迹被她擦掉，露出光洁的皮肤，她这才松了口气："原来不是你的血，吓死我了。"

楚星眸子闪了闪，她好像没有害怕他，他心下稍安。

城月这才摇头回答他之前的问题："我没事，刚才吓死我了，我一直以为三顺是个好人的，可是他刚才突然就变坏了。不过幸好你来了。"

城月的笑容很明亮，让楚星想起金色的铃铛。

楚星紧绷的心落回胸膛，幸好她没事。

周围的细微声音都被雨声掩藏住，雨滴打在檐瓦上，打在荷叶上，斜着从侧面飘进来，打在地砖上。

看着被打湿的地面，楚星忽然开口：“今天也没有吃饭吗？”

城月点头：“嗯，今天也没有吃，本来在等你。”

楚星回身去找他带过来的食盒，食盒被他放在地上，也沾了些雨水。他拎着食盒，与她到温泉那处避雨。温泉不是露天的，还算幸运。

城月打开食盒，今天的菜又和昨天不同，不过依旧有樱桃。

她递给楚星碗筷：“一起吃吧。”

“好。”楚星点头，如今吃饭也变成一件值得高兴的事。

城月低头吃着东西，一言不发，其实她心里还有点害怕，并没什么胃口，因而没吃太多。

城月放下碗筷，望着面前的温泉发呆：三顺为什么会忽然变成坏人呢？难道是因为我比别人傻些，所以才想欺负我？一直以来，我因为傻受过不少人的欺负，可是为什么要欺负我呢？我也没有做错什么啊。

城月越想越沮丧。

楚星看她只吃了一半就放下碗筷，又不说话，便知道她肯定还是受到了影响。

楚星问道：“不吃了吗？”

城月摇头，挤出笑容，拿起一颗樱桃：“不吃啦，吃饱了，吃樱桃吧。”

他看着城月的笑容，心里闪过一种莫名的情绪：“好吃就多吃点。”

城月点头，含混不清道：“好吃的。”

她咬着樱桃，却全然没有品出滋味，目光失神地落在一边。

楚星悄悄手握成拳，抿了抿唇，又问道：“怎么了？”

城月被他的话拉回思绪，看了一眼旁边的灰尘，闷闷地开口：“本来想今天打扫的，但现在不想了。”这当然是借口。

楚星几乎是立刻感知到她不高兴了。她年纪尚小，又没经历过什么大事，今日之事定影响她的心情。

他垂眸说道："我来打扫。"待他回了殿，就立刻叫人过来处理，连那老太监的尸首也一并处理了。

城月听他这么说，勉强挤出一个笑容："好。"

她抱着膝盖，忽然觉得有点冷。她吸了吸鼻子，问楚星："楚星，你冷吗？"

楚星摇头："不冷。"他生来就是火气旺盛的人，小时候还因此被人啧啧称奇。直到今天，他仍然觉得自己时常浑身发烫。

城月缩着脖子，伸出手来，用一根手指试了试他手背的温度，真是热的，而她的指尖是冰冰的。她觉得好奇，为什么呢？于是她抓住他的手，像烤火一样。

楚星的手和她的不同：她的手很小，手掌很窄，因为干活，有些地方带了茧子；楚星的手很大，手掌很宽，但是指节和虎口也有茧子，想来是练武形成的。

说起练武，城月便想起楚星的剑。这剑好像很锋利，一下子就把三顺解决了。

想到这里，她不受控制地打了个寒战，触电般松开楚星的手。

楚星一愣，他实在不会猜人的心思。他有些苦恼，尽管冷酷的脸上没什么表情变化，但心里已经掀起万丈波澜，他很怕他们的关系要到此为止了。这个人，这个纯粹地希望他开心的人，使他得到放松的人，倘若失去了，还会再有吗？

于是，年轻的帝王笨拙地有样学样，学着城月此前安慰他的那样，轻轻地张开手臂，拥住了她。

"没关系，不要害怕，他是坏人。"楚星的心跳得很快，好像要从胸腔里跳出来了。他一点把握也没有，声音因为太紧张而发颤。

城月先是愣住，而后反应过来，回抱住楚星。她这一次是真的笑了，说道："谢谢你，楚星，你是我最好的朋友了。"

朋友吗？楚星从没拥有过朋友，不清楚这两个字的分量，是重还是轻？应当是重的吧，因为她还说了"最好"二字。

于是楚星也笑了，尽管他的笑容稍纵即逝，还是被城月捕捉到了，她为这个发现兴奋：“你笑了，楚星。”

楚星看着她，问道：“我笑是什么稀奇的事吗？”

城月摇头，抓着楚星的手，说道：“你笑起来更好看了。”

她已经说过很多次他好看了。作为一个君主，被人称赞好看并不是什么好事。可他现在不是一个君主，他只是楚星。

他对此颇为高兴。

楚星又笑了笑，城月看着他的笑容，也跟着笑。

她握着楚星的手，和他的手掌慢慢合在一起。他的手比她的要大很多。她分开他的手指，变成十指相扣。

感受着他手心里传来的温度，城月觉得他的心一定也是火热的。

有风吹过来，城月不禁一哆嗦。

“我好冷啊，楚星。”城月抱了抱胳膊。她真的好冷，想要温暖。可是哪里是暖的呢？她看向楚星，楚星是暖的，他浑身上下都散发着热气。

城月靠近楚星，他的身体是暖的，也让她的心感到温暖，因为他是她最好的朋友。

她好像真的变得温暖了许多，她把脸贴在他的胸膛上，感受着他的温度。

“楚星好像一个火炉。”城月喃喃自语。

楚星身体一僵，她的呼吸离他这么近，她的头发触碰到他的下巴，仿佛还散发着一股幽香。他嗅了嗅，莫名又舒缓过来。

楚星将她拥在怀中，给她传递温暖：“不冷了。”

城月点头：“嗯，这样确实不冷了。”

她的手不安分起来，从他腰间往上走，似乎在摸索着什么。

“你的肉好硬啊。”城月天真发言，勾起了楚星的笑意。

楚星自幼习武，腰腹上自然全是肌肉。他看着如同发觉新奇玩意儿的城月，觉得很好玩。

城月松开手，摸了摸自己的腰，软软的，不禁有些沮丧："我的肉好软。"

楚星顺着她的动作看向她的杨柳腰，很细，很柔，很美。他不知道该说什么，索性沉默。

城月似乎又感受到一阵风吹过来，她抖了抖，又一把抱住楚星，汲取温暖。

"要是冬天能抱楚星睡觉就好了。"城月用脸颊蹭了蹭楚星，如此感慨。

冬天的时候，被褥里最冷了，有时候睡一夜脚都还是冷的，如果有个楚星……想到这里，她美美地笑起来。

楚星听着她的话，不语。

城月就这么静静地抱着他。今天的一切都消耗着她的精力，她打了个哈欠："我想睡觉了，楚星。"

楚星"嗯"了声："睡吧。"

城月睡得很快，兴许是今天被吓到了的缘故。

她的呼吸声传入楚星的耳朵，楚星看着她的小脸，因为睡着而微微皱着。他伸出手，从她头发上抚过去。她的头发很柔顺，乌黑又亮丽。

楚星怕她冷着，将袍子拢了拢，将她整个罩在怀里。她像只熊一样，抱着他睡着了。明明是累赘一样的，可是他却意外觉得轻松。

城月只是小憩，很快醒过来。她醒过来的时候，人还在楚星怀里。城月觉得不好意思，从他怀里爬起来，说道："对不起，楚星，累到你了吗？"

楚星摇头："没事，你睡醒了？"

猛地离开"火炉"，城月又被风吹得一哆嗦，她点头："睡醒了。"

外头的雨似乎下得小了点，她蹲下来，收拾碗筷盘子："我们走吧，待会儿下大雨的话，就不好离开这里了。"

城月把食盒递给楚星，楚星接过来，应道："嗯。"

城月呼出一口气，起身，忽然遗憾地说："以后买不到首饰了。"

楚星问道："你喜欢首饰？"

城月点头："喜欢啊，大家都喜欢。"在宫里不像外面可以随时去买，她们没有这种自由，吃穿用度都得遵循宫里的规矩，能拥有一件喜欢的首饰，已经很让人开心了。

楚星若有所思："明天，我给你带。"

城月微笑："好，明天。"这是约定。

城月和他挥手告别："再见，楚星。"她没带伞，打算淋雨回去。

楚星叫住她，把自己的伞递给她："你用，我不用。"

城月看着手里的伞，又笑了："谢谢楚星，我走了。"

城月回到宫女所，雨果真又下大了。她看着雨，有些担心没有伞的楚星：他要是淋雨回去的话，会不会生病？

城月完好无损地回来，琉璃心一惊：看城月的样子，似乎不像发生过什么事情。

琉璃压下心中的疑惑，问道："你没事吧？"怕城月起疑，她又补充道，"今天下这么大雨。"

城月摇头："没事啊，淋了点雨。"她答完，继续盯着雨，想着万一楚星生病了怎么办。

琉璃看城月又犯傻了，便回了自己的位置，心想：难道三顺没得手？等三顺回来了，再问问他好了。

但是，三顺没有回来，听说三顺死了，是出了意外。

宫里有太多的意外了。

琉璃听得心惊，下意识地看向城月，但城月仍旧是那副样子，看不出来有什么不对劲的。

琉璃更加慌张：三顺怎么死的？怎么会死呢？我会不会被出卖了？

琉璃等了两天，也没人来找她，她才松了口气。

三顺死了，她的梦想也就破灭了。

琉璃一咬牙，亲自去了一个新进宫的娘娘途经的路上，使了点小计谋，夸下海口说她可以帮这位娘娘争宠。毕竟当今陛下膝下无子，若是能有恩宠，一举得子，可是大大的荣宠。这娘娘叫李珠，是个不经事的，也轻易信了琉璃，琉璃如愿调走了。

没人知道琉璃是怎么调走的，事情很突然。

彩云有些失望，不过两天时间，一切又像什么也没发生过一样。

城月不喜欢琉璃，琉璃走了，她觉得正好。

楚星淋着雨回来，吓坏了一众宫人，生怕陛下又不高兴，要人性命。楚星看着他们扑通跪下来，觉得好笑："你们跪什么？"

刘培恩率先开口："陛下，奴才有罪。"

楚星坐下来，扫视他们："哦？孤倒是好奇，你们有什么罪。"

刘培恩低着头："奴才罪该万死，让陛下淋雨。"

楚星又笑了一声："起来吧，都出去，叫侍卫总管曾祈过来。"

侍卫总管曾祈听闻陛下找他，不由得战战兢兢："陛下有何吩咐？"

楚星撑着额头闭目养神，不紧不慢地说："孤有些事需要你去办，你带人将冷宫清扫一番，把湖里的水抽干了，换新的，但荷花得留着，不能死了。"

又想到什么，楚星皱眉："也不能清扫太干净了，明白吗？"

"属下明白。"曾祈低着头应下，退出去。

见曾祈松了口气，副总管问道："曾大人，陛下可有什么吩咐？"

曾祈刚出了大殿，还在院子里，这可不是说话的地方。他看了四周一眼，压低声音道："等会儿再说。你告诉兄弟们，带上人，同我去冷宫。"

副总管虽然疑惑，却也明白轻重："是，属下知道了。"

副总管先行一步，奔出了院子："你们过来，留一批值守的，剩下的人随我走。"

曾祈站在后面，看着他们整队。

待到差不多了，曾祈才走到队伍最前头开口："随我去冷宫。"

副总管悄声问曾祈："曾大人，这是？"

曾祈低声告诉他："这是陛下的吩咐。"

副总管只好收了疑惑，带着人前往冷宫。

曾祈吩咐他们分散开行动，冷宫毕竟很大，要收拾起来也不是容易的事，何况今日天色已晚，陛下没说何时要做好，但是越快越好一定没错。曾祈命人将湖里的尸体打捞上来，处理了，又命人将湖水重新换过。如此忙活一夜，第二日天亮的时候，这里一切又都如常了。

/ 第三章 /

·“我钱多，没地方花。”·

人人都有秘密，她也有，楚星就是她的秘密。

楚星坐在殿中，四周安静得可怕。他需要给自己找一些事情做，于是起身批阅奏折。

楚星坐在椅子上，殿中的烛火轻晃，他想起了城月的脸。他忽然觉得很奇怪，明明那些女人这么讨厌，却只有城月一个人不讨厌。

楚星闭着眼，放下手中的奏折，又烦闷起来。他回忆起城月的笑容，烦闷便消退下去。楚星起身，背过手去，唤道：“刘培恩。”

刘培恩听见楚星的声音，迅速进门来，弓着身，问道：“陛下，有什么吩咐吗？”

楚星看了眼外面，这会儿天色才刚暗下来。

“上回进宫的，还有谁？”

楚星摸着手中的玉扳指，漫不经心地问起。

刘培恩心中一喜，不知陛下今夜为何突然开窍，不过总归是好事。他恭敬回话：“回陛下的话，上回进宫的，是苏家和李家的姑娘。”上回一共三位，还有一位心眼不正的，已经死了。

刘培恩说完，观察着楚星的脸色。

他又小心开口：“陛下可要去哪位娘娘宫里休息？”怕自己说错话，又补充，

“其实见一面也好，喝口茶也行。”

楚星沉吟着，他似乎听不见雨声了。

“雨停了？”

刘培恩点头：“回陛下的话，雨停了。”

楚星淡淡“嗯”了声，放下手：“那就去看看苏家的。”

刘培恩喜上眉梢：“好嘞，奴才马上叫人去通报苏娘娘，叫她准备着。”

楚星叫住他：“不必了，就这么着去吧。”

刘培恩“哎”了声：“摆驾青禧宫。”

刚下过雨，空气中似乎还掺杂着泥土的腥味。这味道并不好闻，不如城月好闻。她身上似乎总是带着若有似无的奶香味，不知道从哪儿传出来的。楚星坐在步辇之上，摸着下巴，思绪又飘忽起来。

他厌烦宫里这些女人，因此并不常来后宫。这些女人大多怕他，又都为了所谓的恩宠，战战兢兢地讨好他，或者算计他。

人心如此，的确叫人厌恶。

步辇停在青禧宫前。

按照规矩，刘培恩本要报一声“陛下驾到”，但是楚星拦住了他，也一并叫外头的宫人不要出声。

楚星走到门口的时候，听见苏娘娘在和贴身宫女说话。

“小蝶，爹真的不能让我回家吗？我不想待在这里，这宫里这么可怕，陛下会杀人的。他不是前段时间才刚杀了那个女人吗？如果下一个就要杀我怎么办？”

宫女安抚道：“娘娘，您别这么想，您看，别的娘娘不也活得好好的。”

楚星瞬间失了兴趣，女人果然还是叫人厌恶。

刘培恩跟在楚星身后，自然也听见了这些话。他“扑通”一声跪下来，声音颤抖起来：“陛下息怒。”

刘培恩这一声惊动了屋里说话的人。屋里的人走出来，同楚星视线对上，脸色惨白，跌坐在地上。

楚星眼皮微微压下来，看着这穿着华服的女人。

苏娘娘爬起来，头磕在地上：“陛下恕罪，臣妾只是一时失言，陛下恕罪……”她的眼泪已经流下来，哭声和说话声混合在一起。

一众宫人也全跟着跪下来：“陛下恕罪。”

楚星的视线扫过他们的头顶，心情又不好了：“你想回家？孤便成全你。”

楚星沉声说完，转身便走。身后女人的哭喊声更大，她要扑过来，被侍卫拦住。

楚星没回头，直接出了青禧宫，看到宫门口的灯仿佛也被女人的哭喊声震动。他立在宫门口，听见叫声戛然而止。

楚星迈开步子，刘培恩连忙跟上来，不敢跟得太近，也不敢离得太远。

楚星只是沉默地走着，他胸中烦闷不已，便格外想念城月。

似乎只有城月不怕他，不，或许城月只是不知道他的身份，所以才敢放肆。若是她知道了，定然就不敢了。

所以不能告诉她身份，楚星憋着口气，一路走回了自己的寝殿。

第二日，苏娘娘死了的消息传遍了后宫。宫里之人皆如履薄冰，听闻了事情经过，更是个个缄默不言。这事传到李珠宫里的时候，琉璃也在。

李珠有些害怕：“听说那个苏慧在陛下面前说自己想回家，惹得陛下不高兴了，才赐死了她。”

李珠喝了口茶水压惊，语气犹豫：“这种情况，或许，我们应该安分些，好歹不会出什么岔子。”

若是李珠一直碌碌无为，那琉璃还有什么盼头？

琉璃劝道：“娘娘别这么想，换一种角度想，和娘娘一起入宫的几位，如今可只剩下娘娘了，这可不就是娘娘的优势？”

李珠眉头皱着，将信将疑：“是吗？”

琉璃为了稳住她的心态，马上说道：“自然是。娘娘看前两位娘娘，她们死了，那是因为她们活该。一个心思不正，被陛下抓住了把柄，惹陛下发怒；另一个是说错了话，惹陛下不高兴了。只要娘娘您能哄得陛下高兴，定然会得到陛下的赏识。”

李珠叹口气：“哪有这么容易？你说要怎么哄得陛下高兴？”

琉璃贴近她耳边，说道：“只要娘娘不表现出对陛下的害怕。陛下若是杀人，您就拍手叫好，夸赞陛下。”

李珠眉头皱得更深：“你说得轻巧，陛下本就不常来后宫，来了也不一定来看我，如何……”

琉璃说道：“陛下不来找娘娘，娘娘可以去找陛下嘛。”

李珠仍旧将信将疑：“这样可行吗？”

琉璃点头：“可行的。”

李珠进宫前，父亲语重心长地叮嘱她：“珠珠，你一定要成功生下皇子，当今陛下暴戾成性，若是你能成功诞下皇子，便可以有机会推翻陛下。”这话太过大胆，李珠从未和任何人说过。她压下心中的感叹，还是叫人去打听陛下的消息。

第二日是个好天气，昨天下过的雨水在地面上已经没什么痕迹，当雀儿落在枝头又猛地飞走的时候，抖落了树叶上残存的露水，淋湿了城月的肩头。

她抬头看着飞走的雀儿，有些羡慕。雀儿还可以飞出这宫墙去外面看看，而她连外面的世界都没见过。

城月来到冷宫，首先看了昨天三顺死的地方一眼，已经什么都没有了。湖水似乎还更清澈了，金鲤鱼游得更加欢快，荷叶依旧是那些荷叶。走廊上似乎也焕然一新，昨日那些飞溅出来的血迹就像城月的错觉似的。

她看着发亮的柱子，伸手摸了一把，连灰尘也没有了。城月觉得奇怪，不只是长廊的柱子，就连别处的宫墙，也变得焕然一新了。

她走到温泉那儿，发觉这里也被人打扫过，地砖露出了原本的花纹。地砖是青灰色的，很透亮。城月一块块地看过去，发觉每一块地砖上的图案竟然不同。她觉得好玩，趴在地上看。

楚星来的时候，便看见城月趴在地上，津津有味地看着什么。他走近问道：“在看什么？”

城月被他的声音一惊，抬起头来时摔了一跤，胳膊肘磕在地砖上，痛呼出声。

楚星放下东西，伸手扶她。城月抓着他的手，一用力，跳进他怀里。

楚星重心不稳，跌坐在地上。

城月觉得自己做错了事，连忙起身道歉：“对不起，楚星。”

楚星按住她的手：“没事。”

城月停下来，眨着一双眼，看着楚星。楚星气质偏冷，因着暴戾，眉宇间又添几分阴郁。

城月的一双杏眼，笑起来的时候像一轮弯月。她嘴唇很饱满，唇色红润，脸色更是白里透红。

楚星看着城月，城月也看着楚星。

她对楚星说：“楚星，我发现这里好像被人打扫过了，是你一个人打扫的吗？太厉害了吧。”

当然不是，但是他不方便道明，便含糊过去：“我给你带了首饰，你要不要看看？”他自然记得昨日之诺。

楚星打开手边的锦盒，上层仍旧是好酒好菜，下层便是诸多首饰，钗环玉翠，应有尽有，式样繁杂好看。

城月双目放光，拍手叫好。

楚星把那一盒都交给她：“送给你。”

城月眼睛又睁大了些，看着面前这些亮晶晶的首饰，里面似乎还有宝石，不可置信地看着楚星：“这么多？很贵吧？”

这话把楚星问住了，他如今的身份是一个侍卫，他想找一个借口，可是憋了半天，也只说了一句："我钱多，没地方花。"

城月并没有怀疑，她看着锦盒，里面有耳环、簪子、项链，而且看起来都好贵重。思及此，她动作有些小心翼翼，向楚星确认："全都送给我吗？"

楚星点头道："嗯，日后你若是还有其他想要的，也可以同我说。若是我能做到的，一定帮你。"

"嗯。"城月重重点头，但其实她没什么想要的了。其他人都想要升官发财，出人头地，或是嫁个好郎君，这些城月都不想，她的世界很简单，快乐也很简单，就过得高兴一点就好了，最好是再没人会欺负她，她就更高兴了。

城月在一堆首饰里挑挑拣拣，最后拿了一支钗，钗上画了只雀儿，她想起自己今天早上看见的雀儿，便挑了它。

"我只要这个。"城月对楚星说。

楚星疑惑不解："为什么？"

城月回答得理所当然："因为太多了戴不过来，而且我身份低微，你这些都太贵重了，我收了会觉得不安心。虽然你对我很好，但是也不可以这样的。"

楚星嘴角勾起，她竟这样容易满足，一点也不贪心，和那些女人简直是天壤之别。他拿起筷子，说道："吃饭吧，饭要冷了。"

城月点头，先把那支钗戴在头上，而后才看向今天的菜，又感慨道："今天吃的也好丰盛，楚星，你好厉害，每天都能带这么多好吃的来。"

楚星"嗯"了声，又听见她问："这么多好吃的，都是陛下赏赐的吗？"

楚星看着她低头吃东西，她的牙齿整齐又洁白，嚼东西的时候喜欢往嘴里塞很多，然后腮帮子微微鼓起来。楚星本可以说"是"，可是他不想说。他今日心情不算太好，因为那个姓苏的女人，那些老臣又上折子骂他，虽然他早就被骂习惯了，可还是很不爽。

楚星垂眸，转了转手里的玉扳指，说道："其实是我偷来的。"

这谎言其实无比拙劣，毕竟他先前说过，那些首饰是他买的，如今却说这饭菜是他偷来的，自相矛盾。

但是城月会相信，她真信了。她眨了眨眼，咀嚼的动作也停了，一派天真地看着他：“真的吗？在哪里偷的？”语气似乎还带了些微微的期待。

楚星因为她话里这轻微的期待又高兴起来，那些阴霾都散开了。她竟真的信了，实在太过单纯天真，也不知这样的人，是如何在这深宫里长到这么大的，肯定吃过不少苦头。

楚星胡思乱想着可能的情况，譬如上次那个老太监，说不定就是看她好欺负……他一时心塞，为她感到些怜惜。

楚星手撑在膝盖上，靠着背后的柱子，悠悠开口：“骗你的，其实是我在膳房有交好的朋友，托他帮忙弄的。你可还喜欢？”

城月又嚼起来，含混不清地接话：“真厉害。楚星一定有很多朋友吧？我除了楚星，没有别的朋友了。”

所以，他不只是最好，也是唯一。

他为这结论展露笑意，开怀而明朗，意外地显出一种少年风流。

楚星十八岁便即位了，到如今，也不过二十岁，这年纪说起来还该有少年意气。可是他每天要看那些老臣的脸色，要看那些女人的嘴脸，他都快忘了自己才二十岁。

城月看呆了，这还是第一次见楚星笑得这么开朗，从初见起，他总是带着几分郁色，好像每一天都不太高兴。

城月拍手：“楚星，你真应该高兴一点，多笑一笑。”

“好。”楚星答应她，“认识你就很高兴。”

城月将嘴里的东西咽下去，笑得见牙不见眼，语气惊喜不已：“真的吗？”

楚星郑重点头：“我几时骗过你？”

楚星确实没有骗过她，城月又傻乎乎地笑了：“我也一样，认识楚星可高兴了。”

她兴奋得哼起歌来，连吃饭的速度都快起来。吃过饭，还有水果，今天除了樱桃，还有葡萄。葡萄没有樱桃甜，酸得城月的眉头皱成一团，她吸了口气，对楚星说："葡萄好酸。"

楚星没尝过，他拿了一颗，送进嘴里，却是意外的甜："是甜的。"

"啊？"城月撇嘴，狐疑不信，"你是不是骗我的？分明那么酸。"

她从楚星手中拿过一颗葡萄，将信将疑地送进口中。这一回确实是甜的，她不高兴了，为什么她吃的就是酸的？

"好啊，这葡萄难不成还会看人下菜碟？"她抓了粒葡萄，指着它念叨，又恶作剧一般狠狠咬了一口。

一边的楚星见此情景，又忍不住笑出声来，越发觉得城月可爱。

他第一次觉得女人也不全是那么无趣，不，或许只有城月有趣。其他女人还是一样的无趣，成日里除了绣花和规矩，就只会瑟瑟缩缩，或是满口仁义道德，见到他，只会抖成个筛子，就那样，还妄想获得恩宠。

他想起那个死了的女人，她战战兢兢地端上酒杯，手还在抖，却要强行说些夸赞他的话，简直虚伪至极。

楚星垂眸，不去想那些女人，又看城月。

城月和葡萄赌气，改吃樱桃，樱桃全都是甜的。她想起什么，转身把樱桃递给楚星。

他接过，一口一颗："甜。"

城月点头应和："对，樱桃甜，葡萄酸。"她耿耿于怀，和葡萄生气。

楚星又笑起来，顺着她的话说："对，不吃葡萄，吃樱桃。"

城月自己也觉得好笑，轻咳一声，扭过头去，从温泉倒影里看见自己头上的新钗，雀儿栩栩如生，好像就要飞走了似的。她想起她看见的雀儿，它们也会飞，可以飞出宫墙去看看外面的世界。其实她不是想出宫去，她只是想看看外面的世界是什么样子。但她觉得她生来就是宫里的，只能在宫里活下去。这四四方方的宫墙围起来的地方，就是她的家。可是一辈子待在家里的人，应该也不多吧。

城月看着楚星，几次欲言又止。

城月的情绪太好猜了，她高兴就是高兴，不高兴就是不高兴。楚星看见她的笑容消失，问道："怎么了？"

城月摇头："也没什么。楚星，你会飞吗？"

楚星不置可否，直接用行动回答了城月，他一把揽过她的腰，提气跃上屋顶。

这里年久失修，屋顶上面长满青苔，她小心翼翼站在屋顶上，有些害怕，抓紧了楚星的手。

从屋顶上看下去，可以看见整个冷宫的轮廓，还能望见远处热闹的宫殿。风呼呼地吹着，城月的头发被风吹乱了。

她听见风声，嘴角咧开，收都收不住："哇，我会飞啦。"

楚星带着她从屋顶飞上了那棵很大的树，这棵树兴许已经活了几百年，很高，也很粗，枝繁叶茂。

楚星将她放在树枝上站稳，她紧紧抱着树干，小声地叫起来："好好玩啊，楚星。"

城月看着楚星，楚星靠着树干，抱着胳膊，也看着她。

城月慢慢坐下来，轻晃着腿，旁边的树叶也抖动起来。楚星悠然自得，和她的小心翼翼截然不同。城月忽然叫他名字："楚星！"

楚星应声望过去，只看见她把树枝晃动得更厉害，试图吓他。

其实楚星一点也没有被吓到，但还是装出被吓到的样子。可惜演技拙劣，被城月一眼看穿："你很假啦。"

楚星摸了摸鼻子，不知该如何接话，只好又沉默以对。

"站这么高，你怕吗？"城月问道。

楚星摇头："不怕，习惯了。"也从来没人允许他怕，他们对他的期望只有站得越高越好。九五至尊，却也是孤家寡人。

从来没人问他怕不怕。

城月闻言，又露出崇拜的神色，拍着手夸他：“楚星也太厉害了吧。”

楚星若有所思地看着城月，心里某种不可名状的情绪越发强烈。

城月又说道：“明天也飞，好不好？”

楚星点头：“嗯，带你飞。”

和城月在树上坐了许久，楚星才带着她跳下来。因为下过雨，树枝还有些湿意。城月的衣服被打湿了，有些脏脏的，她下来了才发现。

“衣服弄脏了，算了，回去洗了就好了。”城月放开自己的衣服，他们在这里待了很久，时间已经不早了。

城月把东西收拾好，递给楚星，声音欢快：“明天！”

楚星点头，接过锦盒：“嗯。”

他们在冷宫门口分别，走两条不同的路各自回去。

城月的衣服弄脏了，被一个宫女看见：“你怎么弄得这么脏？难不成你是用衣服擦的地板？”周围的人跟着笑起来。

城月不想理她们，只当没听见，哼着歌，从她们身边走过去。

那个挑事的宫女自讨没趣，像是一拳打在棉花上，也悻悻闭了嘴。城月回来的时候，她们正在吃饭，而且已经快吃完了，依旧没给城月留。

“对不起啊，你回来得太晚了，没饭吃了。”这个宫女嘴上说着对不起，实则一副看热闹的表情。

城月摇头：“没关系。”反正她已经吃饱了，还吃了她们吃不到的樱桃和葡萄，她可开心了。

“没吃到饭还这么高兴，果然傻子脑子里想的跟我们想的不太一样。”另一个人说道。

城月只是笑着，从她们身边走过去。

有个人看她这么高兴，问道：“你说她脑子里都在想什么？”

另一个人摇头："我又不是傻子，我怎么会知道呢。"

两个人边说边走了，城月没听见她们后来的话。

城月回到住处换了身衣服，把衣服洗好，晾在外面。晚上还有别的活要干，城月一直忙到很晚才睡觉。

在进入梦乡的时候，城月想起楚星来。认识楚星真高兴啊，她们是不会明白这种高兴的。她翻了个身，一夜好梦。

第二日，她仍旧开心地哼着歌去冷宫。昨天说她是傻子的那个人看见了，又嘲讽道："只有傻子才会把冷宫当福地。"

城月不屑地哼了声，转身去做自己的活。

自从琉璃调走之后，其他人也都蠢蠢欲动，想方设法地要离开这里。

冷宫现在非常干净，城月也不需要打扫什么。她跳着地砖的格子打发时间，满怀希冀地等着楚星的到来，从上午一直等到下午。

但是楚星失约了。第一次，他失约了。

城月都跳了好多遍，他还是没来。城月想：他是反悔了吗？还是被什么事情绊住了手脚？

她一直等啊等，等到太阳都快下山了，楚星还没来。满腔的希望又冷下来，她耷拉着脑袋，还掰着手指数："楚星来，楚星不来……"

楚星被绊住了手脚，因为他把那个姓苏的女人杀了，那群老臣有很大的意见。

他们跪在宫门口，跪了整整一天，吵得楚星心烦气躁。他心里记挂着城月，他想，他要失约了。

他脑海里浮现出城月的脸，随着太阳落山，她亮晶晶的眼睛肯定也逐渐失去了光彩。她会不会觉得他欺骗了她，然后从此就不来了？或者，埋怨他？

楚星脑子里闪过无数的念头，又觉得胸口一团火气往外冒。

大臣们从那个女人吵到以前他做过的很多事情，最后又教训他，说他作为一个君主，这样凶残成性不可以，又扯到百年基业会毁在他手里。

楚星听得太阳穴突突地跳，想同他们妥协，说要给苏家人加官晋爵，但是他们依旧不依不饶，还是吵嚷个不停。

楚星眸光一闪，拔出剑来，一剑劈开了宫门口的一棵老树。树哗啦啦地倒在地上，动静很大，那些人全都抬起头来。

楚星说："再多说，孤就把你们全都杀了，全部，一个也不留。"

他咬着牙，声音从牙缝里挤出来，一双眼阴狠得可怕。

他手里握着剑，背光站着，整个人像从地狱里走出来的罗刹鬼。一些贪生怕死的大臣停了声音。

楚星不欲多说，将手里的剑钉进旁边的柱子，剑穗晃动着，影子被拉得好长。他头也不回地离开，急匆匆往冷宫去。

他想城月肯定走了，可心里另一个声音说：万一呢？万一那个小傻子就一直等着呢？

楚星蹙着眉头，嘴角微微朝下，整个人散发出寒冷的气质。他心里竟然有些害怕：如果她走了怎么办呢？以后还会相信我吗？我分明不久前还说不会骗她的，可这么快就食言了。

越靠近冷宫，楚星的步子放得越慢，就连呼吸也放缓了，直到看见那个小小的身影，缩在柱子旁边，头耷拉着，似乎睡着了。

楚星一时说不出话来，像有无数的话堵在嗓子眼，却一句也说不出来。他在她面前站定，叫她名字："月儿。"

城月看见一个影子落在自己面前，她抬起头来，心也跟着提起来。直到看见那张熟悉的脸，她几乎是噌地跳起来，扑入了楚星怀里，蹭着他的脸。

楚星接住她，听见她说："楚星你来了，我还以为你今天不来了。你是不是有什么事忙去了？"

城月说着说着，哽咽起来。她越等越怕，但心里又不停地为楚星找借口。好在他来了，虽然晚了一些，但今天还没过，也不算违背他们的约定。

楚星听见她哽咽的声音，只觉得心里也跟着梗住了。他拍着城月的背，安抚她的情绪。

城月抬起头来，用一双湿漉漉的眼睛看着他。她觉得丢脸，拿袖子擦干眼泪，转移话题：“我好饿啊，楚星。”

楚星抓住她的下巴，倾身把她堵在胸膛和廊柱之间。

“咕——”城月的肚子叫起来，她不好意思地挠挠头：“我真的好饿。”她午饭也没吃，晚饭也没吃。

楚星笑起来，说道：“走，带你去吃饭。”他今日来得匆忙，没来得及给她准备吃的，但可以直接带她去御膳房吃。

城月惊喜又不敢相信：“真的吗？可是很晚了，没东西吃了。”

楚星笑出声来，牵着她的手飞身而起，在御膳房门口停下。

城月不认得字，疑惑发问：“这是哪儿啊？”

楚星回答：“御膳房，我去找我朋友说一下。”

城月双眼放光，点头：“嗯。”

楚星进了门，御膳房的总管认识楚星，正要出声请安，楚星竖着手指，嘘了声：“把人都带出去。”

总管虽然不明白这是为什么，但是陛下要这么做，肯定有他的理由，自己作为奴才，只需要照做就是了。

总管便招呼一声：“快，手里的活儿都停了，都跟我出去，没有我的吩咐不准进来。”

那些做菜的厨子便停了手，跟着总管出门去。

楚星看了眼，案板上还放着今天做的菜。

他出门来找城月：“好了，进去吧。”

“可以直接进去吗？”城月惊喜地问道。

楚星点头，牵着她进门。

这一路畅通无阻，一个人也没看到，城月觉得惊奇，压低了声音问道：“为什么没有一个人？”

楚星淡淡道：“因为我的朋友特别厉害。”

二人进了厨房，城月东看看西看看，对着那些精美可口的饭菜发出了惊叹。

楚星在一边看着城月，这些东西于他而言是习以为常的，于她而言，却……

他的心抽了抽，想对她好一点，再好一点。

城月看来看去，最后拿了两盘菜，从旁边拿了个盒子装着，心满意足地对楚星说：“好了，楚星，我们走吧。”

楚星没动，垂下眼睫：“就这些吗？”

城月点头：“嗯嗯，够啦。我怕给你朋友添麻烦，给你朋友添麻烦的话，一定也会给你添麻烦的。走吧走吧。”她伸手扯楚星袖子。

楚星一言不发，揽过城月的腰，带着她出门去，直往冷宫。

总管躲在远处，看着陛下一跃而去，手里还领了个小女娃娃，只觉得惊奇。传闻可是说这位陛下不好女色，甚至极度厌恶女色。看见这一幕的总管擦了擦汗，他觉得自己得知了一个惊天秘密，一般若是知道了这种秘密，一定活不长了。为了活下去，总管决定保守这个秘密。他确认陛下已经走远了，才把那些人都叫回来，叮嘱道：“今天这事谁也不许说出去，否则你们的性命我可不敢担保。”

众人皆知这位君主是多么暴戾，自然都应下。

楚星带着城月回到冷宫。城月站稳之后，拍了拍胸脯，就地盘腿坐下来，和楚星分食。

饭食并不如昨天的美味，因为这两份菜是她随手挑的。平日里楚星带的饭菜是他要求的，自然都没人敢怠慢。但是城月依旧吃得很开心，一来是因为她饿了，二来是因为楚星没失约。她一边吃，还一边笑着。

已经是黄昏，日头很快就全都落下去，夜幕降临。

冷宫里没灯，暗暗的，因此星星就显得更加亮。城月撑在栏杆上，指着天上的星星给楚星看："星星，是你。"

楚星在她身边站着，顺着她的话点头："嗯，是我。"

城月又指着旁边的月亮："那个，是我。"

楚星跟着点头："嗯，是你。"今天的月亮并不是很圆。

城月忽然低声说："我还以为你今天不来了。"

楚星道歉："抱歉，被一些事缠住了，都怪他们。"他的手撑在栏杆上，轻轻摩挲着，思索着要不要找那帮老臣算账。

城月又笑了："算啦，没关系啦，你没有骗我就好了。"

楚星看着她，心里空落落的，她这么好骗，一定经常被人骗吧。他垂眸，若是叫他知道了谁敢骗她，他一定不会放过那人。

城月忽然张开双手，抱住他："有点冷了。"

夜风吹过来，把檐下的灯笼吹得轻晃，确实有些冷了。

楚星把斗篷紧了紧，将她罩住："不冷。"

城月缩在他怀里，感受着源源不断的热度。他叫星星，却像太阳一样温暖。城月焐热了身体，从他怀里爬出来，时辰已经不早，她该回去了。

"我要回去了，楚星，明天再来找你玩。"城月转身，和他挥手告别。

"好。"楚星看着城月，直到她的背影消失，他才起身返回自己的宫殿。

那群老臣终于回去了，刘培恩凑上来，满脸堆笑地道："陛下，可要休息？"

上回苏家那个，把刘培恩吓得半死，他差点以为自己也要跟着一起去了，好在没有。刘培恩抬起头来，小心翼翼观察楚星脸色。陛下心情似乎还不错，刘培恩又问道："陛下可要用晚膳？奴才马上叫人去传膳。"

楚星摇头："不必了，你退下吧。"

“是。”刘培恩退出去。

楚星在椅子上坐下，感受到自己的情绪很轻盈。这种变化不是第一次出现，但是楚星还不知道为何会有这种变化。他想起从前养的那只猫，虽然那时心中也是欢喜的，却不像现在会如此影响他的心情。

楚星眉头皱着，想不通这缘由。他将城月与那只猫放在一处对比，猫是猫，城月是城月，似乎也不同。

楚星很少做梦，无论是杀人还是打仗，或者是遇见什么好事，他都不做梦。他睡眠不深，故而难得做梦。昨夜的梦里，猫舔着他的手，又舔他的脸，猫毛摸起来很柔顺，奶声奶气的叫声安抚人的情绪。

除此之外，什么也没有。

就这样一个平淡的梦境，让他一夜安眠。

楚星向来起得早，可是今天早晨，他是被宫人叫醒的。这种变化并不叫人心安，反而让人慌张。

楚星醒来，思索这是为何，因为从前他从未梦见过那只猫。

替他更衣的人手脚麻利：“陛下，可以了。”

楚星抿着嘴，一言不发地走出寝殿。他今日穿一身玄色宽衣，头发散下来，有些不羁。宫女本要替他束发，被他拒绝了。

楚星披着头发上朝，那群老臣你看看我我看看你，又揪着这事开始不断地劝诫。楚星听得头疼，冷着脸叫他们闭嘴。上回朝上见血的事还历历在目，一群人互相看了看，最后都沉默下来。

近来没什么大事，下朝也快。在下朝的那一刻，楚星居然觉得心情有些激动。这与昨夜的梦一样让人难以弄懂，他脚步轻快，往冷宫走去。

城月一天没回来，也没人关注她。直到她回来了，才有人问一句：“你怎么现在才回来？去哪儿了？”

城月含糊应付过去：“没去哪儿。”

城月不知要如何告诉她们，自己不过是在冷宫里贪玩罢了。不过这话说出来，她们也不会相信。她们只信她们以为是对的事情，而不会相信城月所说的实话。

城月若是和她们说冷宫里很好玩，她们必然不信。毕竟城月的好玩，同她们所理解的好玩也不同。

城月这么想着，出门去洗了脸，再进来的时候，听见彩云和白雪在低声笑着什么。彩云本来同琉璃最要好，琉璃走后，彩云就和白雪好了。她们本来在笑着，看到城月，又忍住了笑声，转过头去，似乎还有个藏东西的动作。

城月虽然不清楚她们为何笑，但是她一来就不笑了，说明一定是有不能告诉她的事情。不能告诉她的事情多了去了，城月才不会每一件都刨根问底。人人都有秘密，她也有，楚星就是她的秘密。

城月躺进被窝里，小腿肚碰到冰冷的被子，让她立刻缩成一团。秋天来了，冬天很快也要来了。她好想念楚星，楚星的身体那么热，有楚星的话，一整个冬天都不会冷的吧。城月这么想着，把被子裹在了身上。

这一夜，城月也做了一个梦。她梦见皇宫里下好大的雪，好冷，楚星突然出现了。她抱住楚星，身子就暖了起来。第二天，城月醒来的时候，好像一身也暖暖的。

今天要洗被子，初秋的水比夏天时的冷，手放进去搓一会儿，就冻得快没知觉了。城月擦上皂角，用力地搓了搓，凉凉的水从手上流过去时，她突然想念起冷宫里的那个温泉。她对着手心哈了口气，用力揉搓一番，被冻过的手通红的，又热起来。

干完了活，才可以吃饭。城月现在渐渐觉出味道来了，这饭不好吃。宫女所的饭食不如楚星给她带的。

吃过饭，城月自告奋勇去冷宫。

管事姑姑觉得她有些傻，冷宫里虽说要打扫，可是那儿又没人，其实不打扫也没什么关系。不过城月要去，管事姑姑也乐意。

城月欢欢喜喜地奔着冷宫去，路过彩云身边时，彩云和白雪又低头说着什么，她们捂着嘴笑起来。

哼，她们才不会懂呢。

/ 第四章 /

· 他向来被人夸聪敏，却在这会儿愚钝不已 ·

没办法的事情那么多，总不能件件都难过。

城月到冷宫的时候，楚星已经在那里坐着了。城月蹑手蹑脚走近，看到他斜倚在栏杆上。以楚星习武多年练就的警惕性，早就察觉到城月的脚步。他没出声，等待着她走近。

她的气息落在他身后，楚星下意识呼吸一顿，随后感觉到眼睛上一团热，带着柔软的触感，城月的袖子擦过他的脸颊。

“猜猜我是谁？”城月故意变了个声音。

楚星吐出两个字：“月儿。”

城月松开手，改为搂着他脖子：“你怎么知道呀？”

她说罢，又觉得自己这问题不够好，楚星当然知道了，因为冷宫里平时又没人来。城月搂着他的脖子，脸颊和他的蹭在一起，少女淡淡的香味瞬间将他包围。楚星又感受到了平静，一切都在默然之中。

“楚星，冬天要来了，我最近洗衣服都觉得手冷了。我昨天睡觉的时候，觉得腿也冷。你好热，暖乎乎的，如果冬天抱着，一定会很舒服吧。”

城月发现楚星今天没有束发，她松开手，把他的头发缠绕在指尖，开心地把玩起来。

楚星一直没有说话，城月玩了半天才发觉他有些不对劲：“楚星，你怎么了？”她眨着眼睛，移到楚星的正面。

“你今天不高兴吗？”城月看着楚星的眼睛。

楚星抿唇笑了笑：“没有，我不是不高兴，只是想到了一些事情，我不懂为什么，所以在思考。”

城月安慰道：“没关系啦，我有好多事情都搞不懂为什么的，你不要放在心上，不懂就算啦。”

楚星看着城月，她的世界单纯又天真，这是皇宫里最不应该有的。因为在这个宫里，要想活下去，就一定要够狠，心机够深沉，可是她偏偏如同一张白纸。

楚星想：我得让她继续这样天真快乐。

城月拉过他的手，笑了笑，这是安抚的意思。

楚星说：“嗯，听你的。”

有风吹来，城月感觉到冷，于是搓了搓胳膊，说道：“饭要冷了，我们先吃饭吧。”

他们拿着食盒起身去了温泉处，温泉冒着热气，这儿暖和不少。

楚星怕她冷，特意带着火折子，点了一堆火，屋子里一下就暖和了。城月搓着手，坐在火堆边上，兴高采烈地打开食盒，和楚星一起吃饭。今天的饭仍旧好吃，不过没有樱桃了。

“明年才会有。”楚星说道。

城月似懂非懂地点头，虽然没有樱桃，但今天楚星带了糕点。糕点特别甜，当她用牙齿去咬糕点的时候，能感觉到一种快乐，这是孩童时代才容易感觉到的快乐。

“楚星，你也吃一块。”城月兴高采烈地和他分享这种快乐。

楚星张嘴咬住，糕点在嘴里化开，很甜。

他好像获得了吃甜食的快乐。

从城月的角度看见的楚星和平时似乎有些不同。他平日里的眼睛像星星，这会儿星星好像暗了些，亮的星星好看，暗的星星也好看。

温泉旁边的火还在燃烧着，让人感觉到温暖，好像将冷风都隔绝在外。一切都是安宁的，只有楚星不安宁，因为城月在摆弄着他。

她摸他的下巴，看他的眼睛，玩他的头发。他今天头发披着，城月把他头发扎起来，不停地变换发型。

从没有人敢这样对待他，倘若换了别人，别说如此放肆，就连离他近一些也会让他感到反感。可城月同别人不一样，他发现自己可以忍受这种放肆，甚至从中获得享受。

楚星又开始思考困扰着他的那个问题——为什么城月会让他觉得轻松呢？

直到城月玩累打哈欠，楚星也没能思考出答案。他向来被人夸聪敏，却在这会儿愚钝不已。

城月说道："我该回去了。"

"好。"

"明天见。"城月总是先走的那个。

楚星看着她轻快的背影，好像风一吹就会飞起来一样。他被自己的念头惊到，他怎么会如此小气，连她先走一步也要斤斤计较？

楚星顶着一头乱糟糟的头发回来，可吓坏了刘培恩："陛下这是做什么去了？"

"你去替孤办件事。"楚星无视他的问题，然后对刘培恩小声交代了几句。

刘培恩乍一听，愣住了，随后又惊又喜：难不成陛下开窍了？

"奴才明白了。"刘培恩退了出去，自觉这事应当保密，也没敢假手他人，亲自去了。

刘培恩办好事情后过来，说道："陛下，您叫奴才办的事，奴才办妥了。"

楚星瞥了一眼："放下，你退下去吧。"

"是。"那些东西被刘培恩搁在桌上。

楚星闭着眼，许久才睁开。他起身，翻开一页，只看了一行，便别开眼，等过了会儿，又继续看下一行。如此反复几次，他忍无可忍，放下东西，起身踱步庭中。

城月回到住处没多久，就来了月信。不知是不是她身体不好，所以每回来月信，肚子都很痛。从前明月姑姑给她找医女看过，医女也束手无策。城月换上月事带，躺在床上，裹着被子。被窝里好冷，她感觉到自己的手脚发凉，肚子也发凉，还一阵阵地痛。为了分散注意力，她只好东想西想，最后不知道几时睡过去。

第二天，城月洗完了衣服，觉得肚子更痛，嘴唇都发白了。她揉着肚子，觉得今天不能和楚星玩了，只能靠着楚星取暖。

肚子痛使得城月不像平时那般活泼，她耷拉着头，靠着温泉坐着。温泉的水冒着咕噜噜的热气，吸引着人。城月趴下来，伸手玩水。她脑子里突然生出一个想法，于是脱了鞋子，挽起裤腿，把脚伸进温泉水里。温热的水瞬间将她的小脚包围，她感觉到一阵舒爽，这种舒爽不自觉让她喟叹。

楚星到的时候，便看见城月在玩水。城月双脚扑腾着水，溅起小小的水花。

泡着温热的水，让她的腹痛得以稍稍缓解，但也只是稍稍，还是很痛。城月苦着脸和楚星抱怨："我肚子好痛，楚星。"

楚星皱眉，一时并未想到月信这事，以为她生病了，不由得很担忧，语气都紧张了几分："怎么了？为何突然肚子痛？"

城月苦着脸说："因为我月事来了。"

楚星眉头微微舒展开，这话题于男人而言是知识盲区，又带了轻微的暧昧色彩。

楚星咳嗽一声：“很痛吗？”

城月点头：“好痛，我要痛死了，每个月都好痛。”

他又皱眉：“为什么会痛？有什么办法能不痛吗？”

城月摇头，告诉他明月姑姑曾经给她找医女看过，医女也没办法。她说这话的时候一点也不沮丧，反而笑着，似乎并没有为此难过。

楚星问道：“没办法的话，你不觉得很难过吗？”

城月摇了摇头：“不觉得啊，痛也就这两天，过去就好了。没办法就没办法吧，没办法的事情那么多，总不能件件都难过。”

楚星为她的话沉默，为何她这样乐观开朗？

城月又扑腾两下，水花轻轻溅出来。水流被她搅动，打在石壁上，撞出很小的响声。她笑道：“楚星，这个好好玩，你要不要也一起？”

楚星摇头：“不用，我看着你就好。”

城月哦了声，一个人也玩得起劲。她白皙的双足落在透明的温泉水里，晃动着水，也晃动着楚星的眼睛。

他别过视线，微微侧身：“吃饭吧。”天气越来越冷，菜凉得越来越快。楚星想，明天得让他们弄点保温的东西。

他把盒子递给城月，城月摇头：“肚子痛，不想吃。”

“可是现在不吃，待会儿就冷了。”

城月犹豫了一会儿，还是拿过来，但是吃得很少。楚星看着她，他每天都在看着她吃，好像看她吃饭才是正事。城月用帕子擦干净嘴巴，又喝了口水。她眉头皱着，咽下那口水才吐出舌头：“好凉。”

楚星接过水囊：“凉就别喝了。”

他起身点燃了火堆，从旁边的杂物里找出一个容器，打了些水，放在火堆上，又将水囊放进容器里。

城月看着他的动作，明白过来他要做什么，又夸道：“楚星你好厉害。”

楚星觉得这并不是什么难事，不过在城月的认知里，或许是难事。他重新在她身边坐下，她把腿伸出来，放在他腿上，一副恶作剧的神情。楚星反而抓住她的脚，替她擦干净。她腿上沾了些水，抓在手里湿漉漉的，白嫩的肌肤触感柔滑，同他粗粝的手掌全然不同。城月感受到痒意，笑得清脆，胡乱蹬在楚星腿上。

楚星松开手，任城月玩闹。城月踢一下他的手，迅速地逃开。如此几次，见楚星毫无反应，她失去乐趣，枕在楚星的胳膊上，打了个哈欠："我困了，楚星。"

"那就睡吧。"楚星替她揉着小腹。

城月感觉舒服了很多，肚子没那么痛了。

她闭着眼睛，含混不清地说话："楚星，被子好冷……

"我昨天好痛……"

楚星一句也没听清楚，但是他喜欢听城月说话。她的声音像她这个人一样，活泼又带点娇俏，让人觉得心里安宁。其实他和城月待在一块的时候，内心大多是平静的。

他在别处被点燃怒火，又在她这里获得安宁，整个人好像被割裂开，却又保持着一个恰到好处的平衡。

楚星没动，趁她睡着的时候，就这样眯了会儿。当困意涌上来的时候，他又觉得奇怪。不只是对于口腹之欲，即便是对于睡觉，楚星也向来没什么追求。可是当她睡在他怀里，头靠在他的胸口，表情平静又安宁的时候，楚星也觉得一股困意涌上心头，眼皮仿佛一瞬间便被拉下来。他思索着，左右无人，不妨睡一小会儿。

城月睡觉很安稳，几乎保持一个姿势没动。她瘦巴巴的，没肉，即便坐在楚星腿上，楚星也不觉得难受。

楚星睡觉很浅，稍有风吹草动便会醒过来。可这一次，他醒过来的时候，城月已经醒了。城月抓着他的头发，轻轻扫过他的脸颊，不像是刚睡醒的样子。

楚星心中又是一惊，瞬间带了些警惕看着怀里的城月。城月正在玩他的头发，并未注意到他的目光从警惕变得放松。

“楚星，你好暖。”城月放开他的头发，她的头还垫着他的胳膊，枕着并不算很舒服，但是很温暖，这种温暖已经让城月感到满足。

城月打了个哈欠，方才她玩了会儿，加上这时期她格外犯困，已经又有了睡意。于是，她翻了个身，面朝楚星躺着，又睡了过去。

楚星见她睡得安宁，怕她着凉，将身上的斗篷往上扯了扯，遮住她。

不知城月在做什么美梦，她嘴角似乎带着笑意，还喃喃说着什么。这种氛围如此美好，楚星看着她，忍不住也笑起来。

今天的时间似乎过得很快，他们比平时离开得晚了一些。城月离开温暖的“被窝”，瞬间感觉有些冷飕飕的。她搓了搓胳膊，坐在地上穿鞋袜。待到穿好了鞋袜，正要起身，忽然感觉一阵温暖落在身上。她转过身，看着楚星。

原来是楚星把斗篷解下来，披在了她身上。

他有些难以启齿，指了指她裤子。

城月立刻反应过来，定然是血染在裤子上了，瞬间羞得脸涨红：“谢谢，我会洗干净还给你的。”

“不必还了，因为你也是我最好的……”他一顿，“朋友。”

城月裹着楚星的斗篷回了住处，那斗篷材质一看就很贵重，绝不是城月能有的东西。若是让其他人看见，肯定会说闲话的，说不定还会给楚星带来不好的影响。多一事不如少一事，城月趁着无人的时候溜进房间里，把斗篷好生收进了箱子里，又换了身衣裳。

第二天，楚星问起她的身体情况：“今天有没有好一点？还痛吗？”

城月摇头，今天意外地只有一点点痛了，也许是因为她昨天好好地睡了一觉，所以不痛了。

楚星点点头，把饭食拿出来，看着她吃。

城月吃得很快，不知道为何，今天格外饿，狼吞虎咽解决了吃食。

城月伸了个懒腰，又迅速地感觉到困意。她抱住楚星的胳膊，已经很自觉地寻找了睡觉的好位置。

楚星用胳膊托住她，哄她睡觉：“睡吧。”

城月入睡得很快，楚星看着她安宁的睡颜陷入沉思：她真的这么信任我，睡觉的时候全然没有防备。或许也不是，在她的世界里，也许谁都是好人。她对谁都是没有防备的，我并不是唯一。

想到这里，楚星有些烦躁，他只能接受自己是独一无二的。

猫是他的猫，不可以对别人摇尾乞怜。若是猫这么做了，他会不高兴，甚至生气，如今亦然。

楚星吐了口气，手掌轻拍着城月的背，这是他从未做过的动作。关于这个动作，楚星的记忆还停留在几岁的时候，那时候他不是由母后照顾，而是由宫里的姑姑照看，那位姑姑也会像这样轻拍着他的背，安抚他入睡，甚至还会哼一首不知名的小调。

关于那小调，楚星已经记忆模糊，那位姑姑的脸也记忆模糊了。

他对女人的记忆似乎尤为短暂，不，其实不只是对女人，他对生活里的很多事情，记忆都很短暂。

故而楚星从很小的时候，就一直被人说是冷酷无情，那时候，那些老臣就已经在劝诫父王：若是他为国家君主，国家必然要遭受不幸。

尽管他们都这么认为，但是并没有用，因为他是嫡子，且在政事和军事上有优秀的才能。

楚星把思绪从记忆里拉出来，他从未想到自己还有这一日，会抱着一个女人。但是在这一方天地里，他不是君主，他只是一个叫楚星的人。

城月在他怀里睡着，睡颜娇憨。她无意识地呢喃了一声，是在叫他的名字：“楚星。”

是做梦了吗？梦见了他？

城月在做梦，是一个噩梦。她梦见有一只好大的老虎在追着她，于是她疯狂地跑，疯狂地跑。她想要楚星来救她，楚星也在前面跑。她追上去，抓住了楚星。可是楚星忽然也变成了老虎，张着血盆大口，露出尖利的獠牙。

“啊。”城月吓醒过来，无意识地颤抖。她拍着胸口，张着嘴喘气。

“吓死我了，楚星，我做了一个噩梦，我梦见一只老虎在追我，然后我看见了你，你也变成了老虎。”城月说着噩梦的梦境，“不过我不是很怕，因为我知道没有老虎会追我，楚星也不会变成老虎。”

楚星被她逗笑，这一次的笑容特别深，特别明亮。

城月眨了眨眼，戳着他的嘴角，说道：“楚星应该多笑笑。”她这么说着，自己先笑了起来。

楚星看着她的眼睛，忽然问道：“月儿，你会一直这样相信我吗？”

“我说的是以后，很久很久的那种。”他说话声音难得的温柔。

城月点头，抓住他的手掌晃悠：“会啊，我会一直相信楚星的，一直一直。”

楚星看着城月的笑容，眼神闪动起来：“那要是你发现我骗了你，怎么办？”

城月笑着摇头：“就算她们都骗我，你也不会骗我的。”

可是已经骗了，从开始就骗了。楚星眼神闪烁。

城月以为他不相信，伸手勾住了他的小指：“你要是不信，那就拉钩好了。拉钩钩，一百年不许变。”

城月听见楚星叹息一声，她不明白为什么，以为他又不高兴了。她倾身抱住他，拍着他的背：“好啦好啦，没事啦，楚星乖乖。”

很快又到分别的时候，城月觉得一天过得太快了，她和楚星在宫门口依依不舍地分别：“明天见，楚星。”

楚星回到寝宫的时候，刘培恩在门口等着，见他回来了，立刻迎上来：“陛下，您回来了。”

近些日子，陛下总是一个人出去散心。偌大一个皇宫，陛下不说去哪儿，也不叫他们跟着，他们又不敢问。

“嗯。”楚星坐下来，“传膳。”

刘培恩有些意外，愣住了，而后才反应过来，这可是楚星第一次主动要求传膳。

“是，奴才马上去。”刘培恩笑着退下去。

楚星不喜欢殿中有人近身伺候，因而殿中时常只有他自己。殿中空旷，楚星闭上眼，仿佛又听见城月的笑声。他忍不住也笑起来，睁开眼，却什么也没有。他的笑容戛然而止，眼神又凌厉起来，果然一回到这里，又觉得压抑不已。

刘培恩带着御膳房的人回来的时候，手中还多了一个食盒。

见楚星的目光从食盒上一瞥而过，刘培恩低着头解释道：“陛下，这是方才李婕妤差人送过来的，说是宫里的小厨房做多了，想着给陛下送一些。”

“哦？是什么？”楚星神色淡淡，没什么兴趣。

御膳房的人还在布菜，刘培恩打开食盒：“哟，是桂花糕呢，闻着香甜可口呢。陛下可要尝尝？”

刘培恩将盘子端出来，递到楚星跟前。

楚星拿起一个，这桂花糕瞧着卖相不错，但是他仍旧没什么胃口，又将桂花糕放回去：“桂花，初秋最好看，如今倒差了些意思。孤不想吃，既然是李婕妤的心意，便赏给你吧。”

刘培恩连忙跪下谢恩：“多谢陛下赏赐，奴才受宠若惊。”

“起来吧。”楚星淡淡道。

这时，御膳房的人也布好了菜，说道：“陛下，可以用膳了。”

“嗯。”楚星拿起筷子，尝了两口，看不出欣喜。

御膳房总管捏了把汗，小心翼翼地问道：“可是不合陛下的口味？”

楚星摇头：“没有，味道可口，还和以前的一样。”他一张脸冷若冰霜，嘴角微微向下绷着，这种神情说出这种话，实在没什么可信度。

御膳房总管擦了擦汗，当即跪下来认错：“陛下恕罪。”

楚星皱眉看着他：“孤说过了，味道不错。你下去吧，你们都下去吧，孤吃饱了。”他不过就尝了几口。

御膳房总管和刘培恩面面相觑，终究还是命人把东西撤了下去。

楚星起身，背过手踱步。味道是不错，可他就是没胃口。若是城月坐在他身侧吃，倒是能有些胃口。楚星走过一圈，又走回来。

楚星脑子里浮现出城月害怕的样子，不由得有些沮丧。桌子上还有一堆折子等着他批阅，折子上其实没什么内容，近来太平盛世，那些臣子就像每天完成任务一样上折子，而内容无非是劝他宠幸后宫。这种小事，他听得耳朵快起茧子了。

楚星不想看折子，他目光一转，落到书架的第二层上。

自上回看过之后，便一直搁置在此处，翻开第一页，仍旧是那些东西。楚星吸了口气，迅速合上，又扔了回去。他也不想看折子，更不想做旁的事。书架旁边是放置剑的架子，楚星抽出那把剑，剑穗跟着他的动作晃动起来。剑影破风摇曳，在空旷的宫殿中，声音显得非常突兀。楚星耍完一套剑，才觉得缓过来一些。

他将剑扔回剑鞘里，唤道：“刘培恩。”

刘培恩很快进来伺候。

少年帝王的脸上此刻带着一种狂野，又直率利落：“叫上些人，去狩猎场。”

“是。”刘培恩应着话，取下楚星挂在墙上的弓箭，急急忙忙跟上已经出了门的楚星，“陛下，您慢点。”

楚星步步生风，身后跟了一群太监侍卫，浩浩荡荡往狩猎场的方向去了。

经过御花园时，引得不少宫人回头看。他们的陛下是英俊的，虽说脾气暴躁，可此刻大步流星在路上走过，仍旧是一道亮丽的风景线。

一个宫女戳了戳身边的人，看着楚星离去的背影，说道：“你瞧，那不是陛下吗？好生俊俏。”

她身边的人思及这位帝王的嗜血作风，不由得抖了抖，并不看好：“陛下杀人如麻，俊俏又有什么用？”

那个宫女捂着脸，低头娇羞道：“别这么说嘛，我听在陛下宫里伺候的人说，陛下也不是时时刻刻都那么骇人。”

另一个人不以为然：“前一刻还和颜悦色的人，下一刻便要你的命，这才是最可怕的。柳枝，你我不过是宫女，别想那些没用的。”

柳枝不以为意：“想想怎么了，水往低处流，人往高处走。咱们进了宫，一辈子都是宫里的人，如果不想点好的，这漫长的一辈子要怎么过下去。”

见劝不动她，另一个人叹了口气：“柳枝，富贵比命还重要吗？”

柳枝笑了笑，看着陛下走过去的路：“再说了，至今为止，陛下还未宠幸过谁呢，若是陛下能宠幸一个女人，肯定待那个女人很好。”

“那女人肯定不是你。”

……

李珠坐在御花园的兰亭中，方才两个宫女就在她不远处。她们声音不小，所说的话被李珠尽数听进耳朵里。

两个宫女转过头来，忽然见了李珠，吓得花容失色，当即求饶：“奴婢见过李婕妤，李婕妤恕罪，是奴婢不知天高地厚，不该妄议陛下，奴婢下次不敢了。”

李珠笑了声，盯着那名为柳枝的宫女：“长得倒是不错，你仰慕陛下？”

柳枝瑟瑟发抖，低着头否认：“奴婢不敢……奴婢错了，请李婕妤责罚。”

李珠摇头：“本宫不是要治你的罪，你得先回答本宫的问题，你仰慕陛下吗？”

柳枝咬唇，点头道：“是，陛下英俊潇洒，奴婢仰慕陛下。”与其说仰慕陛下，不如说仰慕陛下的恩宠，可是这真话绝不可能说出口，即使大家都心知肚明。

李珠说道：“既然如此，本宫倒是可以成全你。本宫可以想办法，让你去陛下身边伺候。”

柳枝茫然地抬起头来，不可置信地看着李珠，后知后觉地谢恩：“多谢李婕好，多谢李婕好。”

李珠又捂嘴笑了声：“不过呢，本宫有个条件。你也知道陛下他脾气不好，若是伺候不好，可能会掉脑袋。所以呢，本宫也是想麻烦你，替本宫多多留意陛下的喜好，比如说陛下今日做的事，可以看出什么偏好的，你得告诉本宫。本宫自然也不会出卖你，毕竟这事若是被发现，我们两个人只怕都要掉脑袋。”

看李珠说得情真意切的样子，柳枝又在兴头上，想也没想就答应了：“奴婢答应，多谢李婕好。”

在这宫里，谁不想要权力和富贵，尤其在这后宫里，只能仰仗陛下而活。

柳枝千恩万谢地走了，和柳枝一起的桃枝却皱着眉头，并不看好。

桃枝扯柳枝的袖子：“柳枝，你太草率了。”

柳枝笑容明媚：“桃枝，你就别担心了。我有分寸，不会贸然行动的。”

桃枝只能叹气，心里却想：这李婕好分明是拿你试探皇上，偏你无知无觉。

李珠看着她们的背影消失后，问身边的琉璃：“你说，这样真的可行吗？”

琉璃点头：“肯定可行的，娘娘只要不暴露自己，一切都慢慢来，总有富贵的一天。”

若是李珠富贵了，她琉璃岂不是也跟着富贵了。琉璃想到这里，忍不住喜上眉梢：“御花园里冷，奴婢陪娘娘起身走走？”

李珠点头，走出亭子。方才陛下这么大阵仗，又带着好些侍卫，想来是去往狩猎场的。

“娘娘，要不要偷偷去瞧瞧？”琉璃提议。

其实她也觉得陛下英姿勃发。

离陛下越远的，诸如那些隔得很远的宫女，越发对陛下抱有诸多期待，而像李珠这种离得近一些的人，却止步不敢前。

李珠皱眉，有些犹豫：“这不太好吧，若是咱们去了，被陛下看见……”

琉璃继续劝道：“娘娘放心吧，咱们只远远地看。”

李珠这才点头：“那也行吧。”

李珠和琉璃在很远的地方便停下来，观察着狩猎场上的情况。陛下似乎在与几个人一起比赛，陛下似乎赢了……

李珠远远看着，在楚星身上看见一种野心和魄力。她忧心起来，她想爹所说的话是否是对的。陛下虽然暴戾，却有十足的治国才能，如今国家在陛下的治理下，也是太平盛世。

城月回来的时候已经过了吃饭的时辰，宫女们都坐在房间里聊天。城月刚坐下，身前便笼罩一片阴影，随后一只碗递到她跟前。

城月抬头一看，来人是彩蝶。

“你好几天没吃饭了，还是吃点吧。”彩蝶说完，把碗塞进城月手里，起身回到自己的位置。

城月心里一暖，向彩蝶道谢。

明月姑姑死了之后，彩蝶算是这里对她不错的人了，从没欺负过她，偶尔还会主动和她说话。不过彩蝶人缘也不好，吃饭的时候一个人坐在一边，大多时候都独来独往。今日这举动，确实让城月很意外。

城月其实已经吃过了，但为了不辜负彩蝶的好意，还是努力吃了。饭菜都已经冷了，算不上好吃，城月却吃得很高兴。

彩蝶瞥她一眼，又低头做自己的事。

城月一边吃，一边时不时看一眼彩蝶。

彩蝶被她看得烦了，声音冷了些："别看我，吃你自己的饭。"

城月猛然被凶，又愣住：彩蝶脸色变得好快哦，但她一定是好人，一定是因为她平时都凶巴巴的，才人缘不好。人嘛，就是喜欢看表面的。

被彩蝶一说，城月果真不再看她，等认真吃完了饭，再一抬头，发现彩蝶不知道什么时候已经不见了。

"哎？"城月有些茫然，瘪了瘪嘴，把碗拿过去洗了。

天气越来越冷，水也越来越冷，城月把手上的水擦干，哈了口气，迅速钻进被窝里。被窝虽然冷，暖一暖就热了，手放进去，也很快变得暖和。每天吃完饭的这一会儿，是难得的休闲时间，大家会在房间里聊天。城月虽然不太听得懂，但也很喜欢听她们聊天，她觉得很有意思。其他人也不太会管她，因为都觉得她是傻子。

在这里，大家基本都有各自的伙伴。像以前的彩云和琉璃，琉璃走了之后，彩云迅速又和白雪好了。为数不多的没有伙伴的，只有城月和彩蝶。

彩蝶坐在自己床上，低头绣着东西，很认真。城月的注意力被彩蝶吸引了去，盯着彩蝶看。彩蝶的眼神很专注。

城月好像做什么都没天赋，不管是刺绣还是做衣服，她都不会。看彩蝶熟练的样子，城月心里十分佩服。她看得专注，彩蝶似乎察觉到她的目光，也看过来。

城月偷看被发现，只好傻乎乎地笑。彩蝶倒没说什么，还是低着头做自己的事。

休息的时间总是短暂的，众人说罢了话，还是要去干活。她们吃完晚饭的时候，天色已经完全暗下去。夜幕落下来，温度也跟着降下来，有些冷。房间里虽然也不暖和，但是比起外头来还是好太多。

城月搓着胳膊，格外想念温泉旁的火堆，也想念楚星。她和彩蝶落在队伍最后面，便主动和彩蝶搭话："彩蝶，你是怎么入宫来的？"入宫做宫女的，要么是家里穷，要么是家里犯了事。无论是哪种，都是身份低贱的。

彩蝶并不回答她，目光看着前方。城月转头，看着彩蝶的侧脸，觉得自讨没趣。城月叹气，真想念楚星，只有楚星才是她的朋友。

月亮刚从云层里爬出来，这会儿并不明亮，城月看着月亮又叹了一口气。

做完了晚上的活，终于得以休息。

热水是很少的，只能一个个轮着去打热水。城月总是排在最后面，她也不急，坐在床边上晃着腿等着。

她今日瞧见彩蝶绣花，忽然也想绣花。可是她不会绣花，或许可以请彩蝶教她。

彩蝶的床铺离她的有些远，这会儿有些人去打热水去了，房间里的人并不多。城月问彩蝶："彩蝶，我想学绣花，你可以教我吗？"

/ 第五章 /

·“楚星，你娶我吗？”·

原来是喜欢啊。不是城月喜欢自己，而是自己喜欢她。

城月这话一出，旁边的人笑了声：“噗，就你？你还想学绣花？”她的语气充满了嘲笑，城月也听出来了。

城月不甘示弱，看着那个人说：“我不可以学吗？”城月直勾勾的眼神，看得那人反倒有些怯。

她避开城月的视线，捂着嘴笑：“学，谁说你不可以学？你学啊，可是你也学不会啊。”

城月无法反驳，只能看着她生气：我是挺笨的，小时候学过没学会，长大了估计更加学不会了。

见城月有些气馁，一直没说话的彩蝶开口了：“好，我教你。”

先前那个说风凉话的人一顿，似乎觉得自己被落了面子，这回连带着彩蝶一起奚落：“你教她？是嫌自己活得太长了？真是大善人哟。”

城月哼了声，不理她，笑嘻嘻地看向彩蝶：“谢谢彩蝶。”

彩蝶摇头，嘴角微扯了扯：“今天太晚了，明天再开始吧。”

“好！”城月点头。

城月迅速地洗了脸，缩进被窝里。得了彩蝶的答复，城月今天很高兴，她想她可以做一方手帕送给楚星。虽然楚星说不要她还什么，可是朋友之间要礼尚往来才好，单方面的付出，会容易变成贪图，这样友情就不纯粹了。她虽不聪明，这道理还是懂。

就这么想着，不知不觉进入梦乡。城月经常会做梦，各种奇怪的梦，有时候会梦见自己变成一只兔子，有时候又会梦见自己变成一只鸟。今天在梦里，她变成了一只白色毛发的猫，窝在楚星的怀里睡大觉。楚星的手从她的毛发上顺过去，她就喵了声。

狩猎场。

楚星拉开弓，眼神狠厉。他骑在马上，连护甲都没穿，身形矫捷，百发百中。与他一起的，是皇宫里身手最矫健的侍卫们，且穿了层层护甲。在比赛开始之前，侍卫们还在想，这是陛下，他们要不要让着陛下。待到比赛开始了，他们才明白他们的担忧简直多余。

陛下开弓，箭无虚发。如此持续几次后，侍卫们倒是先体力不支。

曾祈摘了帽子，有些气喘，抬手抱拳道："陛下当真英勇无敌，微臣自愧不如。"

楚星方才射箭的时候，全神贯注，眼睛里只盯着对面的目标，舒缓了不少不痛快，这会儿畅快不少。他从马上跳下来，心情愉悦："你也不赖。刘培恩。"

刘培恩听到陛下叫自己，匆忙上前来："陛下有什么吩咐？"

楚星看着面前的曾祈，曾祈其实比他还要大几岁，但也算年轻有为。他背过手，说道："赏。"

曾祈喜上眉梢："谢陛下赏赐。"

楚星并未多说，又翻身上马，骑着马往前去了。

刘培恩捏了把汗，看着曾祈道："曾大人好福气。"

曾祈笑了一声："不敢。"

在远处观望着的李珠，看到了楚星的高超技艺，眉头微微皱着，心里又矛盾起来。

琉璃则是笑意吟吟："陛下当真是英勇无敌。"

李珠心不在焉地点头："嗯，既然看罢了，咱们也该回去了。"

琉璃点头："是，娘娘。"

李珠折返的时候，刚巧赶上刘培恩也要去办事。

刘培恩还记得李珠，她上回送了桂花糕过来，说是给陛下的。这份心意倒是不错，可惜陛下不领情，桂花糕全进了他的肚子。为了那几块桂花糕，刘培恩还是开口："奴才见过李婕妤。"

李珠淡淡点头，这宫里大家地位都差不多，反正都是没有恩宠的，也分不出什么上下来："刘总管这是要去哪儿？"

刘培恩答道："陛下让赏赐曾大人，奴才正要去办呢。上回娘娘送过来的桂花糕，倒是有心了。"

李珠浅笑："没有，是我的本分。"

她这么一说，让刘培恩刮目相看。毕竟这宫里的女人，大多数都畏惧陛下。即便是他也对陛下心存敬畏之心。

刘培恩惊奇道："娘娘倒是有心人，只是陛下说，桂花已经过了最好的时节，所以没吃。"

为了安慰她，刘培恩又补充了一句："陛下也不爱吃甜的。"

李珠"嗯"了声，也没失望。这事儿倒是早就想到了，陛下对她们总是厌恶而又疏离，她们送过去的东西，估计他也不会喜欢。李珠要回自己宫里，便和刘培恩道别了。

等走出些距离，琉璃才道："娘娘，这刘总管似乎对娘娘另眼相看。"琉璃从前没有经历过这些，甚至连那些总管都认不全，但她来了李珠身边之后，花了大功夫打听了一番。

李珠这会儿没什么精力说这些："再说吧。"

楚星骑马又在狩猎场上转了好几圈后才回到御书房，就算他再不喜欢处理那些折子，还是要去处理，因为他是君主，这是他的责任。好不容易处理完折子，已经到了深夜。

夜已深，露已重，依稀能听见外头有风在刮。殿中炭火燃得正暖，驱散所有寒意，楚星看着那红色火焰，想起城月来，不知她冷不冷。

他手撑在额上，听着外面的阵阵风声。城月说过被窝也很冷，楚星大概能想象出她的样子，几乎在一瞬间，他脑子里便有了画面——像猫一样缩成一个团，只露出一双眼睛来。

楚星叹息了声，起身往寝殿去。他的寝殿里自然是暖和的，被窝里更是温暖如春。楚星由人伺候着更衣，靠着枕头侧躺，翻开一本兵书，但是意外地看不进去，只好又将兵书放在旁边的桌上，躺下睡觉。

殿中只留了外殿的一盏烛火，灯影轻晃的声音，还有外头的风声，都在他耳边走过。

楚星恍然睁开眼，他思考的那个问题的答案忽然浮出水面，但转瞬即逝。

烛火爆了一声，他忽而伸出手来，看着自己的手，因习武而起的陈年老茧凹凸不平。他想起城月的手，虽然也带着些茧子，但终归是柔滑的。他又烦躁起来，因为无法抓住那个答案。

“你看，就是这样。”彩蝶手中拿着针线，从手帕上穿梭而过。

城月一双又大又圆的杏眼里写满了疑惑。她抬眸，望着彩蝶。

彩蝶从她疑惑的眼神里看明白了她想说的话：她不懂。

彩蝶垂眸，并未叹气：“你再看，就这样，学着我这样，就可以了。”

彩蝶的声音带些冷，她似乎一直如此，城月也没放在心上。城月只管睁大眼睛，看着彩蝶的手，她手里的针线如同被赋予了生命一样，自由地游走。

“学会了吗？”彩蝶问道。

城月嘴唇微微张着，收回目光，落在自己手中的绣绷上。她学着彩蝶的样子，拿着针扎下去，动作很笨拙。

她自己都看不下去了，语气懊恼："对不起，彩蝶，我好笨，要不然还是算了吧。"她停了手，绣帕上只有两个针结，歪歪扭扭的，确实难看。

彩蝶将目光从城月的绣绷上移开，摇头道："没关系，慢慢来。"

城月抿着嘴，很是烦恼，这会儿的时间也并不充裕。她们每天都是被安排得满满当当的，有各种各样的活儿要干。城月才学了一会儿，就觉得困了，她捂嘴打了个哈欠，看一眼时辰，又到了继续干活的时候。

城月将绣绷收起来，隐隐约约觉得自己好像学明白了一点，虽然她是很笨，但是她愿意学。城月想：勤能补拙这话虽然对我来说也许不那么适用，但好歹能补上一点是一点。等我学会了，我要给楚星绣一颗星星。

一想到这个，城月就很开心。她跳下床来，哼着曲儿去干活。

和楚星见面的时候，城月根本藏不住喜悦，拉着楚星说："我有个好消息想告诉楚星，楚星猜猜是什么，好不好？"

城月的世界虽然简单，但是对楚星来说，却仍旧复杂。他眨了眨眼，摇头道："猜不出来，月儿直接告诉我吧。"

城月从来不计较他的敷衍，她笑得眉眼弯弯，手舞足蹈地开口："我最近在学绣花，我打算给你绣一个帕子，绣你的名字，怎么样？"她说话之间，笑意似乎从声音里溢出来，再顺着楚星的手往上爬，爬到楚星的嘴角。

楚星嘴角微扬："好。"

城月挽着他的胳膊晃啊晃，和他一起在院子里散步。那一棵大树也开始落叶了，露出了部分光秃秃的枝丫。阳光从树叶的间隙里穿过，变成一束一束的光圈，还能看见飞舞的金色灰尘。

城月抬手遮挡在眼前，看着指缝里的阳光，不自觉地感慨："好美啊。"

她另一只手勾着楚星的手指，轻轻地摇晃，而后转过头来。阳光落在楚星的头上，照得他的脸更加白皙，城月踮脚，想抓他头上的阳光。

听着她的笑声，楚星觉得她的声音仿佛长了绒毛，一路落入他心里，有些发痒。

他抬眸，看着城月干裂的嘴唇，微微皱眉，他记得太医院似乎有那种润嘴唇的药。

“明天我带药过来。”楚星忽然说道。

“嗯？”城月看着他，好一会儿才反应过来他说的是什么。

“好，谢谢楚星。”她又笑了。

城月放下手里的叶子，叶子轻飘飘落在地上，被泥土温柔地托住，叶尖微微落入土里，被土缠住。一阵风过来，叶子被吹得打了几个转，又重新回到泥土上。

城月和楚星背靠着背。城月抱着膝盖，说了很多很多。她的话大多没有逻辑，旁人听不太懂。楚星听着，偶尔“嗯”两声。过了好一会儿，微风渐渐变成大风，吹得人皮肤都透着凉。城月搓了搓胳膊，拉楚星进了殿中。

殿中还生着火，火上热着一壶水，城月喝了一口，递给楚星。

楚星接过，愣了愣，这是她喝过的……他猛地仰头，喝得太急，走漏的水珠顺着他的嘴角流到修长的脖子，从喉结路过，落入衣襟，他咳嗽起来。

水热了很久，城月没料到会这么烫，嘶了声，脸也皱成一团：“好烫好烫。”她用手给自己扇风，泡在温泉里的小腿也乱蹬起来，晃得水花四溅。

“烫怎么还咽下去？”楚星攥住袖子，给她擦嘴角。

城月只是笑嘻嘻地：“下次我会注意的，待会儿就好啦。”

在这略带寒意的秋天里，泡着温泉水，实在过分惬意。城月靠在楚星的肩头，闭着眼小憩。

再睁开眼，她的注意力被自己粉色的脚指甲吸引，那是用凤仙花汁水染的，在氤氲的水汽里若隐若现。她猛地踢腿，溅开许多水花，笑声和水声融合一起。

楚星被溅了一身的水，无奈地笑了声。任谁也无法想到，他会有这么温柔而好脾气的时刻。

他故意板着脸："月儿太调皮了，得罚。"

"怎么惩罚？"城月睁着无辜而又天真的双眼，并不觉得楚星真的会罚她。她没来由这么觉得，虽然没什么根据。

但是这次似乎猜错了，楚星抓住了她的脚脖子，在她脚底挠痒痒。

"哈哈哈……"城月笑得眼泪都出来了，开始求饶，"啊，哈哈哈……楚星……我错了，我错了……呜呜呜……"

楚星听着她略带哭腔的声音，忽然觉得不可思议，自己居然能做出这种事来，像一个孩子。但这已经不是第一次了，他似乎能在城月身边做一个孩子，当然了，更能做一个大人。

她都已经认错啦，为什么楚星还不松手？

城月眨着眼，听见楚星咳嗽一声，松了手。

楚星情绪低落下来，叫她的名字："月儿。"

"你怎么了，楚星？"城月担忧地看着他。

"没事。"楚星微微笑着。

这冷宫的屋顶上嵌了几片明瓦，阳光从明瓦透下来，城月伸手，接住那一束光。底下水汽蒸腾，她手心里却有自己的天地。

城月神情专注，看着手心里的阳光。她的注意力变换得很快，入神也快。她屏气凝神，小心翼翼地捧着手里那束阳光，如同捧着一件珍贵的物件。楚星不由得也看着她出神，连带着呼吸都变得缓慢而郑重。

城月忽然合了手："哈！"

她再张开手掌，手心里什么也没有，城月有些失望。这于楚星而言，是水中月镜中花一般的道理，但于城月不是，她对道理和世事都明白得缓慢。

城月转过头来，对楚星说："我又犯傻了，它是抓不住的。"她在自己头上轻敲了敲，但并不是沮丧的语气。

城月从面前的水汽里抓了一把，另一只手抓住楚星的手，嘴角翘着，如同交托什么重要东西，其实落下来什么也没有。

楚星配合她幼稚的把戏，说道：“嗯，接住了。”

城月笑他：“楚星也傻了，什么也没有呀，我就是闹着玩罢了。”

楚星摇头，语气坚决：“不，我接收到了。”

他这语气倒让城月怀疑起自己来，城月凑近，近到连对方的睫毛都能数清楚有多少根，好奇地问道：“接住了什么呀？楚星。”

她心念一转，忽然间有了个恶作剧的念头，于是小声惊呼，捂着自己的脸不可置信地看着楚星：“天哪，楚星，大宝贝哦，你看见了吗？”

楚星笑意更深，笑得不能自已。

城月看着他，不明所以：“我装得不像吗？”

楚星还是笑，城月“哼”了一声。她的思绪总是飘忽不定，一会儿想到这个，一会儿又想到那个。不知为何，她想到宫女是要老死宫中的，可是侍卫不是，侍卫到了一定年岁，可以调出去做别的。这样的话，楚星就会离开她，这是一件很难过的事情。

她声音低下来：“以后楚星会不记得我的。”

楚星跟不上她的想法：“为什么？”

城月说道：“因为很多年以后，你成了家，而我，肯定已经变成了一个白头发的老太太，那时候你肯定就忘了我了。”

楚星眉头微微压下来，还是没将她前后的逻辑联系起来。

楚星不知她为何如此，但是城月看起来很不高兴。于是，他说道：“不会的。”

城月听见他的保证，又转悲为喜，勾住楚星的小指：“拉钩。”星星和月亮总是在同一片天空里的，就是他们俩呀。

美好的一天总是会过得特别快，他们从那院子里走出来，经过长廊，湖水里的鱼仍旧活跃着，兴许是因为此处有温泉的缘故。城月趴在栏杆上，注意力又被鱼吸引过去。城月看着鱼，楚星看着城月。

想抱她一下。

楚星脑子里冒出这个想法，他又惊了惊，但他从来不是犹豫不决、优柔寡断的人，他要做什么，便会做什么，偶尔才会考虑一下后果，以及责任。

楚星喉结滚了滚，上前一步，又唤她的名字："月儿。"

"嗯？"城月刚转过头来，就被揽入怀中。

时间在这一刻仿佛停止，似乎是过了很久，又似乎是转瞬之间。湖水里红色的鱼在摆动尾巴，似乎撞到了荷叶杆子，荷叶晃动起来，晕出一圈圈涟漪。他们在沉默里依偎着，时间消磨成风。

直到不得不离开的时候，城月信誓旦旦说："我一定会尽快绣好那帕子给楚星的。"

楚星点头："嗯。"

城月回到宫女所的时候，又晚了。

彩蝶看了她一眼，问道："今天怎么又回来这么晚？"

城月想起还要和彩蝶学绣花，便一个劲儿道歉："对不起，彩蝶，我忘了。"

彩蝶自然不会多问："没事，今天还有点时间，你练练吧。"

从旁边找到自己的绣绷，城月看着彩蝶做了一遍，迅速进入状态。她全神贯注，可惜没有天赋，依旧绣得很难看。

路过的彩云看了一眼，忍不住捂着嘴笑出声来："这是什么？毛毛虫吗？"

城月停了动作，看着自己的成果皱眉。彩云只是路过，瞥了一眼，又回到自己床边。城月走神，直到彩蝶在她面前挥了挥手。

彩蝶说道："别理会别人的看法，你是自己学，又不是给她们学。"

城月咧开嘴笑："嗯，谢谢彩蝶。"

她今日学了新的技巧，歪歪扭扭绣了几针，看着这进度缓慢的帕子，不知道何时才能绣完。

夜色已经很深，城月披了衣服起来如厕。迷迷糊糊中突然听见了细微的声音，像是彩云的声音。她脚步一顿，目光一转，瞥见彩云和那天的那个男人站在阴暗处。彩云拉着男人的手，说着什么，欢声笑语。

一阵冷风吹来，城月搓了搓胳膊，打算继续走，却在这时，忽然瞧见彩云踮脚，亲吻了那个男人的脸颊。

城月想起楚星来，她也亲过楚星。彩云和那个侍卫的事情在宫女所里不算秘密，有许多人知晓，甚至拿这事儿打趣彩云。

风吹得树叶沙沙作响，也吹得城月一哆嗦，她赶紧迈步离开。

再次躺进被窝里，热度仍在，城月翻了个身，却意外地清醒了。她只从被窝里露出一双眼睛，看着黑不溜秋的房间。窗户留了一丁点缝儿，透进风来。

城月翻来覆去，不知道自己为何突然没了睡意。她闭着眼，睫毛微微颤动，脑子里又想起好多东西，最后思绪定格在一只兔子上，她想象自己变成了一只兔子。兔子在草地上蹦蹦跳跳地，突然出现了一只大灰狼，她就跑啊跑，大灰狼在后面追……

她快要睡着的时候，听见门吱呀一声。宫女所算是宫里的下层，住所也好，其他摆设也罢，皆有些年头了，因而那门也并不算灵活。这声音算不上特别大，可还是将城月吵醒了。她睁着迷糊的眼，看见彩云从门缝里溜进来。

彩云很瘦，城月也瘦，但和城月比起来，彩云瘦得有些过分。彩云今年已经二十岁，她并不是一开始就在这儿的。彩云以前是一个娘娘宫里的，那还是先帝那会儿，后来那娘娘失了宠，宫里的宫女全被打发出去，她便来了这里。早没什么盼头了，也就盼着李岩能早点娶她出宫去。

今日李岩同她说，他升了职，离娶她的日子又近了些。彩云想到这里，不禁捂嘴笑，自言自语：“李岩啊李岩，你最好快些娶了我。”

城月听得清楚，又呆住：娶？

她看见彩云笑呵呵躺进被窝里，很快也没了声音。城月眨着大眼睛，望着朦胧的夜色出神。她同楚星待在一起的时候，也很高兴。她翻了个身又继续想她的大白兔，后来不知道什么时候睡着了。

第二天醒过来，叠被子的时候听见有人打趣彩云：“听说你那位升职了，是不是要把你娶回去了？”

“真好啊，羡慕你，还有这种造化。我们啊，只能一辈子老死在这宫里了。”

……

城月听得费劲，昨夜也听见彩云说这事儿，她大概明白娶是什么意思，就像陛下和娘娘的关系那样。只不过宫里是一个陛下和好多个娘娘，而民间，只有一个男人和一个女人，他们组建成家庭，生儿育女，这当中的关系又稍显复杂，城月并不明白。

城月想日后楚星若是成了家，必然会忘记她。可是她也亲了楚星，那楚星岂不是也要娶她？然后生儿育女。和楚星生的孩子一定乖巧可爱又好看，最好长得像楚星，性格再活泼一点。反正不要像她，也傻傻的可不好……城月脑子里的想法就这么飘到孩子身上，楚星的孩子姓楚，最好是个女孩儿。

早起要先洗衣服，大家都不喜欢洗衣服，尤其这个时节，更是怨声载道。

“唉，真是的……冻死了。”

“你说这些有什么用啊？这都是命，谁让咱们家里条件不好，又没那命被选到主子身边去。”

“唉，烦死了，一辈子在这里待着……”

一时间，她们七嘴八舌说起来，唯有城月和彩蝶沉默着。城月插不进话，一双手泡在冷水里，几乎要没了知觉。她目光一瞥，才发现彩蝶也不和她们说话。

城月收回视线，正要开口：“彩蝶……”

被彩蝶冷冷挡回来：“别说话，多做事。”

城月抿着嘴，有些委屈。她正委屈着，听见她们口中突然出现彩蝶的名字。

“咱们都还好，彩蝶才是最惨的，就她家那情况……咱们如果运气好一点，还能出门去，可是彩蝶就惨了，一辈子都没机会了。”几个人笑起来，笑完了又叹气，不知是嘲讽彩蝶，还是嘲讽自己。

城月觉得奇怪，为什么彩蝶会惨呢？她们说到家里的情况，可是彩蝶家里有什么事吗？这里很多宫女，都是家里犯了事被送进来的，有犯大事儿的，也有犯小事儿的。她们这么说，想来是彩蝶家里犯了大事儿吧。

作为话题当事人的彩蝶却神色平常，自如地搓着衣服。

城月又觉得彩蝶很厉害。

大家忙活完已经饿了，吃饭时个个狼吞虎咽。可惜这饭食并不香，狼吞虎咽两口，便没了势头。

城月慢条斯理扒拉着碗里的饭，吃了几口也没了胃口。吃完饭还有一小会儿休息时间，城月本想去找彩蝶学绣花，可是彩蝶却不见人影。

她只好作罢，自己在角落里摸索着绣了几针。天气越来越冷，她的手也越来越僵，不只是手，腿也是冻僵的，一身棉服旧得都快挡不住风。她走到冷宫的时候，稍微迟了些，因为今日腿脚冷，走动慢了些。

楚星不在温泉那儿，而是在入宫的门口等着她。他今日又换了一件新的斗篷，还拿了一个米黄色的手炉，斜倚在门廊边。见她来了，他起身从袖中拿出手炉，塞进她手里。

城月手正冻着，这一下像身处天堂。她哇了声，正要开口，被楚星抢了先：“暖暖手。”他的声音低沉而有磁性，甚是好听。

“嗯。”城月点头，随他一起往里面走。

温泉宫中已经生了堆篝火，篝火上架了一个架子，架子上串着铁丝，不知道要做什么。

城月觉得奇怪，就问楚星：“这是要做什么？”

楚星说道：“烤羊肉。”

“哎？”城月眼睛睁大，“烤羊肉？”

她只听说过这道菜，却没吃过，听说是贵族才吃得起的。

城月拍手，一脸崇拜：“楚星好厉害。”

楚星不语，沉默地走近火堆，取下那个架子，又从旁边的食盒里拿过一大只羊腿，将羊腿绑好，放回火堆上，撒上酱料。他动作干净利落，城月看得目不转睛。

楚星本要带一整只，思及太过庞大，且他们二人也吃不完，最后只拿了一条腿过来。

羊腿上划了几刀，在大火上刺啦刺啦地冒油，羊油掉进火堆里，火燃烧得更旺。城月被吓到，往后退了退，又觉得有意思，小心翼翼地维持着不远不近的距离看着。火光映在她脸上，在她晶亮的黑眸里跳动。

在这样的氛围里，楚星好像被蛊惑，他想：如若时间可以停在这一刻……他忘却了责任、国家、地位、权势，只贪恋这一刻的安宁。

羊腿还在冒油，火势很旺，像在为他们助兴。

城月退回一些，倚着他的胳膊，吞咽一声，然后问道：“楚星，你娶我吗？”

楚星的眸子被火点亮，愣了愣，看到城月亮晶晶的眼睛里映出的火光在跳动，皱眉问道：“为什么突然说起这个？”

楚星没有回答城月的问题。换个人来，或许会察觉出他在顾左右而言他，可是城月不会，她的注意力就这么简单地被楚星带偏。为什么会说起这个？就是突然从脑子里冒出来了。

“嗯……”城月眉头也揪着，“今天听见她们聊天……”

她说起前因后果，最后认真地问道：“所以你娶我吗？”

娶，这于帝王而言，是不能轻易使用的词，用得上“娶”这个字的，唯有元后。在大昭，甚至连继后都够不上一个“娶”字，而楚星并未立元后。

一则，他个性暴戾，甚少踏足后宫，故而无人得了恩宠，至于子嗣，那更加没有；二则，或有家世才貌甚突出的女子，可楚星不愿意立后，何况楚星即位不过两年，这事儿左右也不急，因而就被搁置下来。

而帝王后宫佳丽三千，左右都是女人，“娶”或者“不娶”，只不过是一个虚名而已，所以并没有什么分量。

楚星垂眸，他从未考虑过这些。他分给后宫那些女人的精力少之又少，闲暇时间才会看一眼，不过看一眼又会厌恶。

他转移话题：“月儿，你知道娶是什么意思吗？”

城月点头，又摇头：“知道，但也不是特别清楚。应该是两个人在一起，然后还要生儿育女。”她不好意思说自己甚至想象了一下她和楚星的孩子。

一个家庭的组建，其实是很复杂的，可以看成一个变小的国家的化身，需要秩序，也需要人情，需要操持，也需要打理。楚星学过为政之道，亦学过为君之道，但没人教他为夫之道。

楚星思绪略微走神：于她而言，那些内里的秩序都是不存在不必要的，她只记得很表层的东西。

楚星想告诉城月，不只是这些，可是他也毫无经验，除了这些，还应当有什么呢？最重要的又是什么呢？

身侧的羊肉香味传来，将两个人的思绪一起吸引走。

城月转过头去，欢呼一声：“哇，好香啊。”

楚星松开手，起身将羊腿翻了个面。这羊腿巨大，起码要烤上一个时辰，里面才会熟。

这么一打断，先前那些话都烟消云散了。

城月的注意力又被别的东西吸引，她抬头，看见一只蝴蝶在殿中飞。她杏眼睁圆，很是惊讶：“这个时节，还有蝴蝶？”

宫门是紧闭的，因为外头冷风大作，也不知道这只蝴蝶是怎么飞进来的。这是一只蓝色带花纹的蝴蝶，在殿中并不亮眼的光线里，显出一种诡谲之美。城月被牢牢地吸引了，她跟在蝴蝶身后跑，蝴蝶飞得很慢，她也走得很慢。

楚星在原地旁观，看着她很有活力地去追赶蝴蝶。

城月总是很有活力，很少有蔫蔫的时候。她玩累了，就睡一会儿，睡醒了，又是精力充沛的样子，仿佛人生除了玩和吃，以及睡以外，就没有别的东西了。她回头看楚星，发觉楚星在看着她，于是不好意思地笑了笑，小碎步跑回楚星身边，挽住他的胳膊，问道："楚星，我是不是好傻啊。"

楚星摇头："没有。"即便她这么闹，却意外地让人感觉到平静，像坐在波涛汹涌的海面，却能安眠，或许是因为知道这海浪并不会卷走自己。

城月自觉楚星是在夸她，她又蹦起来欢呼。

等待烤羊肉的时间是漫长的，过了许久才闻到了比先前更猛烈的羊肉香味。羊肉香味散发出来，飘满整个宫殿。城月凑近那架子，架子上的羊腿油亮喷香，她不自觉吞咽口水。

城月看向楚星，楚星嘴角微微翘起来，不知道从哪里变出一把小刀，从羊腿上割了一片羊肉，送进她嘴里。城月就着他的手吃下那块肉，孜然和辣椒粉的香味，混合着羊腿本身的肉香味，直冲天灵盖。楚星沾过羊肉的手指也散发出同样的香味，吸引着城月。她轻嗅着，像一条小狗，而后把他手指上残留的味道也一扫而空。

城月舔了舔嘴角，说道："好吃。"

楚星呆住，心跳声如雷，他好像忽然明白了一件事：原来是喜欢啊，不是城月喜欢自己，而是自己喜欢她。

城月嘴角还残留了一点残渣，她见楚星盯着她看，忽然意识过来，从袖中拿出手帕，将嘴角擦拭干净。看见了手帕，她又想起自己还在绣的手帕，于是说道："楚星，我给你绣的手帕可能要久一点才能送给你了，因为我太笨了，学得好慢。"

"嗯？没事。"楚星收回思绪，低下头藏住心跳的声音。他用小刀切肉，拿过旁边食盒里的盘子装好，放在城月手边。

城月的目光随着他的动作，在架子和盘子之间流转，一副全神贯注的样子。楚星片下来一盘子，推到城月手边。城月眨着眼，直接伸手抓了一块肉放进嘴里，吃得津津有味。又嫩又滑的羊肉，肥而不腻，香味四溢。

城月连连点头，忍不住挥动着手。她又抓了一片，递给楚星。

楚星张嘴，从她手里咬过羊肉，嘴唇不小心碰到她的手指，他呛到，城月忙给他递水。

待楚星表情平缓，城月眨着眼迫切地询问："好吃吗？"

楚星别开脸，"嗯"了声："好吃。"

城月是第一回吃羊肉，因而很激动。可楚星不是，每年冬天，宫里总有吃羊肉的时候，甚至要分送到各宫里去。

这一年的羊也如期送到各宫，各宫主子虽然说整日胆战心惊，可是这会儿的好处也是实打实的。有人觉得就这么着也不错，一辈子没恩宠也罢了，好歹能过着锦衣玉食的生活，只要能活下来，这辈子也不错了。也有人并不满意，毕竟空有优渥物质，却被放逐在寂寞里。

李珠宫里的羊肉是柳枝送过来的。李珠当然记得她，二人对视时，李珠说道："既然送来了好东西，你们就拿下去烹了，趁着新鲜吃了吧。"这是屏退左右的意思。

"是。"一众宫人便应声退下去。

殿中剩下三个人。

李珠问道："可有什么话要说？"

柳枝低着头："娘娘，陛下今日独自拿了只羊腿，不知道去了何处，也不准叫人跟着。"

"哦？"李珠倒了杯茶，茶水的热气升腾而起，"可知道陛下去了何处？"

柳枝摇头："不知。陛下时常如此，一个人在宫里走动，不准人跟着。"

“哦，兴许是一个人清静去了。”李珠不以为意，“你回去吧，小心点，别叫人发现了。”

柳枝点头：“奴婢明白。”

目送柳枝出了门，李珠把琉璃也打发出去，殿中剩下她一个人。

这会儿是黄昏时候，殿中点了几盏灯，李珠从袖中拿出一卷字条，放在灯上引了火，火烧起来，随后将其扔进旁边的炉子里去。这是她父亲写过来的信，询问起她的情况，寥寥几句问她好不好，大多是问她有什么进展。

李珠其实心中狐疑，她的父亲，是否只是为自己谋朝篡位寻一个由头，而并非像他口中所说的，为天下，为苍生百姓。

李珠起身，行至榻边，手撑着头，闭目养神。

她入宫已经有些日子了，连陛下的面都没见上几次，更别提还要算计他。她又睁开眼，从窗户瞧出去，只觉得心情也如同这天色一般。

羊腿很大，片下来整整两大盘肉，最后还剩下几块骨头。城月一边偷吃，一边还给楚星塞吃的，就这么着，也吃了大半。城月捂嘴，打了个饱嗝。她一直没用筷子，这会儿手指上全都是调料和油渍。

好香，城月忍不住舔自己的手指：“好好吃啊，楚星。”

城月眯着眼，把手指擦干净，接过楚星递来的水囊。

她以为是水，打开却是乳白色的，冒着奶香味儿。城月看一眼楚星，楚星侧身在收拾架子。

她仰头喝了一口，原来是羊奶，味道有一些怪。她第一次喝，并不习惯。

楚星接过水囊，问道：“好喝吗？”

城月摇摇头：“味道有点怪……”话还没说完，味蕾就感知到一股奶香味。楚星舔了下嘴唇，微笑着说道：“还挺好喝的。”

他突然想明白了答案，便雷厉风行地遵从自己的心意行事。

城月傻傻地望着他，好像没反应过来。和她那带着安慰性质的亲吻不同，这个吻很用力，仿佛能感觉到主人的威严与霸道。

她愣愣地指着楚星：“你……亲我？”

楚星看着她的神情，声音里带了些自己都没察觉到的慌张：“嗯。”

/ 第六章 /

· 难不成是陛下开窍了？ ·

因为楚星是温暖的，
所以温暖指代楚星。

“你不是问我，娶不娶你吗？”楚星点头，回答城月的话，“娶。”

他又任性了，或许又要被他们上折子骂，但是他管不了那么多了，他只知道，他喜欢城月，想要和她在一起。

城月仍旧愣愣地看着他，楚星也看着城月。

城月低下头，想了想：楚星要是娶我的话，我们就可以永远在一起了。

她陡然起身，扑进楚星怀里欢呼：“好耶，楚星真好。”和楚星在一起真是太高兴了。

她笑吟吟地去拿那水囊，仰头喝了一口，这羊奶似乎变得好喝起来，甜滋滋的，解了前头吃肉的腻。她看着盘子里剩下的肉，又起了馋，吞咽口水，可是肚子已经圆滚滚了，吃不下了。

楚星拿过来一块大骨头，叫她拿着啃。城月开心接过，拿在手里，找到了一个地方一口咬下去。骨头上没剩下太多肉，但是啃着好玩，过瘾。城月把手里的大骨头当成一个玩具，和它较劲儿。

楚星就沉默地看着她。

城月抓累了，放下骨头，抬起头来，和楚星刚好四目相对。她失去了对骨头的兴趣，又对楚星起了兴趣，她从来没对任何人表现出这种兴趣来。

城月手里还带着刚摸过骨头的油，她完全忘了，就这么扑向楚星，手蹭到他的衣服上，带着羊肉的油香味。

楚星接住她，让她屈膝坐下。城月叫他的名字："楚星。"没什么实际的意思，就是自然而然的习惯。

"嗯？"楚星应了一声。

她觉得这个姿势不太舒服，于是挣扎开，换了一个方向重新坐下。她抱了抱楚星，又把水囊递给他："你也喝。"

楚星接过水囊，忍不住笑，目光定在她身上。她已经换了一身棉衣，棉衣似乎是旧的，虽然看起来单薄，但是她穿上身显得臃肿，连腰线都要看不出来了。

城月看他盯着自己，问道："楚星，你在笑什么呀？"

楚星答道："高兴，就笑了。"

城月也跟着笑："这样啊，我也高兴，以后楚星就不会和我分开了。"

她兀自拉过楚星的胳膊挽住，下巴靠在他肩头，絮絮叨叨地说："我最近跟彩蝶学绣花，彩蝶……她好像有点不一样，她有时候对我挺好的，有时候又变得凶巴巴的，但是楚星就一直对我很好。

"啊，对了，我那天还学到了一个新的词，叫情哥哥。

"她们说，你这样的，就叫情哥哥。"

"楚星情哥哥。"她小声说出来，自己先娇羞起来。

"好像有点怪怪的。"城月瘪嘴，手不安分地在水囊上抠来抠去，吐了吐舌头，"还是不这么说了。我那天晚上还看见彩云和她的情哥哥见面，后来就听她们说什么，情哥哥要娶彩云了。"

她说话跳脱不已，有时全无逻辑，楚星只是淡淡点头，应道："嗯。"

旁边的篝火还烧着，火势猛烈。殿中除了这一堆篝火之外，还点了一盏灯，那灯架年久失修，风一吹就会晃动，发出吱呀的声音。篝火燃烧得噼里啪啦，再配着那个灯架轻轻晃动的声音，听来有点恐怖。城月想起宫女们说冷宫里有鬼的传闻，又觉得好笑。像这种场景，旁人看起来其实有些许阴森，但是城月全然不觉。

因为有楚星在啊，楚星在的地方，哪里都不会阴森的。

在房子里待得久了，坐在篝火旁边，感觉到一种被火炙烤的热意，很不舒服。城月便起身把门打开一条缝儿，外面的冷风立刻灌进来，冷热在一瞬间完成交替。冷风吹在被火烤热的脸庞上，让她觉得很舒爽。

城月把门开得更大，风吹得篝火左摇右晃，她便迅速关了门。到了深秋，天气甚少有很好的时候。天空总是灰蒙蒙的，还刮着大风。今日也是如此，一眼看过去，像蒙了一层灰色的纱。这种天气，不知道会不会下雨。

城月走出门，站在院子里，张开双臂，风从她腋下耳侧吹过去，没一会儿，就感觉到凉意。头顶上飘落一片金黄的树叶，短短几日，树叶已经掉了大半，大树变得光秃秃的，难看得很。城月拿下头上的落叶，她摸着叶梗，跑进门来，动作迅速，又带了一阵风，篝火又被吹得小了些。

城月反手将门关上，楚星仍旧坐在原位，目光一如既往地落在她身上。她跪坐下来，给他展示："楚星，叶子都要掉光了。"

楚星接过她手里的叶子，扔进火堆里："叶子掉了，明年还会长的。"

城月看着他的动作，问道："明年春天吗？"

楚星淡淡点头："嗯。"

"那叶子好惨，永远只有一年的寿命。"

楚星不知道怎么和她解释这种自然规律。

城月眨着眼，看着那燃烧的叶子。她转过头来，抓住楚星的手，说道："一直以来，都是我在说话，你听着，你都没说过你的事情。你说说你的事情好不好？我想听听楚星的生活。"

他的生活？无非是处理政事、上朝、被臣子们骂，以及练武，枯燥乏味，又惹人厌烦。何况他须得隐藏身份，这些也不能说给她听。

最后，楚星缓缓开口道：“我小时候学武，师父说我学得很快，很有天赋。”

“嗯！”城月认真听着，“然后呢？”

“然后师父同父亲说起这些，父亲甚至连一句夸赞都没有，只是说我应该做得更好。”回忆起这些，楚星心中又涌起一股不耐烦。

他攥紧的拳头隐藏在衣袖之下，城月全然没有发觉，只是皱着眉头替他难过：“啊？你爹怎么这样？也太过分了！”

她义愤填膺的样子不仅让楚星的烦闷消散，还叫他想笑。

城月继续说着：“练武一定很辛苦吧，是不是会受伤？是不是很痛？可以给我看看吗？”

她的眼神那么真诚，让楚星无法拒绝。他缓缓撸起袖子，露出手肘上一条蜿蜒狰狞的伤疤。这只是其中之一，在他的胸口和背部还有很多类似的伤疤。这些疤痕大多是他幼时练武留下的，还有狩猎甚至打仗时受伤留下的。

城月看着这些疤痕，心疼不已，红了眼眶：“楚星好可怜，不痛了不痛了，呼呼。”她像哄小孩子一般，往他早就愈合的伤疤上吹气。

从未有人说过他可怜。楚星眸光一动。

“楚星都这么厉害了，你爹都不夸你。”城月念叨着。

楚星心里触动，忽然抓住她的手腕，将她带到跟前，近到能望见她眼里的星河。星河闪烁，楚星倾身。

两人嘴唇碰在一起。她背脊绷了绷，唇上感受到轻微的痛，“啊”了一声，这一声闷闷的，被他吃掉。

不过楚星还是放缓了动作，变得温柔起来。

城月觉得自己的心跳得厉害，这种感觉奇怪不已。她推开了楚星，目光茫然地逃离开，躲到温泉边上。她脱了鞋袜，把脚伸进温泉水里，发出一声享受的喟叹。秋冬和温泉真是绝配。

于楚星而言，这处温泉并不算上佳，他忍着笑，问道：“你喜欢这温泉吗？”

城月点头：“喜欢啊。”

她扬腿，带起晶莹剔透的水花：“好玩儿，也很舒服。”

“那日后带你去别的温泉玩，好不好？”楚星靠近她，在她身侧坐下。

“好。”城月点头，却看见楚星慢条斯理地摘了斗篷，脱去外衣，而后一跃跳下温泉里。

“你要干吗啊，楚星？”她不解地眨着眼，看着楚星在下面站着。

楚星从水里靠近她的脚，轻轻握住她的脚踝。温泉的水和楚星的手心温度并不一致，这种温差让城月心里一跳。

而后，她被拽入水中，身上的棉衣全都湿了。

城月有些着急：“衣服湿了，明天穿什么？”

楚星不以为意：“没关系，你把棉衣脱下来，放到篝火旁边，很快就可以烤干。”

城月自然照做，她在水里走动，把衣服放在方才自己坐的地方摊开。等弄好了，她才转过头来看着楚星，有一些生气：“可是这样会冷的。”

楚星往下沉了沉身体，告诉她：“温泉是要这样泡的，不会冷的。再说了，不是还有我吗？我在这里，不会让你冷的。”他说罢，抓住了城月的手。

热意从她的手腕处传来，身体被温泉水包围：“好像是不冷。”

“是，不冷的。”楚星含笑。

城月学着他的样子，将自己往水里沉下去，让热水浸过自己的脖颈，于是整个人都迅速地暖和起来。水温刚好，她额头上很快冒出一层薄汗。

“好像有无数个楚星。”城月的指代是特别的，因为楚星是温暖的，所以温暖指代楚星。

楚星一愣，反应过来，反手扣住她的手腕：“但是真实的我只有一个，就在这里。”

城月闻言抬头看他，望见他黑亮的眼睛，点点头：“嗯。”

城月偏过头去，靠着池壁站定，身体沉进温泉里。她闭着眼，享受着这种温暖。

楚星在她对面站着，看着她。二人中间一片水汽，让楚星想起山上清晨的白雾，人在其中，也是如此若隐若现。因为他们二人的走动，热气越发地往上冒，没一会儿，温泉上空全是热气。楚星的脸逐渐变得模糊不清。

这又勾起了城月的兴趣。她向楚星走过去，像穿过层层叠叠的迷雾，奔向他。水流在她腿上滑过，化作和她玩耍的朋友。

楚星的手搭在岸上，以一种坐拥的姿态，目光紧紧跟着城月的脚步，直到她停在自己面前。

城月一把抓住了他的手，笑着说："抓住楚星了。"

"嗯？"楚星出声询问。

城月说道："捉迷藏啊，我抓到楚星啦，换楚星抓我啦。"

说罢，她松开手，又往回跑。随着她的动作，一片氤氲水汽又被拨开，云与月重新回到墨色的天空里。城月跑到温泉一角，发觉那些水汽又散开了，她顿觉没意思，嘟着嘴，眉头微微压下来。这温泉是方形的，她沿着岸壁往旁边走动，池水没到她胸口。她走了几步，又变作游动。

城月并不会游泳，因而划拉两下有些重心不稳，就在要栽倒的时候，被一双温暖的手掌接住。

"楚星！你什么时候过来的，怎么没有声音？"

她的发髻散开了，发尾掉进温泉里，漂浮在水面上。城月顺势抓住楚星的胳膊，攀附着他站立。她笑嘻嘻地，紧紧地抓着楚星。

城月比楚星矮很多，她的头靠着他的胸膛，和他说话还得仰头。她把自己的胳膊和楚星的胳膊放在一块，比了比，她的胳膊只有楚星的一半粗。

他胳膊上还有突出的肌肉，摸起来硬邦邦的。城月用指腹按了按他的胳膊。

楚星不许她乱动，将她捞起来。

她往上攀了攀，和他对视：“里面的衣服湿了怎么办？总不能穿一件棉衣回去吧？”

城月猛地从水里起身，跳上岸，靠近火堆烤火。火堆还在熊熊燃烧着，很快将她身上的衣裳烤干，棉衣最外面那一层也已经干了。城月觉得欣喜，开始梳理乱糟糟的头发。

楚星还站在池子中间，目光失神，不知道在想些什么。

城月朝他挥手：“楚星。”

楚星听见她的声音，回过神来，见她挥手，走了过来：“什么事？”

城月摇头：“没事，我看你在发呆呀。你是不是也有点头晕啦？”

楚星“嗯”了声，其实并没有。

“哦。”城月视线绕过一圈，又回到楚星身上。她的头发散了，楚星的头发还束着，于是她伸手把他的簪子拿下来，放下他一头长发。他的长发落下来，盖住了一些清冷的表情。

城月笑了声：“这样我们就一样啦。”

她灿烂的笑容，让楚星难以移开视线。

见楚星看着自己，城月眨了眨眼，眼睛更亮了。

楚星忽然问道：“月儿知道怎么生孩子吗？”

“嗯？”城月不明白话题是怎么转到这里来的。

她摇头，迷茫道：“不知道。”

楚星捧过她的脸，让她和自己对视。

吻再次落下来，温柔中带着些急切，他流连于她的唇齿之间。一切仿佛自然而然地发生，相拥在一起坠入旖旎缠绵。

城月本来就感觉到有些头晕，一番缠绵之后更加觉得疲惫。她眼角晶莹的泪水还挂在睫毛上，哭了几遭，分不清自己身处何方。

楚星见她皱着眉头，嘴巴微微噘着，一副委屈的样子，忍不住在她额头上落下一吻，抱着她，轻拍着她的背，安抚她。

他们坐在火堆旁边，并不冷。

楚星看着城月，他拥有了她，拥有了轻松和愉悦的能力。

城月这一觉睡了许久，待她再睁开眼，天都黑了。她揉着惺忪的眼，发现身上棉衣是暖烘烘的。

城月在楚星怀里蹭了蹭，语气有些委屈："你弄痛我了，楚星。"

楚星点头认错："对不起，下次不会了。"

"天黑了，我今天又没饭吃了。"城月抱怨道。

楚星问她："又？月儿经常没饭吃吗？"

城月点头，又摇头："也不是经常，只是偶尔啦。我回去得晚了，就没有饭吃了。其实宫女所的饭也不好吃，但是总比饿肚子要好一点。"她说着，肚子咕咕叫了声，很应景。城月有些不好意思，因为已经过去了很久了，吃的肉都消化完了。

楚星垂眸沉思片刻，说道："既然都晚了，那再晚一会儿应当也没事儿。月儿在这儿稍作休息，等我一会儿，好不好？"

城月点头。

楚星出了门，吹了声口哨。尽管他平日里不许人跟着，但作为一国之君，哪能没有暗卫暗中保护。吹口哨，便是对暗卫的召唤。

一个暗卫从屋顶上滑下来，低着头请求指示："陛下有何吩咐？"

楚星说道："你去叫御膳房准备些吃的过来。"

"是。"暗卫应声，贴着屋檐而去，消失在夜色里。他动作很快，无声无息。

暗卫很快带了一个食盒回来，食盒里是八宝鸭。

城月看着楚星带进来的食盒，不由得睁大了眼睛："楚星，你从哪里弄来的？"

楚星没有回答，只说道："饿了吧，吃吧。"

城月确实饿得不行，闻着食物的香味，咽了口口水。她拿过盘子，咬了一大口鸭肉，又吃了一大口饭，狼吞虎咽的。她吃饭从来不斯文，嘴里塞得很满，叫人看着很有食欲。

城月扒拉了几口饭，忽然想起楚星，于是放下碗，问道：“楚星不吃吗？”

她认为她这么饿了，楚星同她一起的，那定然也饿了。城月贴心地举起盘子，夹了一筷子肉递到楚星嘴边。

“啊。”她引导楚星张嘴。

楚星看着她，眉目含笑，张嘴咬了那块肉，顺手擦去她嘴边的饭粒。

吃完饭，又到了告别的时刻，城月说道：“我要回去了，楚星。”

楚星待她走远了，才收回视线，负手而立庭中阶前，思索着：如今或许该给她换个地方住了，这宫里也许久没有大喜事了。

城月走得慢，待回到住处，都要熄灯了，恰好碰上彩蝶出门。

彩蝶绷着脸问她：“你今天去哪儿了？怎么这个时候才回来？”

城月怯生生答道：“去玩了。”

彩蝶深深看了她一眼，到底没说什么：“快睡觉吧。”

她的行踪没几个人在乎，这其实算作一个好处，因为有时候她会偷偷溜去玩，也没人管她。今日彩蝶如此盘问，让城月有些心虚。

她从彩蝶身边走过去，因心虚连路都走得不自然。

彩蝶拉住她，问道：“腿怎么了？”

城月摇头，声音很轻：“没什么。”

彩蝶并未多想，松开手，也没说别的。

城月缩进被窝里，心跳依旧有些快，还有一点不舒服，浑身上下，都不太舒服。她翻了个身，面朝墙壁，脑子里还乱着，又有些隐隐的兴奋，故而又困又睡不着。这种状态实在折磨人，城月只好想些别的事情分散注意力。她想起帕子今日也没绣，这样怠惰下去，不知道何年何月才能完成。

后来，乱七八糟的思绪飘远，再后来的事情，她也不记得了。

第二天，城月是被一阵嘈杂吵醒的。

城月打了个哈欠，发觉其他人已经穿好了衣裳。她揉着眼睛，从被窝里爬起来。

大家一起干活的时候，有人瞥见城月，便议论道："她昨天是不是没回来？她不是去冷宫打扫吗？要我说，冷宫哪里需要打扫啊，只怕是找了个好借口偷懒吧。"

城月低着头不作声，揉搓着自己手里的衣服，重复而麻木。她好像确实是在玩，那个人也没说错。

那人"嘁"了声："傻子真好啊。"

城月还是默不作声。

另一个人说："你少说两句吧，真要你当一个傻子，你也不见得愿意。"

城月叹了口气，自我安慰：虽然我确实傻，可是我认识楚星，她们不认识。

她这么想着，又高兴起来。

昨天楚星从冷宫里出来之后，又沿着宫里走了一圈，从一处门，走到另一处门。冷风吹在脸上，人才逐渐冷静下来。他今天回来得很晚，刘培恩有些着急。好不容易看见他的身影，刘培恩才松了口气。

"陛下可算回来了，可要用晚膳？"刘培恩还不知道楚星叫暗卫从御膳房拿过食物。

楚星摇头："不用了，不想吃。"已经吃饱了。

"那陛下可要先休息？"刘培恩随着他的脚步进了宫门，"陛下，今年祈福的日子快到了，陛下可要命人着手准备了？"

刘培恩提醒了他，又到了一年一度的天坛祈福。

楚星沉思片刻回道："照常准备吧。"他说完抬手，叫刘培恩下去。

"是，奴才马上叫人去准备。"

楚星起身走进书房，那里还堆着折子，又是一大堆，都需要他处理。折子上的内容大多也是说祈福的事。每一年冬季，皇上要去天坛祈福十三日，这是大昭的传统。

天坛设在京郊青台山，自皇宫出发，加上来回的时间，要折腾半个月，又是冬天，山上气温偏低，着实有些遭罪，但反而让人觉得这样才显示出君王的虔诚。

楚星虽然并不认同这传统，不过也没什么必要反对。不过是去一趟的事情，往年于他而言，不算什么大事——不过现在似乎不太一样了。

楚星合上手中的折子。这一去半个月，他的月儿应该怎么办呢？可能又吃不上饭，天气还这么冷。

楚星沉思片刻后，唤了个暗卫来，吩咐道："孤不日要去青台山祈福，有一件事要你去做。"

暗卫低头听吩咐："属下愿为陛下赴汤蹈火。"

楚星笑了笑，放下折子起身："倒也不必你去赴汤蹈火，不过是一点小事。孤在冷宫有个相识，你每日带些吃食去给她，只说是楚星让你帮忙的。"

这个暗卫正是之前替他去御膳房办事的那一个，一听便明白过来："属下明白。"

只不过，听见陛下说出自己名讳的时候，暗卫心里还是惊了惊。

"嗯。"楚星应了声，在阶前踱步，"你叫什么名字？"

"回陛下的话，属下阿一。"

"好了，下去吧。"

"是。"阿一悄无声息地出现，又悄无声息地消失。

楚星这会儿觉得稍稍放了心，又回到椅子上，继续处理政务。

冬季有许多讲究，除去祈福，还有后宫的宴席。如今后宫中，以李珠位分最高。李珠派人来邀楚星参加，毫无意外，楚星拒绝了。

十几个女人凑在一块，你看看我，我看看你，也不知道说些什么。

有人轻声感慨："咱们这辈子，是不是就这样了？"

这人马上就被其他人呵斥，前车之鉴可就在眼前，应当谨言慎行。这一顿饭吃得没什么趣味，散得也没什么趣味，最后各回各宫。

临走的时候，李珠听见有人说："陛下这辈子，会有宠幸我们的一天吗？"

李珠其实也这么想过，她抬头看天上的月亮。今夜乌云密布，月亮并不明显。

琉璃劝道："娘娘一直没有行动，这样下去可不行。"

李珠看了她一眼，琉璃赶紧低下头，不出声了。李珠何尝不知道她说的是对的，但是李珠还在犹豫。

"再说吧。"李珠说道。

楚星临走前，告诉城月这事儿："陛下要去青台山祈福，这半个月，我也要一起去，故而不能和你相见了。"

城月点头，表示理解："没关系，楚星去吧，等你回来的时候，我的帕子肯定也绣好了。"她举起手里的手帕，给楚星看。

她今日把手帕拿了过来，一边玩一边绣。虽说楚星不懂绣花，但看她笨拙的样子，针线歪歪扭扭的，也忍俊不禁。

城月撇嘴："楚星是不是觉得太难看了？"

楚星摇头："没有，只是觉得月儿的刺绣和月儿很像。"简单直白，又有些可爱。

城月听他这么说，当然高兴不已，连带着手上的动作都快了几分。

楚星又道："我托了一个朋友给你带饭，这半个月，你还是可以过来这里。"

"嗯，好。"城月的注意力全在手里的帕子上，并未认真听他说的话。

他们安静地坐着，篝火安静地烧着，一片安宁。外面的风声很大，随着冬天的临近，京城的风也越刮越大，或许过几日便要下雪了。

楚星没来由地感到难受，他不能准确地分辨是何种难受的情绪。

城月打了个哈欠，突然没了绣花的兴趣。她放下东西，靠着楚星，像黏在他身上一样：“楚星。”

“嗯？”

“没事，就是想叫你的名字。”

城月换了个姿势，抬起头来：“楚星，楚星，我觉得你的名字好好听。”

“为什么？哪里好听？”楚星顺着她的话问道。

城月摇头：“说不出来，反正就是好听啊。”

楚星理所当然地觉得城月是因为喜欢他，所以觉得这个名字好听。他便高兴起来。

城月靠着他的肩，头发披散下来，落在他胸口。他伸手，把她的头发盘在手指上，盘满了就松开，无聊地重复着，但是乐此不疲。对比他平时，这是无所事事、消磨时间。

城月靠了会儿，又爬起来去玩水，水玩够了，又回来接着绣花，绣花绣累了，就靠着楚星发呆。

她的头靠着他的腿，眼皮已经有些沉：“楚星，宫外是什么样子呀？你去过吗？”

“嗯？”

楚星不知她为何问起这个。宫外他自然去过，不过也是许久之前的事了。那时候他还是太子，尚能自由出行。

“宫外很热闹。”

她迷迷糊糊地应道：“楚星好棒，我都没去过，从我有记忆开始，就在宫里了……”

她的声音渐渐小下去，然后传来平稳的呼吸声。

楚星的心情也跟着她的呼吸频率放松下来，他抬手拨弄她的头发，将她的头发别到耳后，露出一张完整的脸。她睫毛长而浓密，鼻子小巧挺直，嘴唇色若丹霞，更显得可爱。

坦白地说，以这种样貌，放在后宫里是不出挑的。好看，但算不上绝顶好看。

另一边，刘培恩在急急忙忙地寻找楚星。

陛下老是不见踪迹，又不许人跟着，要找起来实在困难。皇宫这么大，也不知道上哪儿去找，可是事发突然，又关系到皇家脸面，这事儿他做不了主。

刘培恩只好去求助了曾祈。

“曾大人，实在是麻烦您了，帮着找找陛下吧。”

曾祈并不知道发生了什么，也不好多问，看刘总管的脸色，猜到是出了大事了，于是抱拳道：“我一定尽力。”

曾祈带了一队人分散去找：“都给我仔细点，务必要快，十万火急。”

一队人马散开，去往各个方向，找了一圈也不见陛下踪迹。

曾祈皱眉，刘培恩更是拍着手叹气。曾祈多嘴一问：“刘总管，这是发生了什么事？”

刘培恩叹气，说道：“十万火急！十万火急啊！”

他不能告诉曾祈，因为这关系到陛下的颜面。

永和宫的苏美人，昨天忽然感觉胸闷气短，反胃不适。今天叫了太医来瞧，太医脸色严峻，当场往地上一跪：“娘娘乃是喜脉。”

虽然是喜脉，却不是喜事儿。谁不知道陛下从未宠幸过任何宫人，那这喜脉从何而来？

苏美人闻言也是吓得灵魂出窍，一个劲儿说着“不可能，我都喝了避子汤”之类的话，听得众人更加胆战心惊，这可不就是不打自招？

听闻这消息，永和宫上下跪了一地，谁也不敢轻举妄动。有人想到来找刘培恩，刘培恩忙命人锁了消息，不许永和宫的人走动，并马上派人来找楚星。

曾祈重重叹了一口气，灵光一闪，忽然想到一个地方。他对刘培恩说：

“我知道陛下可能在哪儿了，刘总管莫急，我去去便来。”

在这肃杀的天气，冷宫更显出一种阴森之感。

曾祈踏进宫门，唤了声：“陛下？”

他乃习武之人，声音浑厚有力，穿过层层障碍，落入楚星的耳朵。

楚星闻声皱眉，好在怀中的人睡得深，并未被吵醒。楚星动作轻缓地放下城月，轻手轻脚出了门：“什么事急急忙忙的？”

曾祈低头抱拳行礼：“见过陛下，是刘总管在寻陛下，似乎出了大事，需要陛下出面，属下这才不得不找到此处。”

“哦？”楚星眉宇间似乎少了些戾气。

曾祈收回视线，等待他的下一步指示。

“孤知道了，你先回去吧，叫刘培恩过来。”

“是，属下告退。”

楚星看着曾祈离去后，才转身回到温泉宫中。

城月已经醒了，她睡了许久，这会儿有些乏力，捂嘴打着哈欠。醒过来的时候楚星不在，她还吓了一跳。

“楚星，你去哪儿了？”她小跑着过来，拉住楚星的手轻晃。

楚星说道：“没去哪儿，陛下似乎出了些事情，我可能要先走一步。”

“哦。”城月点头，松开他的手，踮脚在他脸颊上落下一吻，“你去吧，我也该回去啦。”

楚星点头：“好。”

城月起身，跑回方才的位置，拿起自己的东西，准备离去：“那半个月后再见了，楚星。”面对这样的离别，她还是有些伤感的。

她什么都藏不住，楚星一眼就能看出来。他叹了口气，心口异样的感觉更甚。这种异样的感觉驱使着他，拉住了城月的手腕，将她带到了怀里。

城月抱了下楚星，咳嗽一声，又和他道别：“那真的再见啦，楚星。”

“嗯。”楚星松开手，感受到怀里的温度消失。

他望着城月的背影越走越远，每一次都是这样，看着她的背影心里也会安宁。因为知道她明天还会来，一定会来。

刘培恩听曾大人说陛下在冷宫的时候，真是吓了一跳。冷宫那种阴气森森的地方，陛下怎么会去那里？

刘培恩怀着这种震惊，急急忙忙往冷宫这边赶过来。在门口的时候，他瞧见一个宫女从冷宫里走出来，又是大吃一惊。

刘培恩进了宫门，走了好远才看见陛下的挺拔身姿，马上走上前行礼："见过陛下。"

楚星淡淡应了一声："你找我什么事？"

刘培恩抬头，眼神有些闪动，复又低下头去，斟词酌句道："是永和宫的苏美人……有了喜脉。"后半句他说得很轻，生怕惹恼了陛下。

刘培恩低着头，等待着君王的怒火。但是他想象中的怒火并没有到来，陛下只是沉默着，手指敲击着旁边的栏杆。

刘培恩怯怯抬头，唤了声："陛下？"

楚星抬起头来，思索片刻后说道："哪个苏美人？"

刘培恩抹了把汗："苏美人是苏校尉家的，陛下初登大宝那一年入的宫，陛下曾经见过她一面。"

听他解释完，楚星又沉默下来。

刘培恩焦急地等待着，而后发问："陛下看，这事儿应该如何处理？"

楚星背手而立，语气寻常："按律处死吧。奸夫可找到了？"

刘培恩摇头："这事儿是刘太医去诊脉才发现的，还在等陛下去处理，才好进行下一步动作。"

楚星舌尖抵着后槽牙："不必了，孤不想见她。至于苏家，待孤从青台山回来，再做处置。"

楚星说罢，迈步向前。

刘培恩急急忙忙跟在楚星后面："是，奴才明白了。"

"陛下如何会在这冷宫里？"跟着走了一段路，刘培恩斟酌着开口。

楚星看他一眼："为何不能？冷宫不一样是孤的宫殿？"

刘培恩赔笑道："自然是，只不过冷宫过于荒凉，奴才觉得奇怪，才有此一问。"

"管好自己，不该问的别问。"

"是是是，奴才明白了。"

刘培恩想起先前那个从这儿走出去的宫女，想必也是不该问的。他闭了嘴，心中却有自己的猜测：一个宫女和陛下在这种鸟不拉屎的地方，难不成是陛下开窍了？

/ 第七章 /

· 我也很想念你 ·

两个行人对面而来，于一场秋雨里困住脚步，
一起在凉亭里歇脚。

刘培恩心头一喜，回过神来，才发觉楚星已经走出去好远：“陛下，陛下，等等奴才。”

刘培恩实在觉得惊奇，这事儿放在以前，可不止苏美人一个人的人头要落地。可今天，陛下居然只要了苏美人一个人的人头，不对，还有奸夫的。

永和宫上下的宫人都捡了条命，刘培恩觉得很不可思议。

陛下似乎变得仁慈了，这是个好兆头。

综合多种因素，刘培恩还是觉得陛下开窍了，虽说是和一个宫女。

楚家要有后了，他一时喜不自胜，高兴得仿佛是他自己有后了似的。

他的喜色掩藏不住，底下的小太监吓了一跳：“刘总管，苏美人都这样了，你怎么还笑啊？”

刘培恩捂嘴，收了笑意：“去去去，别乱说话。”

宫中发生这等大事，一时间人心惶惶，尤其是永和宫的宫人都觉得自己要人头不保了，个个哀泣。

有人来传旨意，并未提及他们，他们面面相觑，只觉得劫后余生。

不止永和宫，其他各宫也松了口气，原以为今夜的天是红色的。

陛下难得如此，简直反常。

“你说，陛下为何如此反常？”

“兴许是祈福在即，陛下也觉得不能过分杀生吧。”有人窃窃私语。

这些流言蜚语自然传不进楚星的耳朵，楚星在殿中批改奏折，他明日清早便要启程前往青台山。人还未走，他就开始想“小猫”了，想她叽叽喳喳地说些毫无逻辑的话，想她明亮的笑容，想她叫自己的名字。

楚星起身，走到殿外，冬日殿门加了一道门帘，隔了外头的风。楚星一出来，便感觉到冷风在吹。天这么冷，她一定会冷得睡不着吧，可惜还要冷半个月。

他还未出发，就已经觉得半个月很漫长。

楚星出发时很早，天光乍亮，车马便已经备好。出门的时辰是占卜过后算出来的，是吉时。

此次出行不止楚星一人，还有一些重要的大臣随行。车马仪仗，浩浩荡荡从宫门出去，阵势很大。这等阵仗，每年都会吸引一群人驻足围观。因着是为祈福一事，是可以围观的。下等宫人也难得有这种看热闹的机会，一时间众人都放下了手里的活儿，跑了出来。

队伍宛如一条长龙，陛下坐在轿辇之中，由守卫们抬着，两侧有护卫随行。轿辇气派非常，四角是金色雕龙，纱幔落下来，遮住了陛下的英姿。

有人惋惜：“可惜了，见不到陛下的英姿。”尽管陛下脾性暴躁，但陛下仍旧是大昭有载以来最年轻有为的陛下。

城月也跟宫女们一起出来，站在路边看着。她不想看陛下，只想看楚星。队伍太长了，她还来不及搜寻，队伍便已经出了宫门。她并没找到楚星的身影。

楚星长得很好看，身姿挺拔，放在人群中也应当是出众的。在她方才看过的队伍里，并没有发现有这样一个人。她想也许楚星在更前面，而她刚好错过了。不过没关系，她来送了楚星。

待到仪仗热闹出了门去，宫里又静下来。看完了热闹，还是得干活，只不过今天这热闹，给宫女们的生活增添不少喜气。大家津津乐道的，都是这事儿。

“听闻陛下是为了国家安康去祈福的，可见陛下还是心系大昭的。”

“陛下要去的地方叫青台山，听闻历年来祈福都在那儿，你说明年会风调雨顺吗？”

唯有这种时候，宫女们才会关心一下国家。

城月一点也不开心，因为楚星走了。

城月垂着头，连出门的步子也慢了几分。到冷宫的时候，刚进宫门，便瞧见了一个人，那人还拿着食盒。

城月想起楚星所说的话，走近他，问道：“你是楚星的朋友吗？”

阿一闻声，回过头来，脸上没什么表情。他虽然远远瞥见过城月，但是并没看见过她的正脸，这还是第一次看清。这张脸算不上倾国倾城，阿一不由得对她多了几分打量。

他将手中的食盒交给她：“是，我乃楚……他嘱咐我过来的。”阿一到底还是没敢直呼陛下名讳，这毕竟大逆不道。

城月接过食盒，道谢：“谢谢你啊，也谢谢楚星。”她拿过食盒，短暂笑了笑，然而神情并未透露出欣喜之意。

阿一要做的事已经做到，便要告退：“既然东西送到了，我就先走了，姑娘一人在这荒凉冷宫之中，还是要多多注意。”他一抱拳，说罢转身。

城月看着他的背影，觉得他应该也是个好人。楚星是很好的人，他的朋友也是很好的人。她拎着食盒，来到温泉宫中。今日没有生火，因为没有楚星。殿中透出些冷，城月在温泉岸边坐下来，独自吃了东西。今天吃的是鱼肉，肉质鲜香，爽滑可口。

城月吃完东西，又拿出自己的绣绷，盘腿坐下来绣东西。她绣得很慢，勉强才绣了一个开头。她在绣一颗星星，可是不知道星星怎么绣，最后全凭感觉，胡乱绣着。绣累了，她就把裤腿撸起来，在温泉里泡脚。

楚星在黄昏时候抵达青台山，青台山上一切布置妥当。楚星落脚之后，率先去看了看天坛的情况，天坛也已经布置妥当。

“如此，回吧。”

入夜之后，山里便冷起来。宫人们进来添炭火，炭火烧起来，屋子里才暖了一些。

“你们下去吧。”楚星退去左右。

此处条件颇为简陋，即便是楚星的房间，房中也只有几件基础的摆设。他素来不怕冷，这会儿没什么感觉，甚至还感觉自己通体发热。楚星在榻上坐下，处理政务。夜来风急，山中的风更大，听声音都能听出风打了几个转，拍在窗扉上。

刘培恩还在门口守着，手揣在袖中，一不小心就打了瞌睡，忽而点头，再看时辰，已经过了夜半，而屋中的灯却还亮着。

刘培恩轻声开口：“陛下，您还未歇下吗？也该歇下了，明日还要早起呢。”

祈福需要帝王每日早起供奉，开坛做法，步骤烦琐，也是累人的。屋中片刻默然，似乎有一阵风吹过，刘培恩才听得屋里的说话声。

“孤知道了，你歇了吧。”

刘培恩打了个哈欠：“奴才告退了。”

听见脚步声渐渐远去，楚星微仰着头，闭着眼，喉结滚了滚。复睁开眼，只觉长夜漫漫，思念催人心神。

另一边，城月也打了个哈欠。她夜半感觉被风吹醒，睁着蒙眬的睡眼，却看见房中的窗户都好生关着。也不知道哪里来的风，兴许是梦里来的风。她又打了个哈欠，沉沉睡去。

楚星走的第二天，阿一又来送饭。城月和他多说了一句话，问道：“你也是侍卫吗？”

他含糊“嗯”了声，想着侍卫和暗卫，也不过差一个字，反正都是为了保护陛下的安危。

城月若有所思地点点头，忽然瞪大了眼睛，认真地打量他。

这反应把阿一吓了一跳，他出声时都有些颤抖："姑娘这是做什么？"

城月回答得理所当然："看你。"她对什么都充满了好奇。

阿一哪里敢让她看，急忙转身："东西送到了，我先走了。"

城月看着他步履匆匆，又喊道："那你叫什么啊？"

城月有一双很干净的眼睛。

阿一脚步一顿，还是告诉她："阿一。"

城月在心里默念了一遍这两个字，心想这名字也很随意。

阿一的名字的确很随意，因为他们这些做暗卫的人，皆是孤儿，名字于他们而言，也不过是个代号罢了。

城月其实想和阿一聊聊天，因为她一个人在这儿有些无聊，但是阿一似乎不想和她聊天。城月有些失望地打开食盒，今天吃的是她没见过的菜，花花绿绿的，倒是很好看，还有一盘小兔子形状的食物。

城月看那只"兔子"可爱，舍不得吃掉，最后留下了它，放在食盒里。昨天的食盒，她摆放在墙边，今天的她也放过去，并列一块。等有十五个食盒，楚星就回来了。

城月拍拍手，又开始自己的绣花大业。彩蝶新教了她一个技艺，她迫不及待地用上。第二天了，她想，她得快一点，等楚星回来的时候，一定要绣好。

第三天，城月和阿一又多说了一句话。

城月问道："楚星平时是什么样子？"

阿一回答不出来，他意识到陛下没有说明自己是君王的身份，便含糊过去："就是那样的。"

就是那样的？城月想象了一下，点点头。

然后，阿一又走了。

城月和阿一的交流很少，一天不过寥寥几句话。城月觉得太闷了，闲不住，只好自己找乐趣。

阿一其实并未走远，而是远远看着她。

这个时节按理说是没有荷花的，可是那湖里的荷花仍旧开着，虽然不过寥寥几朵。或许是因着这里有温泉，所以才会如此。

城月看中了那开得最好的一枝花，她翻过栏杆，一手抓在栏杆上，另一只手伸过去够。眼看着就只差一点了，她往前倾了倾身，终于抓到那朵荷花，不想脚下一滑，眼看着要掉进湖里。她大叫了一声，想象中的坠落却没来，她的手被人抓住，将她整个人拉了上来。

城月拍着胸口松了口气，向阿一道谢："谢谢你啊，阿一。"

她又笑起来，惊慌失措变成了开心："你和楚星一样哎，会飞。"

阿一沉默不语，转身就走。

城月看着他的背影，心想：我说错什么话了吗？

城月低下头来，好像是做错事了，不该做这么危险的事。她转动着手里荷花的茎，花瓣白里透粉，甚是好看。城月把荷花举在头顶，趴在栏杆上用水当镜子照着，很是开心。

这花真好看，想给楚星。城月把花拿下来，也一并放进了食盒里。

楚星离开的第四天，城月很晚才来冷宫。因为宫女所很忙，城月没找到机会溜出来，只好和她们一起干活，洗了半天的被子。她到冷宫的时候，已经过了晌午。

见阿一还在等，城月道歉："对不起，阿一，我来晚了。"

她伸手准备接过食盒，一双手冻得通红。阿一愣了愣，才把食盒递给她。

城月拿着食盒，手因为冻僵了，其实不太使得上力气。

她问阿一："你可以帮我生个火吗？"

阿一看着她红彤彤的手，点头，跟着她到了温泉宫里。

她指了指旁边的火堆，那里还有上回没烧完的柴火："就是这里。"

阿一沉默着，替她生好火，火堆一下子照亮了整座宫殿。

城月坐在火堆旁边，抱着膝盖，下巴搁在膝盖上，抬起头来，问道："阿一，楚星什么时候回来啊？”

城月的脸庞被橘色的火照亮，显出一种脆弱之感来。

阿一看着她在火光里映射的脸，眸光还带着点点泪花，出声安慰她：“过几日陛……他就回来了。”

城月吸了吸鼻子，又低下头去，看着跳动的火焰，喃喃自语：“过几天。”

火堆热乎乎的，热意投在她身上，城月很快感到焦灼。她脸上的表情消失了，盯着火堆，一动不动，只间或眨眨眼。

阿一见她如此神情，默默地退下去。

城月的注意力被火焰吸引，等她回过神来，殿里已经空空如也，阿一已经不见了，他离去的时候还带上了门。

城月鼓着嘴，吐出一口气。她数着日子等楚星回来，今天也是没有楚星的一天。

回到宫女所的时候，时辰尚早，因为她一个人窝在那儿不好玩，就早早回来了。回来的时候，城月恰好碰上白雪出门去。

白雪没什么好脸色，挤对城月：“偷懒回来了？真这么不想干活，有本事就飞上枝头啊，要是你能成了主子，还要你干什么活啊？”

城月低着头，心情不佳，不想和白雪起冲突。就算城月心情好的时候，也不会和她起冲突。

白雪一拳打在棉花上，更来气了，一把拽住城月：“哎，你听见我说话没有？我们最近忙得不得了，就你天天偷懒，你小心我告诉姑姑。”

城月抬起头来，看白雪一眼，还是不说话。

“别人还能嫁个侍卫，你呢？你就一辈子只能在这里老死。”白雪恨恨地说完，松开手，迈着大步子走了。

天阴沉沉的，刮着呼呼的风，城月进了门，趴在床边无精打采，从箱子里拿出楚星的斗篷，贴着脸蹭了蹭。

临近年关，宫里一切都忙活起来。城月第二天原还想去冷宫里，被姑姑拦了。

“冷宫有什么好去的，就是不打扫，也没人会知道。城月，你别去了，你跟青柳一起去打扫紫兰宫，记得扫干净些，别偷懒啊。”

“哦，好。”城月叹口气，想着今天要失约了，不知道阿一会不会着急。

城月拿着扫帚，跟着她们一块出了门。青柳她们和城月不熟，平时说不上话，也不算友好。

青柳指了指大门口，对城月说道：“你就扫这儿吧，我们去那边了。”

大门口地方最宽敞，又是门面，要求最高。城月拿着扫帚，认认真真地打扫起来。其实宫里也没什么脏东西，无非是一些落叶灰尘，就是扫起来有些吃力，何况这大冷的天，一双手露在冷风里，吹得连扫帚都要握不住。

刘培恩原是要去御膳房，经过紫兰宫的时候，瞧见门口那背影有点熟悉，可一时没想起来。走出去好远，忽然脑内灵光一闪，他想起来了，那可不就是他那日在冷宫门口瞧见的？

刘培恩停下脚步，转过身来，又将城月的背影仔细一打量，确认无误。他一拍手，走回来同城月搭话：“你是哪个宫的？”

城月看着不知道从哪儿冒出来的人，有些蒙：“我是宫女所的。”

刘培恩心中一惊：竟是个下等杂役宫女？

他吸了口气，又问道：“你叫什么名字？”

“我叫城月。”

城月看着面前这人，长得有些胖胖的，说话的时候，脸上的肉都跟着动，忍不住笑出声来：“会动哎。”

她没头没尾这么一句，听得刘培恩十分茫然：“啊？什么会动？”

城月指着他脸上的肉，还用手指戳了戳，弹弹的，像猪蹄一样，她笑得更欢了。

刘培恩一时无话，好半天才明白过来，他观这城月的神情，也不畏惧他，眼珠子滴溜溜地转。他也是人精了，自然发现了端倪——这个宫女很迟钝。说不定，陛下就喜欢这种初生牛犊一般的女人。

刘培恩暗暗点了点头，毕竟不敢确定，只是留了个心眼："没什么事，你去吧。"刘培恩转身，走出几步又回头看她。

这体态瘦瘦弱弱的，看起来也不是很好生养，刘培恩觉得自己简直操碎了心。他记下了这名字，转身走了。

城月和人说话，被青柳看见，青柳指责道："你别偷懒啊，记得快点扫。扫完了，咱们还得回去吃饭，要是你没扫完，你就自己在这儿待着吧。"

"哦。"城月懒懒应了声，继续低头认真扫地。

在吃午饭之前，还是扫完了。但是城月回来得晚，没什么菜吃了，只好抓了两个馒头。

城月趁着这会儿她们在休息的工夫，又溜去了冷宫。冷宫有些远，城月跑着过来，背上都出了一层汗。

阿一果然还在那儿等着，见城月气喘吁吁的，有些惊讶。

"对不起，今天又出了点事。"城月顺了口气，才道歉。

阿一摇头，沉默着把东西交给她。她手里还拿了个馒头，已经被风吹冷了。

城月接过沉甸甸的食盒，笑得眉眼弯弯，又道谢："谢谢你。"

她扫了一上午的地，又跑了这么远，肚子里已经空空如也。她也顾不上太多，直接在地上坐下来，打开食盒。今天的菜竟然是猪蹄，城月看着那猪蹄，想起那个和她说话的人，又觉得好笑。

她笑声清脆，听得阿一皱眉："怎么了？"

城月笑着拿起那块猪蹄，说道："你看它的肉，弹弹的。"

阿一听得云里雾里，不过还是点头。

城月抓起猪蹄咬了一大口，猪蹄软糯弹牙，一口下去，还冒着汁水。她忍不住赞叹出声："好好吃啊。"

这是陛下特意吩咐人准备的，自然美味。阿一看着她，正要悄悄离去，城月忽然抬起头来，问道："阿一吃饭了吗？要不要也吃一点？"

“不……”阿一正要拒绝，城月已经兴致勃勃端起一盘菜，递给阿一：“快吃快吃，不然就冷了。”

这食盒里做了处理，保温效果很好，因而这会儿菜还是热的。阿一看着城月递过来的盘子，正犹豫着，城月已经把盘子递进他手里，筷子也递了过来。

“我都是和楚星一起吃的。”城月拍了拍手，“你也吃吧，吃饭就要大家一起吃才开心嘛。”

阿一这才蹲下来，沉默地扒拉着饭。城月见状，开心地笑了声。

第十三天夜里，祈福的事终于忙完，众人皆松了口气。

山中气候寒冷，条件亦不适宜，对那些过惯了好日子的大臣们来说，也是难熬得很。然天色已晚，总得明日再启程回去。

楚星也松了一口气，他已经归心似箭，若是明日同大部队一起回去，肯定要晚上才能回到宫里。楚星思索着，决定自己骑马。

他这想法一出，自然又受到众人阻挠。刘培恩前些日子就回去了，唯一一个稍微能劝得住的人不在，其他人自然是毫无办法。楚星打定主意自己骑马，没办法，随从们只好退而求其次，安排了两队侍卫在身后跟着。

第二日天才刚亮，楚星的马已经下了山。他骑的是快马，不过半日，便已经回到宫中。

身后的宫人们才刚迎上来，话都没开口，楚星就已经翻身下了马：“不必跟着孤。”

众人看着他背影飒飒而去，对视一眼，只剩下叹气。

后来的侍卫们跟上来的时候，陛下已经不见踪迹，便询问道：“陛下呢？”

负责牵马的宫人说：“陛下只说不许跟着，奴才们也不知道。”

楚星几乎是两步跨作一步，飞身而去。

他一进冷宫的门，便瞧见城月坐在地上，同阿一言笑晏晏。楚星停了动作，望着他们二人。

他胸口起伏着，拳头微微握紧，本来因为赶路，浑身都在发热，此时此刻，更是觉得全身血液沸腾。原本高昂的情绪忽然降到谷底，她竟与别人也这般谈笑风生？

楚星虽明白城月生性单纯，可看见此情此景，难免还是愤怒。若是起初换了旁人，她是否也会这样喜欢旁人？一想到这种可能，楚星便眉头下压，浑身透着股杀气。不可以，他不能接受。

暗卫对这种杀气最为敏感。

阿一反应过来，抬头便望见楚星的身影过来，马上抱拳行礼："见……"

楚星已经到了他跟前，一抬腿踹在他膝盖上。

阿一当即单膝跪地，额头上冒出一层冷汗。他察觉到了楚星的怒气，虽然不知从何而来，还是当即认错："大人恕罪。"

楚星头也没回，径直朝着城月的方向过去。

他的声音透着寒意："退下去。"

"是。"阿一忍着痛消失在长廊里。

然后，城月几步飞扑进楚星怀里。楚星手比脑子反应得快，一把接住她。

她是蹦过来的，跳得有些高，腿缠住楚星的腰。

楚星还未反应过来，便感受到吸入鼻腔的淡淡香味，专属于怀抱里的这个身躯。

城月兴奋得声音都跟着颤抖："楚星！你回来啦！你终于回来啦！"

她的手把楚星的脖子搂得紧紧的，又哭又笑："我好想你啊，楚星。"

"我也很想念你。"楚星回抱住她，回应她的话。这是他平生第一次说想念别人，想念二字，这样陌生，又这样令人喜悦。

城月去抓他的手，楚星顺势扣住她的手指，他原是抱着她的姿势，不过转变角度，顺势一堵，她又被困在廊柱和他的胸膛之间。

楚星的胸膛起伏着，还带着热烈的温度。他风尘仆仆，斗篷上还沾染了灰尘。城月的目光落在他斗篷的灰尘上，抬手替他拂去。

“你不是说，要明天吗？”她动作很轻，拍走他肩上的灰尘。

楚星“嗯”了声：“忙完了，就回来了。”

他看着城月的眼睛，目光专注。城月觉得自己也被蛊惑了，她总是很没有意志力，很容易被楚星蛊惑。如果楚星是个坏人的话，她一定死了很多次了。

城月就这么看着楚星的眼睛，而后微微倾身，吻过他的眼皮。

她隐隐约约明白个中缘由，有一个声音告诉她，此时此刻，她想吻一吻楚星的眼睛。

于是，楚星“礼尚往来”，也回报她的下巴一个吻。

城月慵懒地躺在楚星怀里，碎碎念着，说冬天的水好冷，那只兔子好可爱，阿一也很好……

听见阿一的名字，楚星眉头皱了皱，有些不悦。不过这会儿他的怒气已经消下去了，那种涌上心头的不可控的感觉也消失了，只是单纯地对从她口中听见别人的名字不开心。

楚星难得反省自己，方才似乎是做得太过分了，不应当踹阿一，他是忠仆。

“啊，对了，我要给你看那个兔子。”城月挣扎着从楚星怀里出来，指着那些食盒。她起身拿起食盒，献宝似的给楚星看。

食盒已经放了十来天，虽然这时节天气冷，但食盒里的东西还是变质了，那只“兔子”已经不再饱满，还有些变味儿。

城月耷拉着头，瘪嘴道：“啊，坏掉了。”她表情失望，捂着鼻子盖上盒子，放到旁边。

楚星问道：“你喜欢那只兔子吗？”

城月点头：“嗯，本来想留给你的。”

楚星心念一动，他本以为见到他的月儿就已经足够令人开心，原来还有更令人高兴的。

是因为喜欢，所以要留给他？

楚星伸手替城月理顺头发，她头发松散下来，乱糟糟的。楚星干脆把她的头发全放下来，重新替她挽发。他其实不会做这种事，从小被人伺候大的，手也不巧，弄得歪歪扭扭，他只好转移话题：“你喜欢的话，我明天再给你带。”

“好！”城月点头，“谢谢楚星。”

“啊。”她忽然一愣，想起了那朵荷花。她又起身，打开另一个食盒，发现“那朵花”也早就枯萎了，花瓣由粉红变成了棕褐色，失去了原本的生机。城月眉头紧紧皱着，伸手拿过花，表情甚是难过。

“花也枯萎了。”城月声音很小，还透着浓浓的悲伤。

楚星拿过她手里的花：“好看。”

城月眼睛又亮起来：“对吧！”

她跪在地上，眨着眼睛，忽然又心血来潮：“就在那个湖里摘的，咱们再去摘吧。”

城月拉着楚星的手起身，奔向那个湖。十几日前，这里还寥寥开着几朵花，然而这会儿，那寥寥的几朵花也都消失不见了。

“啊。”城月重重叹了口气，抓着栏杆，目光不放弃地从整个湖面上一寸寸搜索过去，终于让她在离岸很远的地方找到一朵还开着的花。她眨了眨眼，目不转睛地盯着那朵亭亭玉立的花。

忽然，楚星从栏杆处往那朵花的地方飞身而去。他动作矫健，不过片刻之间，便又折返她身侧。而方才还亭亭玉立的花，已经消失不见。

城月又“啊”了声，看着楚星手里的花。

楚星将花递给她，城月笑起来，拍手叫好：“楚星好厉害。不过不用给我，我是想送给你的！”

她说完，歪头，有些娇羞地在他嘴唇上啄了一下。

时间总是过得很快，不知不觉天色又暗了。城月把自己整理了一下，又要和楚星道别了。

她今天情绪高昂，和楚星挥手告别：“明天见啦，楚星。”

楚星点头：“嗯。”

待到她离去远了，楚星才收回目光，起身折返。回到寝宫的时候，一众宫人正在等着他。见他过来，刘培恩迎上去：“陛下，您回来了。”

“嗯。”楚星淡淡应了声。

他有些烦，折子里桩桩件件事情都需要他处理，但他已经习惯了自己的职责。待到处理完，已经又到深夜。因为他一直在忙，刘培恩本想询问他要不要传膳，但又不好打扰。

好不容易等到他忙活完，刘培恩才掀开帘子进了殿来，问道：“陛下，听他们说，您今天一天还未进食，这会儿可要吃点什么？奴才知道您可能不想吃，但总还是要吃点东西才成……”

刘培恩还有一大段的话等着劝，正盘算着如果陛下不听，自己下一句要说什么。

楚星想了想，突然开口：“那便吃点吧。孤听闻御膳房有道菜是兔子，孤想吃那个。”

刘培恩笑道：“奴才马上去办。”

他笑眯眯出了恒源殿，立刻打发身边一个小太监去御膳房传膳。

难得有一回陛下主动想吃东西，御膳房总管战战兢兢做了菜亲自送过来。

那兔子是道糕点，里头还塞了馅料，馅料是桂花混合着红豆，吃起来甜而不腻，又带着桂花的鲜香。

楚星尝了一口，点点头，却没说话。

刘培恩看着，也不知道是什么意思。

除了那道兔子形状的糕点，还有些别的菜品。楚星今日难得觉得胃口大开，一口气吃了不少。

刘培恩吓了一跳，试探着问：“陛下，这会儿吃了太多东西，要不要找太医来看看？”

时辰已经不早，这会儿吃下这么多，只怕难以消化。楚星摆手，示意不必。他命人把东西撤下去，自己拿了剑，舞剑消食。

刘总管心想：陛下今天是真的高兴。

御膳房总管见刘培恩出来，拉着他询问陛下吃完东西之后的情况。刘培恩想了想，觉得陛下肯定是特别高兴的，于是说道：“你放心吧，陛下心情不错。”

楚星今日心情甚好，舞完剑，只觉得通体舒畅。

他收剑入鞘，在椅子上坐下，一闭上眼，眼前浮现的全是城月的脸，嘴角忍不住微微上扬。

城月又哼着歌儿回到住处，她前几日都耷拉着脸，今日忽然又神采奕奕。

见她这样，大家都有些惊讶：“也不知道今天又撞了什么邪？”

城月只当没听见，兀自进了门去。

彩蝶也在房中，见了城月，意外地主动和她打招呼：“回来了。”

“嗯嗯。”城月点头。

城月找到自己绣的帕子，今天忘了带，明天一定要记得带给楚星。她这么想着，把手帕放在了枕头底下。手帕上的图案绣得并不算好看，歪歪扭扭的。

她低头换了双鞋子，出门去吃饭。从前都是坐在外面吃饭，因为天越来越冷，改到了屋里吃饭。

城月打了饭，找了个位置坐下，听着宫女们说笑。不知道在说些什么，只听见她们几个人笑做一堆。

城月低着头，扒拉饭吃，睁着一双圆溜溜的眼睛，看着每个人的表情。她喜欢这么做，反正也没人会看她，她可以肆无忌惮地观察她们。

不知道是谁说起家里的事，忽然间大家就都纷纷说起这事来。有人说家里还有个妹妹，好多年没见了，也不知道现在如何了；有人说家里有个弟弟，今年收到家书，说弟弟有了大出息……

就连平时最没什么表情的彩蝶，都有些难过的样子，也不知是想到了自己的哪位家人。

城月听得更加茫然，她好像什么也没有，只好短暂地沉浸在自己的饭碗里。她默默地咀嚼着，想道：没关系，我还有楚星。

楚星说了要娶她的，等再生个孩子，也有个家了。

/ 第八章 /

· 偏入他眼 ·

楚星想，她唱什么都好听，说话也好听。

临近年关，那些臣子们催得更凶，因为明年春天，又到了祭祖的时候。祖宗皇帝们若是看见当今陛下两年无所出，定然在地下都不安稳。

楚星看到那些折子烦得很，子嗣子嗣，仿佛帝王于他们而言只是个工具。他们只是需要一个人坐在这位置上，而后生下下一代，一切便安稳了。楚星情绪沉了沉，手里的折子被他扔在地上，飞出去好远。

刘培恩见状劝道：“陛下息怒。”

楚星抿唇，倒也说不上怒。他生气的时候有一定的征兆，会感觉到浑身血液上涌，仿佛无法控制自己，想要杀戮和毁灭，但是此时此刻，他心里还算平静。若往前数，这份平静是从昨日见到那人开始的。

想到自己昨天还生了好大的气，楚星扶额，唤道：“阿一。”

暗卫平日里隐在暗处，轻易不会出现。

楚星话音刚落，从旁边窗户翻进来一道黑影。阿一昨儿受了伤，这会儿行动不便，跪倒在地。

楚星抬眼，目光从他腿上一闪而过：“伤势如何？”

阿一语气平淡：“谢陛下关怀，不碍事。”

楚星“嗯”了声，又陷入默然。

阿一始终低着头，楚星也不开口，就这么沉默地对峙着。

阿一感受到头顶犀利的视线，不由得又是一惊。昨日他不知自己哪里做错，后来反省，想来是……太过靠近城月姑娘。

许久，他才听见陛下的声音："孤许你几日假，恰好近年关，好好养伤吧。"

楚星取下手中的玉扳指，扔下去，恰好落在阿一面前："养伤总得要些医药费，不必谢恩了，下去吧。"

"是。"阿一拿过东西，又悄无声息退下去。

楚星在殿中默然片刻，才起身往外走，仍旧是那句："不许跟着孤。"

虽这么说，刘培恩还是留了个心眼，瞧着楚星去的方向，似乎是往冷宫去的。

刘培恩心道：和人家姑娘幽会，也不知道找个好点的地方，陛下真是……难怪这么久了，后宫一直如此寥落。

想到这里，刘培恩摇了摇头。

楚星的确是去了冷宫，他今日来得早，城月还没来。他兀自在温泉宫里等，想起城月，她向来是喜欢会说，不喜欢也会说，让人觉得很有生气。她和那些人不一样，那些人就像活死人。

楚星别过视线，瞥见墙根处七倒八歪的几个食盒，因为昨天的混乱被打散了。不过反正也没什么用了，又想起这是别人送过来的，楚星生了堆火，一把全烧了。食盒上了彩漆，烧在火里，飘出一些奇怪难闻的味儿。

楚星皱眉，把大门打开，让风透进来。待到做完这一切，他从温泉宫起身，在门口往外望，望见少女雀跃的身影穿过长廊，湖面被风吹得涟漪连连。

城月好像在哼什么歌，歌声婉转清丽，从湖面的涟漪里飘过来，传入楚星的耳朵里。

习武之人的目力耳力皆很敏锐，他隐隐约约听见几声，似乎是南方小调。

调子绕过了长廊，终于显出真身。少女的裙摆款款，出现在楚星视野之中。

她步子放快了，朝着楚星挥手，调子也随之停下来，余音沉入水里。

“楚星，楚星。”城月跑到楚星跟前，因为跑得太快，一时没刹住车，抓住了楚星的胳膊，撞进他怀里。

城月呼了口气：“好险。”

楚星的胸膛宽阔而雄武，心脏有力地跳动着。

“慢点。”楚星声音里带了他自己都没察觉到的叮嘱之意。这是关切的声音，难得出现在他身上。

城月吐了吐舌头：“我知道了，因为迫不及待想见楚星，所以跑得快。”

她说着话，从自己怀里拿出一方手帕，献宝一样。

她一把抖开帕子，语气里有些得意：“看，楚星，我完成啦。”

其实算不上多好看，比起宫里的那些绣娘的成品来说，甚至可以说不入流，但是没关系，它入眼。同面前的这个人一样，是偏偏入他眼的。

楚星接过，夸赞道：“好看。”

城月眨眨眼，咬着唇说：“没关系的，楚星，你不必违心夸好看。她们都说不好看，但是我觉得楚星不会介意的。何况楚星这么好看，戴什么都会好看的。”她夸楚星的时候，眼睛又亮晶晶的，手也按捺不住要挥动起来。

楚星摇头，郑重道：“真的好看，我很喜欢，谢谢月儿。”

城月笑得歪头，揽过楚星的腰，头趴在他胸口，感慨道：“楚星真好。”

二人转进温泉宫殿里，火势很旺，那些食盒都烧得看不出原形，那股味儿也散了。城月没有多想，只是问了一句：“那些食盒呢？”

楚星说：“扔了。”

他拿过旁边的食盒，是他今天带过来的。今天特意给她带了她说的很喜欢的兔子糕点，他期盼着她的笑容。

将盖子打开的一瞬间，城月看见那只兔子，忍不住“哇”了一声，看着楚星说：“兔子。”

楚星点头，递到她嘴边。

城月往后退了退："不好，兔子可爱，我舍不得吃。"

楚星哄她："没事儿，明天还给你带。"

城月似乎在认真思考这事儿，最后又笑道："好。"

城月一口吞掉了兔子，甜甜的，柔柔的，口感很细腻，甜味在口腔里散开，沁人心脾。

城月拿了一只兔子给楚星："你吃。"

楚星张嘴，一口咬掉了兔子的脑袋。

城月小声抱怨："你把兔子的脑袋吃掉了。"

楚星盯着她，而后倾身，把一嘴的甜塞给她，甜蜜到甜腻。

城月愣了愣："楚星，我们生孩子吧。"

楚星没说话，只有旁边的火堆继续烧着，火光映在她眼睛里，明亮灿烂。他以动作回应她——宽厚的手掌托起她的下巴，落下细密的吻。

城月的手被楚星抓住，堪堪地弯曲，人如身处惊涛骇浪之间，动弹皆不由己，前不得，退不了，只剩下相扣的十指可以依仗。她有些莫名害怕，于是只得唤他的名字，一声一声，像采莲女悠扬的歌声，高低错落，婉转曲折，飘过水面，惹起层层涟漪。

涟漪停，歌声止，才到落日余晖满载而归时。

她送给楚星的帕子，最后弄脏了。

城月坐在他腿上，懒懒地开口，似乎有些冷，冷得她打了个寒战："脏了，要洗掉。"

楚星声音喑哑："好，我会记得洗掉的。"他把帕子卷起来，收进怀里。

城月扯了扯衣服，又想睡觉了。她眼皮耷拉着，声音也跟着小下去："我睡一会儿，楚星。"她说罢，打了个哈欠，睁着不断下沉的眼皮，说起一些前言不搭后语的话。

"我今天学了首歌，很好听的。"

楚星想：她唱什么都好听，说话也好听。

城月这一觉睡得很沉，还做了一个奇怪的梦，梦里她变成了一个西瓜。再睁开眼，入眼的是金黄的火焰，燃烧着，气势汹汹。她抬起头，看见楚星的下巴。

“醒了？”楚星问道。

楚星一把将她捞起来，又亲吻她的下巴。她脑子还昏沉着，下意识迎合。等到完全清醒过来，她才感觉到腿有些麻。原来刚才睡着的时候腿一直弯着，这会儿已经麻了。她揉着膝盖，等待这种麻缓过来。

她的腿很瘦，一手就能握住，脚踝尤其细，好像用点力就能掐断。楚星看着，喃喃道：“应该给你多吃一点。”

城月没听清楚他说了什么，揉着眼睛疑惑道：“什么？”

楚星抓过她的脚，说道：“要给你多吃一点。”

“为什么？”

“太瘦了。”

城月反驳：“我已经吃得很多了，只是不长肉而已。”

她想起今天听到的话题，她们说一般女儿随爹，爹如果瘦的话，女儿也会很瘦。城月不知道这是不是真的，她也没有爹可以看。

城月把这话题说起来：“可能我爹很瘦吧，所以我也很瘦。”

“嗯？”楚星替她揉着腿，“你爹是谁？”

城月摇头：“我没有爹，我只是今天听她们聊天，说起这个事儿。”

楚星从前并没有话题会不会伤人的觉悟，但这会儿觉得这话听起来似乎叫人难过，于是他岔开话题：“腿还麻吗？”

城月舒展了一下，发觉腿已经不麻了，便摇头：“不麻了。”

她反身找到自己的鞋袜穿好，虽然不麻了，但是还有点酸酸的。城月穿好鞋袜，对楚星说：“谢谢楚星。”

冬日一来，这冷宫里更显得萧条。楚星瞥了眼，并不喜欢这种感觉。他跟在城月身后，问道："想不想去别的地方玩？"

"好啊。"城月点头，一把抱住他。

楚星一愣，听见她说："我做好准备了，我们可以起飞了。"

楚星反应过来，笑了声，搂住她的腰，二人从地面起身，落在屋顶上。

城月回头，看一眼身后的冷宫，没有了他们两个人，冷宫更显颓败，没有一点生机。那些树的叶子都掉光了，光秃秃的，立在颓废的墙体宫殿之间，唯有冷风过境。

城月看得难过起来，她抓着楚星的手，小声叫楚星的名字："楚星。"

楚星应了声。忽然有阵大风吹过来，城月一抖，往楚星怀里靠了靠。

楚星嘴角弯了弯，用斗篷圈住她："别怕。"

城月呜咽一声："太高了，摔下去的话，会变成肉泥的。"

"不会让你掉下去的。"

听楚星这么说，城月忽然又觉得没有那么害怕了，还笑了声："好，我信楚星。"

他们站在高处，站得高看得远。

楚星一眼望去，瞥见御湖，御湖里的船娘摇着船，似乎很有意思。

楚星一垂眸，心中有了计划。

他将城月放在屋顶上："月儿在这儿等我一下好不好？"

城月一下抓紧了他的手，眼神里透出隐隐的不愿意。

楚星失笑，语气放缓："就一会儿，好不好？"

城月问道："你要去哪儿？"

楚星说："去找一个好玩的地方，马上就回来。"

城月松开手："好吧，你快点回来。"她坐下来，乖乖巧巧的。

楚星从屋顶上飞身而下，一瞬间消失在宫墙之间。城月视线一抬，又茫然起来。她的心落了落，叹口气，把目光收回来，定在旁边的檐瓦之上。

这瓦片已经有些年头，上面都有了茂盛的青苔。

楚星落在御湖旁边，这些人都识得他，当即行礼：“参见陛下。”

楚星“嗯”了声，抬手叫他们下去，语气严肃：“你们都下去，没有孤的吩咐，不许过来，走远一些，若是让孤看见有人折返或是偷看……”

宫人们一哆嗦，连连点头：“奴才们明白。快，快退下。”

一时间，御湖里安静下来。船娘将船摇到岸边，船桨还在水里轻晃着。

楚星满意地点点头，才又折返回去。

城月低着头，不知道在看些什么。城月抬起头来，告诉他：“你离开的时间里，有五只蚂蚁爬过去。”

楚星将她托起身，带她下了屋顶，停在御湖的船上。他们上的是一艘有船棚的船，船不大，恰好能容下他们两个人。

城月见状，眼睛又亮起来，东张西望。

楚星解了绳子，拿过船桨，划动着船。一叶扁舟在湖里飘动起来，逐渐离了岸。

见城月眼睛眨都不眨看着自己的动作，楚星问道：“要试试吗？”

城月有些怀疑地反问：“我可以吗？”她可笨了，什么事情都学不好。

楚星点头，把船桨交到她手里：“嗯，来，你像我这样。”

他划动一边的船桨，城月看得认真专注，生怕自己漏了什么。她学着楚星的样子，划动着桨，但是船停下不动了。

城月有些着急：“为什么不动了？”

楚星握住她的手，轻声安抚：“没事，慢慢来，你可以，就像我这样。”

他手把手地教她怎么划。其实楚星并未划过船，不过见过几次，但是莫名就会。

城月眼神里充满了崇拜：“楚星真厉害。”

在楚星的带领下，船终于又动了起来。

城月兴奋地大叫出声，而后转头在楚星脸上亲了一下：“动了！”

楚星松开握住她手的那一只手，捏住她下巴，结结实实一记深吻。

城月被亲得晕头转向，一心不能二用，手里的船桨差点掉下去。好在楚星眼疾手快，接住了那船桨。

船在湖面上轻晃，在湖水的倒映里，可见船上一双人影。

人影在水波里轻轻被割裂又重组，涟漪一圈接一圈。

船又往御湖中心走，城月逐渐掌握了技巧，摇着桨保持着船平稳地移动。船桨划开水面，以此为借力，推动着船只往前。她觉得好玩极了，同时又迷惑，为什么这样船就会动呢？

她一直生在宫里，宫里能见到的船都在御湖里，她从前路过御湖的时候也会看一看。这会儿离得近了，才觉得好神奇。

她目不转睛地盯着眼前的桨，看着它一次又一次划开水面，似乎明白了些什么，又似乎不明白。

城月看了许久，手上也累了，才唤楚星，带了些撒娇的意味：“楚星，给你。”她把桨交给楚星。

船已经停在湖中心，御湖这会儿四处无人，安静得过分，唯有湖中心那一艘船上载着两个人。

城月躺倒在船上，看着天上的白云。她把手放在眼前，从指缝里看天。这个时节的天空，一层蓝色混着层灰蒙蒙。

楚星放了桨，在她身边躺下来。

城月往旁边挪了挪，想给楚星腾位置。结果，楚星伸手把她拽回去，压抑着声音说道：“别动。”

城月不敢动，眨着眼，看着天空。许久，她感觉到楚星平稳的呼吸声。

城月觉得奇怪，她很少看见楚星睡觉，今天居然在这里睡着了。城月小心翼翼地侧身，观察着楚星的眉毛。

原本阴沉沉的天，这会儿忽然从云层里放出几束光线，光束从头顶上落下来，有些刺眼。城月闭眼，哼了声，肯定会晒到楚星的。

她伸手，挡在楚星头上，拦下那点阳光。楚星好不容易睡着，不能让他被吵醒。

城月一面举着手，一面又认真地以眼神描摹他的轮廓。楚星真的很好看，她想起阿一，楚星的眼睛比阿一好看，鼻子比阿一好看，嘴巴比阿一好看，而且，楚星会陪她玩儿。阿一太沉默了，不喜欢说话，不好玩。

其实楚星也不太喜欢说话，大多数时候还是沉默的，但是楚星说话声音很好听。

她叹了口气，举手举得有些累了。城月撑起身子，打算换个办法。她决定用自己当人肉遮阳伞，爬起来给他挡太阳。

城月刚从船上爬起来，楚星就睁开了眼。他长而浓的睫毛微动，城月还在发呆，已经被他一拽，趴在他胸口。

她手撑在他胸口，问道："你醒啦？是我把你吵醒了吗？"

楚星摇头，他从没想过他会在这里睡着。船身被水推着，一直在晃动，是缓慢而又规律的，而身边的人，又是这样的叫人心安，所以他睡着了。

楚星手搭在她腰间，看她一眼，重新闭上眼："再躺一会儿。"

城月立刻不敢动了，维持着这个姿势。

楚星很快又睡着了，城月打了个哈欠，轻手轻脚地挪了挪姿势，也跟着睡过去。

薛美人来御花园亭子的时候，恰好往御湖这边看过来。平日里御湖很热闹，今天却格外安静。她不由得皱眉，和身旁的贴身宫女说道："御湖今儿是怎么了，怎么这么安静？一个人也没有？"

宫女抻着脖子张望，也觉得惊诧："奴婢也不知道，兴许是那些奴才都躲懒去了。"

薛美人啧了声，目光一转，往湖面上瞥去。御湖湖面不是很大，此时只有一艘小船在湖面上，格外引人注目，尤其在这么安静的时候，更显得可疑。她有些疑惑：“春竹，你快看，那是在做什么？”

叫春竹的宫女闻言朝着薛美人指的方向看过去，只见那湖上小舟越发靠近，定睛一看，隐约瞧见一男一女两个身影，似乎还在玩闹着。宫里几时有这样不懂规矩的人了？御湖是那些宫人能随意玩闹的地方吗？

薛美人正欲开口，忽而觉得那身影有些眼熟，那气质似乎是……陛下？

另一道身影瞧着是个女子，薛美人小声嘀咕：“不会吧，近来也没听说陛下宠幸了谁，这女子是谁？”她晃神的工夫，那小船又远了，再看不清楚。

薛美人是今年春天入宫的，到现在，就正经见过陛下一面，更别说被宠幸了。

方才那一眼，薛美人也不敢确定是不是陛下，她咬咬牙，还不忘嘱咐春竹：“这事儿别说出去，不然小心自己的脑袋。”

春竹摸了摸自己脑袋，怯怯点头：“奴婢明白的。”

“回吧。”薛美人扶着春竹的手，出了御花园的亭子。

城月耷拉着脑袋，趴在楚星背上，楚星的背宽厚温暖，且步子走得稳健，在这样的情况下，她不自觉又睡着了。

再醒过来，已经快到宫女所。城月蒙了片刻，待眼前这些熟悉的景物都在脑子里被想起来，人才倏然清醒过来。她拍了拍楚星的肩膀，要从他背上跳下来。

“楚星，你快放我下来。”

楚星松开手，城月从楚星背上一跃而下，松了口气。

“好了，你就送我到这儿吧，你快回去吧。”

城月不想让别人见到楚星，因为楚星太好了，是她一个人的楚星，她一直为此欣喜。城月不愿意叫宫女们认识楚星，哪怕只是看见一眼。

见城月着急赶自己走，楚星神色微郁，还是耐着性子开口：“为何不让我送你回去？”

城月笑了笑："已经很近了，我可以自己走回去，楚星也快点回去吧。"

她急得不行，四下张望，落在楚星眼里，读出了她在嫌弃自己的意思。

楚星又觉得心情不佳，正要开口，就听见城月说："哎呀，待会儿她们就看见你了，楚星这么好，不可以让她们看见。"

城月撇嘴，发觉有人正朝这边过来，一时又着急起来。

楚星闻言被安抚到，阴郁情绪一扫而空。他轻笑一声，一个飞身不见踪影。

城月转过头，发现楚星已经不见，既松了口气，又有些失望。

恰好宫女们走过来，见到城月站在这儿出神。她们只看了一眼城月，连招呼都懒得打，径直从她身边走过去，只是嘀咕了一句："不知道她又在搞什么。"

城月挑眉，张望了一圈四处的屋顶，并未看见楚星的身影。

哼，也走得太快了。城月叹口气，幽幽地转身。

第二日上朝的时候，因为年关将近，倒是多了些事情。众人七嘴八舌讨论一番，最后还是请楚星定夺。

"这等小事，便依丞相所言吧。"楚星从袖中拿出手帕，擦了擦额头。

一时间，众人的目光皆被楚星手上的帕子吸引了。

一来，陛下从前的帕子都是上好的料子，如今这块，实在寒酸；二来，从前陛下所用的帕子，都是出自宫里技术最好的绣娘之手，如今这一块，虽看得不分明，也能看出那绣工之差，简直如同小孩儿过家家一般。

一个大臣惴惴开口："陛下手上这绣帕不错。"

楚星闻言，嘴角显然和悦三分："是吗？爱卿好眼光，孤也如此以为。"

这神情，这语气，和颜悦色得过分。众人你看看我，我看看你，忽然有些蒙。

楚星轻咳一声，说道："既然没什么事，便退朝吧。"

楚星对他们的反应很是满意。

而留下的一众朝臣，你看看我，我看看你，沉默在朝堂之上蔓延，最后不知道是谁开口，打破这寂静。

“陛下这……似乎……”

众人点头，又叹气：“是啊，这……未免有些奇怪。”

“可太过惊奇了！”

“不过是一件好事，说明陛下开窍了，于绵延子嗣有益啊。”

“是啊，是啊。”

“可是……这是哪位娘娘？也未曾听说哪位娘娘如此……”

“寒酸”二字终究没有说出来，毕竟能选进宫里去的女子，大多是有才能的，且家世也不错，为何刺绣功夫如此差？

众人又你看看我，我看看你，陷入了沉默。

最后，李侍郎道：“无妨，左右是一件好事。想来是祈福之后，上苍庇佑我大昭啊。”

众人又附和，但事关大昭子嗣，这事儿可不能懈怠。一时间，群臣明面上又是上奏折催促这事儿，暗地里又派人打听最近可有哪位娘娘获得了陛下的宠幸。

最后查来查去，却得知陛下已经好久不曾踏足后宫了。别说宠幸，就是连见面，也没几个人见过陛下。

一众臣子又沉默下来，既然不是宫里哪位娘娘，那是谁？难道陛下还在宫外有相好的？也没听说过啊。一时间，这事儿又没了头绪。

但是此事儿闹得轰轰烈烈，即便是后宫也传开了。彼此也在猜测，陛下难不成偷偷摸摸宠幸了谁？可是互相一打听，也没人被宠幸过。

有人找到刘培恩这儿，询问这事儿。

刘培恩摸着下巴，故作高深：“这是陛下的事，请恕奴才不能多言。”

刘培恩挡回了前来询问的娘娘们，心中却得意：陛下真的出息了，竟然都会显摆自己收到的东西了。

不过那绣帕竟然是送给陛下的，陛下还亲自洗了，可见也是陛下看重的人。只不过，他还不知道这人到底是谁。

刘培恩又摸了摸下巴，左右会水落石出的，他也不急。不过快过年了，若是能赶在过年之前册封一位娘娘，也算喜事一件，只希望陛下动作能快一些。

任大臣们纷纷扰扰，反正与楚星无关，他眼里只有他的月儿。

城月转着楚星的头发，在手指上绕了一圈又一圈，绕到底了，又松开手，乐此不疲。她一面玩，一面说：“楚星这么好，一定有很多人喜欢你吧？”

楚星任由她玩着自己的头发，诚实回答：“没有别人，只有月儿一个人。”

城月听见这话笑起来，眼睛弯弯，显然是很高兴的：“我也只有楚星一个人哦。”

“我也不想让她们认识楚星，因为她们都不喜欢我，我也不喜欢她们。除了彩蝶，因为彩蝶教我绣花。”

已经入了夜，城月躺在被窝里，天越来越冷，被窝里也越来越冷了。

她忍不住抱紧了楚星的斗篷，斗篷上楚星的味道都要散没了，但是她周身又全是楚星的味道，她闭上眼，想起楚星。

各种各样的楚星：闭着眼的楚星，睁着眼的楚星，说话的楚星，不说话的楚星，水里的楚星，地上的楚星，船上的楚星，还有树上的楚星……

睡了一觉起来，城月还是觉得胸口闷闷的，不太舒服，她直觉自己是不是生病了。每年冬天都有人生病，风寒最难受，会咳嗽个不停，而且看病吃药都要花钱。城月心情低落，心想：我不会真的生病了吧？

待到吃早饭的时候，她还闷闷不乐。吃的东西也不好，吃得慢一点，饭就冷了。城月扒拉了两口，就不想吃了，她没什么胃口。这就更让她难受了，吃饭没胃口的话，更加说明她肯定是生病了。

她不喜欢生病。城月从小到大并不常生病，但是记忆里仅有的几次生病给她带来了非常不好的体验。

这种不舒服的感觉持续了两天，见楚星的时候，城月没表现出来，仍旧装得没什么事。她趴在楚星膝头，有些恹恹的。

“楚星。”她无意识地叫他名字。

楚星也知道，她喜欢无事的时候唤自己的名字，并没有什么别的意味，俨然是一种习惯使然。

他只需要应一声，告诉她：“嗯，在。”

城月今天没吃什么东西，尽管她一直在努力地掩饰，但楚星还是一眼就看出来了。楚星想，或许她又被人欺负了，所以不开心。

楚星缓缓开口：“月儿想不想换个地方住？”

城月睁开眼，茫然地看着他：“换到哪儿住？”

楚星说：“换一个更好的地方。”

城月还是茫然：“哪里是更好的地方？”

楚星不知道如何回答，他的身份也并未让她知晓半分，此时此刻，竟成了一道难题。如果他现在告诉她，自己是皇上，会不会吓到她？或许她还会觉得，自己是故意骗她的？

楚星心中闪过诸多忧虑，终究按下不语：“没什么。”

楚星心道：这事儿还得仔细筹谋。

他们的一方天地是安宁的，而外头的腥风血雨，一刻不曾停止。

陛下似乎宠幸了人的消息在宫里传开了，各位娘娘皆蠢蠢欲动。从前陛下不近女色，没宠幸过人，倒也还好，到底是大家一碗水端平的。可现在不同了，忽然好像看见了曙光似的。各宫皆在打听，那人到底是谁。

李珠自然也不例外，她好奇，甚至惊诧，到底是怎样的一个人？

薛美人听闻这消息，自然第一时间想到了那天她所看见的画面。春竹和她对视一眼，心中所想皆是一致：想来那日她们所见之人，真是陛下。

薛美人玉指纤纤，拿过旁边的茶杯，晃荡几下，懒懒道：“这倒是有意思，李婕妤是不是也在打听这事儿？要不咱们放些消息出去，让她打头阵，若是有什么事，也不需要咱们承担责任。”

她如意算盘打得很响，既想要好处，又不想被波及，如此看来，借别人的手显然是最合适的。

春竹点头，领会了她的意思：“奴婢马上去办。”

她们暗中观察过，原来李婕妤还往恒源殿送了人过去。

春竹出了门去，薛美人兀自看着外头，心想：果真还是要有家世支持，有背景才能放肆。

她没有背景，只好靠自己了。

薛美人一口饮尽了口中的茶，倒是好茶。

消息传到李珠耳朵里，李珠眉头蹙着，又问一遍：“此话当真？”

柳枝怯怯点头：“回娘娘的话，应当是真的。陛下近来似乎常去冷宫，也不许人跟着，还听说有人曾在御湖边瞧见陛下和一宫女在一起……”

应当？李珠眉头皱得更深，看着是犹豫至极。

琉璃见状，决心推她一把：“娘娘可不能再犹豫了，要抓紧这机会。陛下常去那儿的话，那儿肯定隐藏着什么蹊跷，咱们必须得去看看。”

李珠还是犹豫：“可这是陛下的事儿，他平时都不许人跟着，说明定然不愿意叫人知道……”

“那咱们可以偷偷去看看，说不定能发现什么。”

能发现什么？无非是发现陛下同人在冷宫里幽会。这话传出来可不好听，若是陛下生了气，说不定……故而，李珠才犹豫。

琉璃见她面有动摇之色，继续劝道：“娘娘可不能犹豫了，您都进宫多久了，前些日子，您的父兄不是还……”

琉璃及时住了嘴，看了眼柳枝，说道：“你退下吧。”

柳枝低头应一声，退了出去。

殿中剩下她们主仆二人，琉璃继续劝道：“我知道娘娘在忧心些什么，但是咱们不过是去瞧瞧，又不是要做什么，不会有什么大事的。”

李珠叹了口气，想起前些日子父兄写信来，催问她如今情况。她想起那封信，终于妥协：“好吧，那咱们偷偷去看看，不许声张，也不许叫旁人知道，不然，咱俩性命难保。”她后半句加重了语气。

琉璃点头：“奴婢自然明白。”

第二日，李珠和琉璃避开人往冷宫里去。

两个人来得早，在冷宫里翻看一番，发觉确实有人待过的痕迹，且灰尘并不厚，可见这人还是常来的。

城月过来的时候，竟与她们二人迎面撞上。

琉璃一看见城月，心里一慌，想起了自己做过的亏心事，但还是强装镇定训斥道：“还不快见过我们家娘娘。”

城月老实行了礼：“见过娘娘。”

琉璃不想看见城月的脸，也知道她是来冷宫打扫的，便板着脸赶她走：“今天你不必打扫了，快走，要是耽误了我们娘娘的正事，可吃不了兜着走。”

琉璃凶神恶煞般撵人，城月被吓到，怯怯告退。

李珠看着城月的背影，有些不赞同琉璃的做法：“这样不太妥当吧？”

琉璃干笑道：“娘娘有所不知，这人是我从前的旧相识，是个傻子，可不能让她说出去。”

李珠“哦”了声，又看了看，发觉此处并没有什么不寻常的。两个人正要离开，一转身，遇上了正好赶过来的楚星。

楚星才进宫门，就察觉到了生人的气息。他脸色一沉，想起城月曾经的遭遇，快步赶来，就看见了两个陌生的女人。

看打扮，似乎是后宫的。楚星对她们的记忆不深，想了许久，才想起来李珠是谁。他仍旧沉着声，问道：“你们在此处做什么？”

李珠心头一颤，想起了与她一起入宫的那些女人，当即跪下请罪：“臣妾参见陛下，听闻陛下近来常常独自散步……”

李珠额头冒出一层冷汗，她觉得自己或许要命丧今日了。若是可以，只盼死得痛快些。她话没说完，就说不下去了。因为她偷偷地打听消息，这是大忌。

琉璃见李珠半天不说话，着急上火，干脆抢过话头：“我们娘娘只是仰慕陛下，可陛下常年不来后宫，又见不到陛下的身影，因而我们娘娘才会来此处，只是希望见陛下一面……”听起来天衣无缝的说辞。

李珠打断琉璃的话：“琉璃！住嘴！”

谁知，楚星冷笑一声后，沉默不语。这说辞太可笑了，楚星怎么可能相信。倒是面前这个婢女，更让楚星觉得有意思。

楚星盯着琉璃，目光如同鹰注视着自己的猎物。

琉璃不由得捏了把汗。

楚星问道：“你叫琉璃？”

琉璃瑟瑟发抖：“是，奴婢……奴婢叫琉璃。”

楚星记得城月说过，琉璃同她关系不好，还老是欺负她。

楚星将琉璃打量一番，又问道：“你以前在宫女所待过？”

琉璃点头，不知道陛下为何有此一问。难不成，陛下曾经见过她？突然，心底燃起一丝希望，难道……

而后，她听见陛下说：“孤瞧着你，心情不大好。你不必在你主子跟前伺候了，去找刘培恩，把我的原话复述给他，他知道怎么做。”

琉璃的心都要从嗓子眼跳出来，听见这话也不知是好是坏：“是……奴婢明白了。”

楚星这才看向李珠，说道：“私自打听孤的消息？念在你是李家人，便罚去普罗寺祈福一个月，下去吧。”

李珠愣住，不可置信地看着楚星的背影从她们身边晃过去。

李珠眼神闪动着，实在不敢置信，自己居然没被赐死？

她掐了自己一把，忽然对楚星的印象又好了一些。她想起自己父兄所谋划的，心中一时复杂难言。

楚星处置了她们后，兀自往前头去，进了院子，才发觉院子里没人。

他心情坏了几分，脸色沉下来，叫了一声：“月儿。”

没人答应。

/ 第九章 /

·“谁敢动孤的孩子？”·

孤的孩子？
全大昭，能这样自称的，唯有一人，
正是九五至尊的皇帝陛下。

城月被赶走后，又兀自返回了宫女所。她不知道李珠她们要干吗，但是人家是主子，她是奴才，也没办法。城月有些难过，今天见不到楚星了。

她心中记挂着楚星，心绪颇不平静。

中午吃饭的时候，她又觉得胸口闷闷的，扒拉了两口饭，便忍不住反胃呕吐，刚好吐在旁边人的脚边。

那人咦了声，嫌弃得不得了：“你做什么？差点吐在我身上了。”

动静太大，一时间众人都看过来，抱着看热闹的心思。

城月本想开口道歉，可惜话才到嗓子眼，又觉得一阵反胃不止。

她这反应，引得众人议论纷纷：

“她这是怎么了？”

“难道吃坏东西了？不会是今天的饭菜有什么问题吧？”

“可是我们也吃了啊，都没什么问题啊。”

“那这是怎么回事？”

……

城月吐得厉害，好像连肠子都要吐出来了。她从饭桌上下来，出了门，又扒拉着树根吐。

“这么严重吗？还是快请医女来看看吧。”

众人看着她，都怕沾了污秽东西，没人上前来。

唯有彩蝶从人群里出来，拍了拍城月的背，安抚道：“没事，已经去请医女了。”

城月难受得不得了，哭出声来：“我要生病了，呜呜呜。”

彩蝶安慰她：“不一定的，别怕，生病了也可以喝药，喝药就好了。”

城月吐得肚子里空空的，手脚也乏力，等到医女过来，给她诊脉。

医女脸色并不好看，再三诊过，如此举动更让宫女们以为城月得了什么不得了的病。

医女皱眉道：“也没什么大事，只是怀孕了。”

“怀孕了？”有人惊讶出声，嘴巴张得大大的，眼睛也瞪大了。

一群人你看看我，我看看你，虽说宫女与人有私情并不算寻常事，毕竟在这冰冷的深宫之中，人也需要互相慰藉，抱团取暖，可是大家做事还是有分寸的，也不会闹出怀孕这种事来。

众人看着城月，想来她是傻子，才有今天这一出，可是平时也没见她和哪个男人亲近过，又怎么会怀孕呢？

彩蝶冷着脸，问那医女：“会不会是弄错了？”

医女摇头：“绝对不会错的。”

医女看了眼一脸茫然的城月，脸色也不好看：“她就是怀孕了。”

宫女怀孕，是为私通之罪。医女也不知道这事该如何处理，她甚至不知道该开保胎药还是堕胎药。

医女看了在场之人一眼，觉得这事还是得问管事姑姑，便问道：“你们姑姑呢？”

“已经叫人去请了，应该马上就到了。”

说这话时，管事姑姑恰好到了门口。

管事姑姑在路上便听说了这事，这会儿脸色难看得很。姑姑看了眼城月，又看一眼医女，说道："还请医女给开个方子，这孽种不能留。"

医女沉吟片刻，点头："好，我开个方子。"

城月现在脑子里还回响着那一句"怀孕了"，她茫然失神，思绪在"怀孕"二字上飘荡。

怀孕了，也就是她有孩子了，楚星的孩子。

城月是高兴的，她情不自禁摸了摸自己的肚子。城月微微抬头，目光从她们脸上扫过，她们好像都不高兴，还带着厌恶、惊讶、嘲讽的表情，这些都被城月尽收眼底。

城月没来由地害怕，她窝在角落里，抱着自己的胳膊，一句话也不敢说。

管事姑姑留下了医女的方子，当即便差了人去拿药。等送走了医女，姑姑才回身看向城月，目光带着审视、不解，以及轻慢。

她向来念在城月是个傻子，并不太管她，哪里晓得会冒出今天的事来。管事姑姑在一旁坐下，神情凝重："奸夫是谁？"

掌事姑姑想：以城月这脑子，定然是被人引诱，甚至是被人用强，否则怎么会如此？

管事姑姑的脸好凶，城月头更低了，埋在膝盖里，一言不发。

有一个人说道："看着是傻的，原来是个狐媚子。姑姑，这可得好好惩戒，不然日后，这宫里可不得翻了天了。"

"就是就是。"有人附和。

白雪与另两个人动作强硬，上前对城月推推搡搡，彩蝶到底是看不过去，上前一步："够了，也别太过分了。"

彩蝶替城月整理衣服时，发觉她蝴蝶骨上有一处红色的印记。彩蝶心头一跳，伸手擦了一下，擦不掉，才敢确认是胎记。

城月感受到彩蝶的动作，抬头看她。

彩蝶吸了口气，手有些颤抖："没事，把衣服穿好。"

彩蝶将城月抱在怀里，轻拍着她的背，安抚她的情绪。

白雪看不惯彩蝶这样子，对管事姑姑说："姑姑，你看她，如此放肆！"

管事姑姑沉声道："今日一事，谁都不许说出去。若是说出去了，丢的是我的脸面，我不好过，你们也别想好过，都明白？"

她冷眼扫过全场，眼神威慑。

众人点头："明白了。"

管事姑姑又说道："至于城月，先把孩子打了，之后再做处置吧。"

城月缩在彩蝶怀里，听见"把孩子打了"这几个字，不由得浑身颤抖。

她们要把楚星的孩子打掉吗？

不，不可以。

城月挣扎起来，哭得更凶。

管事姑姑瞪她一眼："哭什么哭，还有脸哭。"

城月抽抽搭搭道："不打掉……孩子……"

白雪闻言又捂嘴笑："快听她这话，还不愿意呢。你快说奸夫是谁，打哪儿认识的？"

白雪语气刻薄，城月听完哭得更凶。原本她就吐得没力气，这会儿又哭得凶猛，好几次差点喘不上气来。

彩蝶怕城月出什么事，抱她更紧了些，拍着她的背，抚摸着她的头发，嘴里念叨着："别怕，没事。"

白雪咄咄逼人："她不说出奸夫是谁，这事儿有一就有二，万一再有下次呢？您说是吧，姑姑？"

管事姑姑本来就心烦，也懒得掺和，起身欲走之前，撂下一句："待会儿药煎好了，你给她灌下去。"

"是，姑姑。"白雪得意扬扬地应道。

城月听见这话，又哭起来，她抓着彩蝶的袖子，抽噎道："不打掉……不喝药……"

彩蝶拍着城月的背，点头：“好，不喝药，不打掉。”

白雪“嘁”了声：“那可由不得你。”

正说着话，端药的人就进来了。

白雪接过药碗，凶神恶煞地逼近城月。彩蝶挡在城月身前，被白雪叫人拉开。

城月这会儿又没力气，被白雪抓着下巴，眼看着就要把药灌下去。

城月知道这药一定不能喝。她紧紧闭着嘴，趁白雪不注意咬了她一口，便要起身跑掉。

无奈满屋子的人，除了彩蝶，没一个帮城月的，彩蝶又被抓住了。

白雪冷笑了声：“还敢咬我，过来，把药喝了。”

城月呜咽着，眼泪从眼角流下来。她越哭，白雪越得意。

“你给我老实一点……”白雪又拿起药碗，正要动手，却听见一声巨响。

众人皆是一愣，看向巨响的来源，只见门板从眼前飞过去，落在白雪脚边。那门口逆光处，站着一个魁梧的身影。

“谁敢动孤的孩子？”

众人闻言，皆是连呼吸都停滞了，甚至怀疑自己的耳朵。

孤的孩子？

全大昭，能这样自称的，唯有一人，正是九五至尊的皇帝陛下。

这场景太过魔幻，无人敢信。

一时间，空气仿佛都凝固了。

直到扑通一声，是膝盖磕在地板上的声音。

众人回过神来，发觉跪下的正是管事姑姑，她的胳膊被人反剪着，腿是被踹弯的。

楚星一抬手，众人只看见他袖中一柄飞刀飞过去，而后定在对面的墙壁之上。而飞刀过处，有滴滴答答的鲜血流下来，以及砰的一声，药碗摔碎在地。

白雪看着自己的手上涌出来的鲜血，惊叫一声。

城月从她手里挣脱开来，奔向光线照过来的地方。

楚星大步一迈，接住即将摔倒的城月。

城月伸手环抱住楚星的腰，眼泪全落在他胸膛之上。

“楚星……呜呜呜……我……”她哭得上气不接下气，完全说不出话来。

楚星一把抱住她，将她托在怀中，宽大的手掌轻拍着她颤抖的背，安抚她的情绪：“没事了，没事了，月儿乖。”

城月胸膛剧烈起伏着，头埋在他肩窝里，温热的眼泪一颗颗砸在他皮肤上。

楚星听得心都绷紧了，今日他去冷宫里没见着人，还遇上了李家的那女人和她身边那个叫琉璃的宫女，一时有些不安。他送城月回来时，知道她的住处，便寻了过来，哪知道这么巧，刚好让他遇上这一幕。也好在他来得及时，若是再晚一步，楚星不敢想象。他手握成拳，凌厉而充满杀气的目光扫过全场，最后落在白雪身上：“欺辱皇嗣，该凌迟处死。”

说罢，他抱着城月出门。

彩蝶后知后觉，跑着跟上来。

楚星记得，方才她是帮着月儿的，但此刻他处在一种暴躁的情绪里，眼神以及脸色，都如同地狱修罗。

彩蝶被他看得一抖，颤声道：“参见陛下，奴婢想跟着城月，照顾她。”

楚星不置可否，漠然地转过头去。

彩蝶低着头，跪在地上，咬唇懊恼。一阵脚步声响起后，彩蝶才听见男人凛冽如霜的声音：“准了。”

彩蝶心头一喜，注视着城月的背影。她笑了声，才小跑着跟上去。

城月哭累了，在楚星怀里睡过去，修长的睫毛上还挂着泪珠，嘴巴微微噘着，手还抱着楚星的脖子。

楚星抱着城月回了宫。

刘培恩远远便看见陛下怀中抱着一个女子，心中一惊，有些慌乱：“快，陛下回来了。”

楚星面色如霜，一步不停，只在路过的时候留下一句："叫太医来。"

刘培恩赶忙叫底下人去叫太医，自己则跟着楚星进了门。

他看见楚星把怀中的女子放在龙床上，细心地替她掖了掖被子，又抬手，动作轻柔地替她擦去眼角还挂着的泪花。

唯有面对这个女人的时候，陛下那双眼里的冰霜才会消融，化作满目的春水。

刘培恩心中又是一惊，小心翼翼开口："陛下，奴才斗胆……"

楚星冷冷把他的话打断："知道斗胆，你就闭嘴。出去。"

刘培恩愣了一下："是，奴才告退。"

彩蝶自觉地等在门口，看着气派的大殿匾额上的几个金字，才恍然觉得心落了地。

这一切原来都是真实的。

刘培恩从殿中出来的时候，刚好看见彩蝶低了头。

刘培恩抬头，发现她方才看的是大殿的匾额。他记得这个宫女是刚刚跟着陛下一起来的，看打扮，也是个下等宫女。

刘培恩摸了摸下巴，走近彩蝶，咳嗽一声，问道："你叫什么名字？"

彩蝶低着头："奴婢彩蝶，见过刘总管。"

刘培恩闻言皱眉，她一眼便看出了他的身份，这可以说是机灵，可换一种角度，也可以说是圆滑。

她是要跟着陛下身边的人的，太过圆滑也不一定是好事。

刘培恩一时沉默，心中思绪万千，终究只是叹口气，问道："你是同陛下过来的？"

彩蝶点头："奴婢是从宫女所来的。"

她明白刘培恩同自己搭话的意图。看他的神色，方才定然是在里头碰了壁。

"宫女所……"刘培恩喃喃细语，重复一遍。

这身份确实有些卑微，不过，只要陛下喜欢，什么都可以。

刘培恩没再说话，也在殿外候着，等着太医过来。

彩蝶看着刘培恩的背影，又偷瞥一眼殿门。她心中记挂着城月的情况，悄悄攥紧了拳头。

殿内。

楚星坐在床边，看着床榻上的少女眉头轻皱着，脸色有些白，嘴唇不如平时有血色。他胸膛起伏着，视线滑落，落在她的腹部。

到这时，楚星才真的反应过来，他有了一个孩子，正孕育在城月的肚子里。

楚星伸手，手指轻微地颤抖。他第一次拿剑的时候，都没手抖过。楚星伸出手去，呼吸随着动作停滞，直到触碰到她的手，才敢大口呼吸。

城月的手有些冷，似乎感受到他的温热，她的手指微微动了动。

这轻微的动静被楚星捕捉到，他的眼神立刻锁定在她的脸上。楚星以为城月要醒，可是城月只是皱了皱眉头。

楚星将她小小的手整个握住，另一只手落在她的腹部，仿佛能感受到微微的起伏。

楚星为这种发现感到惊诧，他眉头皱了又展，展了又皱，满是不可置信。

时间在他重复而又无措的动作里消磨着，每一刻都好像被拉长了。短短一刻钟，却仿佛已经走过了几个时辰。

楚星有些生气，太医为什么还没来？

他轻啧了声，松开城月的手，正要出门去催刘培恩，便听见外头匆匆的脚步声渐近。

刘培恩领着太医进来：“陛下，太医来了。”

楚星松了口气，让开位置：“过来。”

杨太医急急忙忙赶过来，这会儿额头上都起了一层汗。他在路上就听说是陛下急诏，还以为陛下出了什么事，吓了个半死。

等到了恒源殿门口，刘总管告诉他是给一个陛下带回来的女人看病。

杨太医拿着帕子的手一抖，更害怕了：“刘……刘总管啊，这是什么……什么情况啊？”

刘培恩也说不清楚，直接把杨太医拉了进来。

这会儿杨太医先擦了额头的汗，还将手上的汗也擦了擦，才看向床上躺着的女子。这女子看年纪不过十六七岁，脸色略有些苍白。杨太医捋顺了呼吸，拿出手帕放在女子嫩白的手腕上。

脉搏有力，这是……

喜脉。

杨太医一时惊诧，抬起头来望着陛下，抬手恭贺：“恭喜陛下，贺喜陛下，这是喜脉啊。从脉搏来看，腹中胎儿情况很稳定。”

楚星虽然早就知道了，但是听太医说出这么一番话，还是忍不住欣喜，眉目之间都染上喜色。

“孤知道，孤是叫你看，她有没有什么不舒服的。”楚星神色急切，目光一落在女子的脸上，便离不开。

杨太医点点头，又仔细诊了诊，一点不敢轻慢。既然是陛下带回来的女子，又是喜脉，可见这是皇嗣。身怀皇嗣，若是有什么差池……杨太医不敢想这后果。

杨太医因着这想法，不由得也绷着神色。这般紧张，看得楚星也跟着紧张起来。

一旁伺候的刘培恩更是紧张，盯着杨太医的手，一刻都不敢移开目光。

杨太医仔仔细细诊察了一遍，确认没什么大碍，这才松了口气，收了丝帕，回禀陛下：“陛下安心，只是受了惊，并无大碍，待臣开个安神的方子，等她醒过来喝了药，就好了。”

楚星吐出一口气，嘴角带着笑意，语气也跟着轻快几分：“行了，孤知道了，你下去吧。”

“是，微臣告退。”

刘培恩本还想留下来，也被赶出去。

“你看什么，你还不快去送送太医。”

“是，奴才这就去。”

刘培恩虽然遭了训斥，脸上的笑容却怎么也停不下来。

刘培恩送杨太医到门口，忍不住感慨：“这可是大喜事，大喜事啊，大昭的列祖列宗若是在天有灵，也能放心了。”

杨太医附和道：“可不是嘛，我也松了口气。”

“那太医好走，我就不送了。”

“刘总管请回吧。”

彩蝶看他们脸上挂满了笑容，心里也跟着松了一口气。

既然都这么高兴，那肯定就是好事。

城月又躺了一刻钟才醒过来。

这一刻钟里，她做了一个噩梦。

“楚星。”城月睁开眼，吓醒过来，觉得心绪难平。

楚星在她身侧坐着，听她喊自己的名字，立刻凑过来：“在，我在。”

城月看着他，眼眶里又涌出热泪。她一把抱住楚星，将他搂得紧紧的，声音带着哭腔：“呜呜呜，楚星……我做了一个好吓人的梦……”

楚星回抱住她，拍着她的背，安抚她的情绪。

“好，没事，没事了，月儿不哭。”

城月哭过一阵，慢慢缓过来，松开了楚星的脖子。

楚星抓着她的手，替她擦眼泪。

她止住了哭，也想起先前发生的一切。城月看着楚星，眼神里带了些茫然。

这种眼神看得楚星心里一惊，他握住城月的手，不停摩挲着：“为何这样看着我？”

城月眨了眨眼，眼神有些疏离：“你不是侍卫，你是陛下？”

这样的眼神，让楚星的心跟着绷紧。他握着城月的手，不由得加大了几分力气。

楚星喉结滚了滚："是，孤……"

又无言。

楚星只觉得喉头涌动，仿佛有无数的话想说，可是又全堵在喉头，什么也说不出来。他避开她的眼神，低下头来，只是轻轻握着她的手。

"你骗我。"楚星听见她闷闷的声音。

楚星不敢抬头，只好以沉默应对，片刻之后，感觉到额头上有温柔的触感。

城月的手停留在他额头上，一寸寸往下，抚摸过他的脸，又从耳鼻到喉结，最后落在他下颌。她捧住他的脸，叫他抬起头来，同她视线相对。

楚星眼神震颤，想偏过头去。

他不愿意看见她的胆怯和疏离，这会让他感觉很痛苦，好像心里被针扎过一样刺痛。

可下一刻，他的眸子微微震颤着，似乎不可置信。

嘴唇碰上一份柔软，鼻尖相碰，还有抚过脸颊的微凉触感。鼻尖蹿入熟悉的香味，浑身的毛孔仿佛都在一瞬间张开，又被安抚。

"你是楚星，对不对？"

"是。"楚星斩钉截铁道。

城月亲吻过他，言语被动作代替，诉说了她的意思。

楚星闭眼，抱紧了怀中的人。

城月又感觉到胃里一阵翻涌，起身趴在床边呕吐不止。

楚星见状，连忙拍着她的背，语气有些着急："刘培恩，杨太医呢？把他抓回来！"

刘培恩听到传召，进了殿，略一抬头，便看见陛下握着人家的手。

"奴才马上去找。"

"快去。"

城月吐了一番，把头搭在楚星腿上，又没了活力。她睁着圆溜溜的眼睛，说道：“我怀孕了，楚星。”

楚星点头：“嗯，我知道。”

城月抬手，抓住楚星的手放到她小腹上：“你摸摸，小宝宝。”

楚星随着她的动作，轻抚着，不敢用力。

城月自己也摸着肚子：“它会慢慢变成一个很大的小宝宝。”

现在她的肚子还是平坦的，什么也看不出来。

城月想象着自己大着肚子的样子，觉得有些好笑。

“楚星，和我的。”她咧开嘴，露出一排洁白的牙齿。

这是楚星和她的孩子，在她的肚子里。她说话之间，时不时想吐，有一种无力的难受感。

城月喘着气，又看楚星。

楚星也不知道该怎么办，心中暗道：怎么杨太医还没回来？

所幸杨太医还未走出太远，便被后来的小太监追上。

“太医，您等等，陛下召您回去呢。”小太监气喘吁吁道。

杨太医一头雾水：“可是又发生了什么事？”

小太监哪里清楚，他不过是听了刘总管的话出来追太医的：“杨太医，我也不清楚，您还是动作快些吧。”

杨太医长叹一声，心又提起来，急急忙忙跟着小太监回来。

“陛下，可是还有什么吩咐？”杨太医放下医箱，有些发怵。

那女子已经醒过来，此刻正趴在陛下腿上，举止很是亲昵。这场景太具有冲击性，毕竟这么多年，陛下身边从未有过女人。可此时此刻，陛下却带着难得的柔情，拥着怀中的女子。

杨太医这会儿才认真看这女子，眉目之间显出一种天真，眼睛尤其清澈明亮。瞥见陛下的神色不悦，他连忙收回视线。

楚星手搭在城月腰间，说话间，视线也不离开怀中的人：“她呕吐不止，太过难受，太医可有什么法子？”

杨太医眨眨眼，抱拳道：“这……陛下，女人孕中呕吐，乃正常反应……”

楚星眉目不悦，打断他的话：“孤说她难受。”

杨太医听得背脊一颤，声音顿时小了不少：“这……微臣只能试着开些药看能不能缓解，但是……微臣也没有十足的把握让……不吐。”他一顿，也不知该如何称呼眼前这位女子。

毕竟看打扮，也不是哪位娘娘。虽说到底要成为主子，可这会儿无名无分，也不好乱说。

“若是吐得厉害，饮食需得清淡些。”杨太医说罢，观察陛下的反应。

楚星淡淡应了声，看不出什么情绪：“那快开药吧。”

一旁的城月原本在玩他的手掌，一听见喝药两个字，神情一抖，失了颜色。

“楚星。”她扯楚星的袖子，“不想喝药。”

她不爱喝药，药都很苦，何况先前在宫女所那一出，也让她心有余悸，想到药碗就心生恐惧。

楚星看到她的神色，心中怜惜，顺着她的话说：“好，不喝药。”

楚星嘴角微垂，又看向杨太医。杨太医低下头，有种不太好的预感。

“除了吃药，还有什么别的法子吗？”

杨太医头垂得更低：“或许……或许可用针灸之法。”

可是针灸之法还不如喝药呢，毕竟扎针更受苦。杨太医自觉这提议不好，更不敢抬头。

城月一听见扎针，往楚星怀里缩了缩，摇头表示抗拒：“不要。”

楚星叹了口气，又轻啧一声。

这一声落在杨太医耳中，更是让他心惊。

“就没有别的法子了？”

“陛下，您这是为难微臣。”

“你是太医，应当为孤排忧解难。”

杨太医头更低了，声音也更小：“那……那只能试着给娘娘闻闻熏香，或是闻些旁的味道。”

“那此事便由你全权负责了。”

杨太医心中悲愤，恨只恨今天太医院只有他当值。

“微臣定当竭尽全力，为陛下排忧解难。”

楚星点头，表示很满意：“那你下去吧。”

杨太医擦了擦汗，退出去。

临走的时候，听见陛下身边的女人笑了声，言笑自若：“他的胡子好长，黑白相间的，好有意思。”

杨太医不免想起那些昏君与宠妃的传闻，皆是因为昏君毫无底线地宠爱宠妃。他摸了摸自己这把胡子，步子加快了些。万一这位主儿想要他的胡子，可就太不妙了。

城月看着杨太医的背影迅速消失，笑得更大声了。楚星搂住她，任由她乱动，又不会让她摔下去。

“他是不是以为我想要拔他的胡子？”城月蹭了蹭楚星的胸口，“我只是觉得看起来很有趣而已，才不是想拔他的胡子。”

“若是你想拔，也不是不可以。”楚星毫不犹豫地说道。

城月摇头：“我不想拔！胡子长在他脸上才有意思，拔下来就没意思了。”

楚星的床够大，又足够柔软，殿中烧了炭火，温度也恰好，城月想吐的感觉没那么强烈了，便有了活力去玩。

她在床上翻了几个滚：“楚星的床好软，好暖和。”

罗帐原本挂在两侧，被她一阵翻滚，也落了下来，刚好盖在楚星头上，遮住了他的半张脸，犹如一幅美人图。

楚星也不恼，目光追随着城月。

城月视线转过来，光着脚踩着床榻过来，跪在他身前。她动作轻柔地掀开帐子，迅速在他鼻尖上啄了一下。

只一下，便要跑。

楚星抓住她的手腕，一把将她整个人带回来。

“还想跑？”

他欺身，将她禁锢在自己胸膛之间，将她双手反在身后。

他宽厚的手心按着她圆润的下巴，轻咬了一口。

这一日于他而言，可谓太过煎熬。

城月小声叫了一声，可惜跑不了，于是先下手为强，咬住了他的唇瓣。

幽淡的香味扑面而来，楚星循着香味，反客为主。

每一次都是同样的结局，反正她打不过楚星，只有被迫承受的份儿。她受不住的时候，娇声婉转，从嘴边溢出。今天他们还没亲密过，城月闭着眼，做好了如往常一般的准备。

但是楚星没动。

城月迷惑地睁开眼，看着楚星如墨的眸子，眨了眨眼。

楚星的手落在她的小腹上，想起她肚子里如今有他的孩子，他得克制。

此情此景，如他梦中。

城月已经躺下去，手指抓着旁边的罗帐，罗帐被她攥得紧紧的。

虽说克制，但楚星还是忍不住去撩拨她。从头发丝到脚指头，城月没有一处不是乖巧的。他吻过她尚且绷着的脚背，感受到她微微地颤抖，不禁喉结滚动，让自己的味道沾染过各处。她又去扯罗帐，罗帐被抛出去了，只好扯他的头发。

“楚星。”这一声叫得不太分明，像光投进透明水流，被水分散成几段波折。

他将她抱住，殿中采光极好，洒进来的阳光透过上好的月影纱，像月光一般柔和。在柔和而又明朗的光线里，风吹动着外面的枝丫，落在窗纱上，有一种绮丽的氛围。

城月胸膛起伏着，说不出话来，睁开一双泪眼，视线模糊地望着他，诉说着无尽眷恋。

一炉香燃尽，待到香灰余热都散去，怀里的人又睡过去了。

楚星替城月掖了掖被子，起身走到殿外。

刘培恩还在殿外候着，见楚星出来，忙迎上来。

楚星这会儿气质有些不同，似乎沉稳了一些，可沉稳里又透出一些活泼来。刘培恩说不好到底是哪里不同，总之是大不相同的。

“陛下。”

楚星“嗯”了声：“杨太医呢？”

刘培恩说：“在偏殿候着呢，怕陛下又有什么吩咐。”

杨太医生怕陛下又有什么吩咐，别等他走了又把他叫回来，他干脆在这儿等着。

来人叫他的时候，杨太医居然觉得心里的石头落了地，认为自己很机智。

“陛下可有什么吩咐？”杨太医抬起头来，看向陛下。

楚星在椅子上坐下，手撑着额头，眉目之间透出一种阳光之感。这是杨太医从未在陛下身上见过的，陛下从前的气质总是阴郁的，眉目之间也是一片阴沉。

楚星问道：“孕中，可行房事？”

杨太医眨了眨眼，确认自己没有听错。陛下竟然问他房事的问题，这可是前所未有。

“回禀陛下，为保胎儿安稳，一般头三月，最好忌行房。”

“哦，那过了头三个月呢？”

杨太医观察着陛下的脸色，斟酌道：“可以是可以，不过还是得注意分寸才好。”

“你下去吧。”楚星点点头，挥手叫他下去。

杨太医松了口气，思索着这一回他是否可以走了。

刘培恩在一旁伺候着，闻言也是又惊又喜。

陛下果真是长大了。

刘培恩很欣慰。

/ 第十章 /

· 贵妃 ·

城月忽然觉得难过，
她想，如果楚星不是陛下就好了。

“奴才送您出去。”刘培恩跟着杨太医出门来，“那此事可就拜托太医了。”

“不敢不敢，这是臣的职责所在。”

楚星目送他们都出了门，才缓缓起身，回到后殿中看望城月。

城月呼吸平稳，睡得很沉。

她今天还没吃东西，再醒过来是被饿醒的，浑身没什么力气。

“楚星，我饿了。”她这会儿没什么想吐的感觉了，就是饿。

楚星替城月穿好鞋袜，还抱她到椅子上坐下，问道：“想吃什么？”

城月靠着他的肩膀，还是没什么力气：“都好。”

“那吃八宝鸭好不好？”

“好。”

“蒸羊羔呢？想不想吃？”

“想。”

“鸡腿想不想吃？”

“吃。”

“嗯，再吃一个菜心好不好？”

“好。”

楚星说完，看一眼刘培恩。

刘培恩点头道："奴才记住了，马上去办。"

刘培恩是会办事的，他差人去御膳房准备，且特意叮嘱动作要快。御膳房的人哪里敢怠慢，迅速送了菜过来。距离楚星传膳过去，才不过两刻钟。

楚星放城月在书桌旁边坐下，桌上有些书，旁边还放了武器架子，架子上有弓，还有楚星的那把剑。

城月的目光落在那把剑上。

楚星顺着她的视线看过去，问道："想要？"不等城月回答，他已经抬手取下了那把剑，将剑递到城月手中。

城月只好接过，不过她手上没力气，拿不稳，眼看着要掉下去。楚星眼疾手快，接住了剑，而后握着她的手，拿稳了那把剑。他握着城月的手，带着她挥了挥剑。剑刃划破空气的声音格外惹人注目，城月听得有趣，不过很快就觉到累了。

她放下剑："不玩了。"

"好。"楚星动作干净利落，将剑收进剑鞘里去。

刘培恩领着御膳房的人进来的时候，刚好听见这一段对话，一行人皆受惊不小。

御膳房的人放下菜，才揭开盖子，城月便闻到了香味。她撑着桌子，正要起身，又被楚星拦腰抱下来。

一步也不让她走，一旁伺候的几个人再次受到惊吓。

城月顺从地搂着他的胳膊，笑着说："楚星也要吃。"

嘶，直呼陛下名讳。

第三次惊吓。

城月看见他们的表情变了变，忽然反应过来楚星是陛下，她不能这么叫了。

城月看一眼楚星，眼神有些纠结："陛……"

楚星打断她的话：“叫楚星。”

他这一句语气有些凶，城月眨了眨眼，乖顺地喊道：“楚星。”

楚星怒气又消下去：“嗯。”

他把手边燕羊羔的盘子递到她身前：“不是饿了吗？多吃一些，腰就巴掌大。”

旁边伺候的人受到了第四次惊吓。

陛下都知道人家的腰多大，而且光天化日的，居然讨论这种话题。

城月看一眼旁边站着的几个人，有些不习惯。

楚星瞥见她的眼神，说道：“你们下去吧，不必伺候了。”

“是，奴才告退。”

众人从殿内退出来，都觉得腿有些发软，且眼神也有些不太好，看这个世界仿佛都不太正常。

众人对视一眼，皆心领神会。

楚星怕城月还没有力气，语气轻柔地问：“要不要我给你喂？”

城月瞪大了眼睛，摇头拒绝：“不要，我会自己吃饭。”她都这么大的人了，还要别人喂饭吃，这像话吗？

她虽然饿了，但胃里并不太舒服，因而也没吃太多。

楚星看她就吃了几口，有些着急：“不吃了吗？”

城月摇头：“不想吃了，楚星吃吧，我看你吃。”

楚星想起太医所说的话，加之从前看书所看到的，女子有孕，营养一定要跟上。他看城月就吃这么点，不太满意。

楚星点头：“好。”

他拿起筷子，自己吃几口，又喂城月吃一口。如此一番，倒是又喂她吃了不少。

城月摆摆手：“我真的吃不下了。”

楚星放下筷子，想起杨太医所说的话，问道：“那还想吐吗？”

城月摇头：“也不想了，好多了。”

“那想吃点酸的吗？或者辣的？”

城月摇头，也没什么兴趣，然后打了个哈欠：“我想睡觉。”

“好，那就睡觉。”楚星应声，叫人进来收拾。

他又抱着城月回到床榻之上，替她盖上被子。

城月伸手抓住了楚星的胳膊，小声说道：“想要楚星哄我睡。”她说完，看着楚星的眼睛。

楚星点头，扯过被子，手掌有规律地拍着她，直到她睡着。

楚星唤刘培恩进来：“拟旨，传朕旨意，册封城月为贵妃，赐……”

楚星略一沉吟，他甚至想直接立她为后，可若是如此，那群老臣估计要闹翻天。

刘培恩听着，尽管早猜想陛下对这女子恩宠非常，但听闻她一来便封贵妃，还是有些惊诧。依照祖制，一个小宫女哪儿能直接就晋贵妃，即便是身怀皇嗣，如此行事还是太过了些。

但是俗话说得好，规矩是死的，人是活的。祖制是老祖宗们定下的，可那些老祖宗们早就归了西，现如今，陛下才是一国之君，陛下说什么，那就是什么。

“赐坤宁宫。”

刘培恩听见楚星这么说的时候，还是没忍住吸了口凉气。虽说已经做好了心理准备，可一听见这句，心理准备还是付诸东流了。

刘培恩觉得陛下这旨意太不妥当，只怕那些大臣又要说闲话，便劝道：“陛下，这或许不太妥当吧。虽说娘娘如今身怀有孕，可……可坤宁宫是……”

坤宁宫乃皇后居所，岂能儿戏。皇后乃一国之母，日后是要扶持陛下，与陛下共同进退的。他今天也看见了，那个城月，虽说模样周正，可却是……她那般孩童心智，连自己都难顾周全，又如何顾得周全这偌大一个后宫。可这话刘培恩不敢堂而皇之说出口。

楚星也知道刘培恩想说什么，可是他就想这么做。楚星见刘培恩没动，睨他一眼，眸中墨色翻涌。

刘培恩知道这是陛下不悦的前兆，“扑通”一声跪下：“奴才明白了，奴才立刻去办。”

楚星取过旁边的剑，拇指抵在剑柄上，将剑推出三分，只三分便止，又推回去。

刘培恩战战兢兢起身，恭敬地退出去。

楚星握着手中的剑，来回踱步，眉宇之间又起郁色。他一抬头，便能看见外头明朗的阳光。这会儿天气好，阳光穿过云层，投在大殿之前。

楚星明白，他这一道旨意落下去，一石激起千层浪，明天的朝堂之上必定又会吵翻天。虽说前朝后宫分开，可牵连又如此紧密。

他是一国之君，架在那个位置上，一举一动都要听从大臣们的指摘。

大臣们要他光明伟正，要他磊落大方，又要他周全四方。做皇帝一点也不容易，可仍然有无数的人想要坐上那个位置。

那些人隐藏在暗处，张着血盆大口，蠢蠢欲动。

楚星也明白，但他不愿意做他们的傀儡，他偏要一柄剑扫掉那些牵线，叫他们哭天喊地，也甚是有趣。

他将手中利剑重重推回去，手掌握住剑鞘，一扬手将剑扔回架子上。剑身与架子相碰撞，发出哐当的声音。

城月醒过来，睁着一双大眼睛看着楚星。

楚星目光落在她脸上，朝她招手：“过来。”

城月从床上下来，光着脚踩在地板上。

楚星几步跨到她面前，一把将她捞起来：“地上冷，不能光脚踩。”

他这么说着，又抱她回到床边，拿过鞋袜替她穿好，问道：“想不想出去玩儿？”

城月重重点头："想！"

"那我们出去玩。"楚星把城月放在地上，"站稳了。"

"嗯嗯。"她点头，乖巧地去牵楚星的手。

楚星便牵着她的手，从殿门走出去。殿门前和庭院里皆有在忙活的宫人，今天这事可谓是大事一桩，陛下抱了个女人回来了。可他们只远远看见，也没瞧见正脸。这会儿陛下牵着人出来，自然引得他们好奇。

可又没人敢光明正大地看，毕竟怕自己人头不保。等陛下与那女子走远了，才敢抬头看一眼。

这一眼又吓得不轻，陛下低头和女子说着什么，似乎还带着笑意。那女子身上还穿着宫女的衣裳，站在陛下身边，实在天差地别。可陛下低头与她说话的时候，又看起来无比自然。

这事在后宫自然也传遍了，宫里的人又没什么事情做，守着四四方方的宫墙，因而对于八卦总是格外热衷。

尤其是陛下的八卦。

陛下带了一个女人回寝殿，这消息的震惊程度堪比太阳打西边出来。那可是杀人不眨眼的陛下，从不宠幸女人的陛下，看见了女人如同看见不好的东西一样的陛下，竟然会带一个女人回了寝殿，多破天荒。而且据知情人透露，陛下还是抱着那个女人回来的，更加恐怖的是，那个女人怀孕了。

诸多信息堆在一块，在后宫里炸出无数的水花。

"这传闻是假的吧？"

"一定是假的。"

……

无数人心里这么议论着，忍不住去打听消息是否属实。

这些都和楚星无关，楚星牵着城月出了宫，往御花园里去。这宫里若说起来也不好玩，虽然很大，可是毫无趣味。

城月倒是看得津津有味，她是第一次能认认真真看这些花花草草，平时只有路过的份儿。

这个时节，花草也没剩下什么。城月碰一碰这枝叶，又碰一碰那枝叶，一边和楚星说话：

“楚星，你看这个叶子，像不像一只蝴蝶？”

“你看这个……”

“还有这个……”

她说话的时候总是笑着的，这种笑十分真诚，一点也不是客套或者敷衍，就是真心实意地高兴，眼底眉梢全是笑意。

楚星的目光从她眼睛转到上扬的嘴角，她高兴，楚星也跟着高兴。

城月从旁边的一盆绿植上摘下一片叶子，放在了自己的头上。不过她没放好，叶子掉下来，刚好落在楚星手心里。

楚星牵过她葱白的手指，让她坐在自己腿上，按住她的肩膀：“别动。”

他握着叶柄，将叶子插进她发髻：“好了。”

城月笑容更加灿烂：“好看吗？”

“好看。”楚星说着，手从她腰间穿过，将她锢住，“累了吗？坐下来歇会儿好不好？”

城月点头，身后不远处跟着一大群宫人，也不敢上前来，都紧张地朝着他们的方向看过来。

城月感受到他们的视线，小声和楚星说悄悄话：“楚星，他们在看我们。”

“让他们看。”楚星说道。

楚星问她：“渴吗？”

城月摇头：“不渴。”

不远处的宫人们听着，都做好了如果她说渴，就立刻去取茶水来的准备。

“那还想吐吗？”楚星垂眸，目光落在她小腹之上。她的小腹还是平坦的，什么也看不出来，可是这里孕育着一个孩子。

城月见楚星看着自己的肚子，抓过他的手，放在自己的肚子上：“给楚星摸一摸。”

楚星闻言轻笑了声，手掌在她肚子上打了几个圈：“好，摸一摸。”

虽然他们都说城月怀孕了，但是她并没有感觉到什么异常，除了今天格外地想吐。城月回忆起那种感觉，不由得打了个冷战。

“怎么了？”楚星立刻问道。

城月摇头，声音低下去：“没什么，就是想起我今天吐得好可怕，该不会要吐很久吧？”

她皱着眉头，脸色很不好看。一想到如果每天都这么吐，她就想哭。

楚星想起她今天吐得那么难受，也不由得蹙眉，但还是安抚道：“不会的，明天就好起来了。”

“嗯。”城月点点头，在他腿上坐着，忍不住晃腿。

他们在亭子里坐着，另一边，好多人也出来看了。

薛美人跟在人群之中，也看见了。那天隔得远，她看不见城月的长相，但依陛下的性格，想来便只有那天在湖上那一个。

薛美人按下心中所想，又看向陛下，陛下神色柔和，简直像换了一个人似的。

薛美人心道：既然有了一个开端，想来她们也该有些机会。何况那个女人怀孕了，怀孕不能伺候陛下……她觉得自己看见了出头的曙光。

“春竹，那个李婕妤呢？你可打听到了？”

春竹点头：“奴婢打听过了，李婕妤被罚了，听说是冲撞了陛下，被罚去庙里祈福了，要一个月后才准回来。听说她身边的宫女更惨，陛下说等待处置。”

薛美人点点头，表示自己知道了。罚去庙里祈福，这惩罚看起来可太轻了。她又抬头，发觉亭子里的两个人不见了。

城月从楚星腿上跳下来，拉着他的手，又往前面去：“休息好了，我们继续走吧。”

“好。”

楚星就跟在她身后，想起她刚才打了个冷战，便把自己身上的斗篷解了下来，披在她身上。

她走路一蹦一跳的，楚星不由得开口叮嘱："慢点。"

"好，我知道啦。"

御花园虽然大，但是这时节没花可看，走一圈下来很快。城月一路上摘了好多叶子，抓在手心里。

楚星不知道她要干吗，也懒得问，任由她去。

逛完了御花园，两个人停在碧湖旁边。这湖是御花园里的，比御湖小很多，湖里也没船，不过种着些荷花。这里没有温泉，气候与时节息息相关，那些荷花早败了。

城月把手里的叶子从栏杆上撒下去，撒完了又正儿八经地闭了眼，合着手掌许了个愿。她的心智与常人不同，从前听闻放河灯许愿，便觉得只需要放些什么进水里，都是能许愿的。这会儿手上有叶子，便撒叶子。

楚星问道："月儿许了什么愿？"

城月睁开眼，嘴角微翘："希望楚星一直都好，平安健康。"

楚星眸子微眯了眯：为什么希望我都好？

楚星记得城月过得并不算好，按理说，如今也算飞黄腾达，她既不说希望自己一切都好，未来一直顺利，也不说希望他们一辈子如何如何。虽然那是虚无缥缈的东西，楚星也不信。

可是听见她说，希望楚星一切都好，平安健康的时候，楚星心里还是为之一动，像一阵春风吹过来，吹进了他心门，和煦温暖的感觉从他心底溢出来。

楚星笑着说："好，一切都好。"

城月也笑了。

那些叶子顺着湖水漂过了他们站的小桥，也许会顺着水流，一直往很远的地方去。

"不早了，我们回去好不好？"楚星声音很轻柔。

“嗯。”城月点头，抓紧了他的指尖。

回到寝殿，刘培恩向楚星禀报：“回禀陛下，奴才已经叫人去打扫坤宁宫了，您看，什么时候让贵妃娘娘搬过去？”

楚星大手一挥：“不急，你先下去吧。”

城月显然听见了他的话，她知道坤宁宫是什么地方，那里可是皇后娘娘才能住的。

城月微微仰头看着楚星，即便楚星说叫他楚星，不要叫他陛下，可是楚星就是陛下，陛下就是楚星。这件事一直在她心里，她时不时就会想起来，眼前这个人可是陛下啊。

楚星赶走了刘培恩，回头看到城月正在看自己。她神情呆滞，显然在想别的事情。

他无声轻笑，走近她，问道：“怎么了？”

城月低下头来，声音也低：“坤宁宫，要让我去住吗？”

“嗯。”楚星点头，“怎么了？你不想住？”

城月摇头：“不是。”她也不知道为什么，总是觉得心里不太安定。

她吸了口气，低头搅着自己手指，忽然又想起别的事情——

陛下应该还有很多娘娘吧。

她忽然抬头，眼睛一眨不眨地看着楚星。

楚星又问道：“怎么了？”

城月还是摇头，这件事也没办法说。陛下是有很多娘娘的，楚星是她一个人的楚星，可陛下不是。

城月忽然觉得难过，她想，如果楚星不是陛下就好了。

她根本藏不住情绪，楚星一眼就能将她看穿。

“到底怎么了？”楚星将她抱到怀中，“嗯？怎么出去玩了一趟，就不开心了？”

城月觉得这会儿和她说话的楚星，和在冷宫里的不一样，但是她又不知道哪里不一样。

城月头低下来，看着他的胸膛：“以后是不是不能天天见楚星？”

楚星闻言神色一敛：“为什么这么说？”

他原本扬起的嘴角重新变成一条直线，甚至还微微下压：“月儿不想见我吗？”

城月摇头，被他周身忽然变化的气质吓到：“不是啦，就是……楚星有很多……那……那……”她又不知道怎么说了。

但是楚星听懂了，他从鼻孔里哼了声，抱住她，把头靠在她肩上。

“不会，你想什么时候见我都可以，天天见，时时见。”

其实他恨不得把她揉进自己身体里，可这种想法似乎太过凶悍，他总是怕吓到她。

感知到这种情绪的相互性，楚星忽然心情又变好了。他抱她更紧，贴她更近，轻缓的呼吸声落进她耳朵里。

城月听他这么说，也高兴不已：“好，我记得了。”

傍晚的时候，城月又犯困了。

楚星放她一个人在后殿里睡着，自己起身出了门。

他还有许多政务要处理，今天已经浪费了太多时间。临出门的时候，他嘱咐刘培恩：“若她醒了，第一时间来通知孤。”

刘培恩点头，忽而记起什么，叫住楚星：“陛下，还有一个宫女，等待您的发落，您看？”

楚星思索片刻，才想起来刘培恩说的人是谁。

琉璃，好像是叫这个名字吧。他记得，这人以前欺负过城月。

“赐死吧，别让她死得太痛快了。”楚星的话语轻飘飘的，在这安静的门口，又显得掷地有声。

有宫人恰好经过，听闻这话，不由得浑身一抖，好像要受处置的是自己。

这话听起来残忍，如今陛下又有了第一个孩子，刘培恩觉得不妥，可陛下向来如此，若是劝得过分了，只会适得其反。

刘培恩按下心中种种，点头道："是，奴才明白了。"

琉璃等了许久，这种等待的过程是如此煎熬。她不知道等待着自己的是好还是坏，于是更为煎熬。直到有人推开门，她如同抓到救命稻草，询问道："陛下要如何处置我？"

来人不答，只是沉默地押送她出门去。路过某地的时候，听见有人在议论陛下新封的贵妃娘娘，还恍惚听见了城月的名字。

琉璃脑内灵光一闪，忽然觉得自己明白了什么，可惜这明白来得太晚，她再也看不见明天的太阳了。

城月睡醒的时候，天已经黑了，殿里燃了几支金烛，光线经过灯笼布透出来，变得柔和而温暖。

殿中空寂，只有她一个人。这殿里也没什么摆设，空荡荡的，有些骇人。

城月叫了一声："楚星。"

没人应她。

城月皱眉，撑着身子从床上下来，穿好衣服鞋子，便要出门去。刚起身，便听见一阵脚步声。

她抬头，对上两个比她大不了多少的宫女的脸。

"贵妃娘娘醒啦，您别急，已经差人去请陛下了。"柳枝说着，俯身替城月整理鞋子和头发。

城月不认识她们，加上刚睡醒，有些蒙蒙的，任由她们替自己整理衣服。烛光微闪，城月回过神来：她们刚才叫我贵妃娘娘？

城月茫然地眯着眼，楚星封她做贵妃娘娘，要她去住坤宁宫？

面对"贵妃"和"坤宁宫"这两个词，城月陷入了一种微微的害怕当中。

她一直很笨，很多事情都做不好。她想象着，要她去做这么大的事情，更怕了。

柳枝替她整理好了衣服，又扶她去镜子边，要为她梳妆。

城月不习惯这么被人伺候着，她的头发被她们握在手里，她下意识地转身，扯动了自己的头发。

“嘶。”城月吸气，“陛下什么时候来？”

虽然楚星说，让她仍旧叫楚星，可是……

她咬唇，还是叫了陛下。

楚星听见通传说城月醒了，立刻赶过来，刚到门口，便听见她吸了口凉气，唤他陛下。

楚星脚步一顿：“你们都退下去。”

“是，奴婢告退。”

柳枝听见城月刚才痛呼那声，心中一惊，原以为自己要受罚。等待的片刻仿佛度日如年，可是陛下什么也没说。

柳枝出了门，才松了口气。

旁边的人与她小声说话：“刚才吓死我了。”

柳枝笑了下，点头：“是啊，也吓死我了。”

“我看这位贵妃娘娘，是个傻子……”那人四下看了看，才敢说出这话来。

她方才观察过城月的神态和动作，她几乎确定。这又是一桩大事，陛下竟然宠幸一个傻子。

柳枝拿胳膊肘捅了捅她：“别说了，咱们快走吧。”

楚星走进殿中，来到城月身侧，拿过梳妆台上的梳子，托住她乌黑亮丽的头发，说道：“不是说好，叫楚星吗？”

城月低下头去，觉得自己做错了事，声音低低的：“可是，叫楚星的话，不合规矩。”

“怎么不合规矩？我就是规矩。”

“我和楚星在一起的时候叫楚星，楚星不在的时候叫陛下，好不好？”城月打商量。

楚星拒绝得直截了当：“不好，都叫楚星。陛下是他们叫的，不是月儿叫的。”

楚星替她梳好头发，再更进一步的梳理，楚星不会，便让她披着头发。

“来，感觉怎么样？”楚星牵着城月起身，行至榻边。

“还好。”城月刚说完，便弯腰一阵干呕。

她拍着胸口，瘪嘴道：“现在不太好了。”

楚星也跟着皱眉头，大掌落在她背上，轻拍着，力道刚好。

“怎么还是想吐？”

城月缓过来了，摇头道：“没事，就一点点。”

“嗯。”楚星点头，又问道，“还要吃东西吗？”

城月眨眨眼，抓住他的袖子：“吃一点好不好？”倒像在求着他吃东西。

“好。”

楚星马上让人去传膳。

晚上吃的东西偏清淡，城月吃得比中午多了一点。用过晚膳，时辰又过去许久。

城月突然想起来，问道：“彩蝶呢？”

彩蝶？楚星皱眉，思索许久才记起这是跟着他过来的那个宫女。

“我让她去坤宁宫了，怎么，你要找她？我马上叫人去找她来。”

城月摇头：“不用，我就是问问。”

她马上又想到了一个问题：“彩蝶去了坤宁宫，那我呢？”

楚星揽过她的肩：“月儿今晚陪我好不好？”

他今天一天说了好多的话，全是用温柔的语气，在征求她的意见。

从前楚星可不会这样，楚星自己都没发现，城月更发现不了。

城月只知道她很喜欢这样的楚星，点头道：“好。”

“月儿困了吗？那就睡吧。”

楚星还要处理政务，城月看他一眼，自己往床上一坐，脱了鞋子躺进被窝里，被窝里先前已经有宫人放了熏炉暖过，这会儿正是暖和的时候。

整个被窝里不仅暖暖的，还带了些熏香。城月细嗅了嗅，这种味道她在楚星身上也闻到过。她从被窝里起身，又往楚星身上嗅了嗅，楚星身上果然也有这种香味。

城月躺下去，头在枕头上找了一个舒服的位置，把被子往上扯了扯，将自己整个人裹得严严实实。

发觉楚星看着她，她抬起头来，和楚星四目相对：“楚星。”她又唤他名字。

“嗯。”楚星回应，声音低沉，抬手替她把被角掖好。

大门和后殿隔了扇雕花的屏风，屏风上雕刻着竹叶，工艺精美。烛光穿过竹叶，投影在地面上，仿佛长出一片影子竹叶林。

刘培恩的声音从屏风前面传过来：“陛下？”

楚星明白他要说什么，于是起身，绕过屏风，影子被屏风遮去大半。

刘培恩点头，问道：“陛下，时辰不早了，您看？”

楚星声音放轻：“孤知道，今夜贵妃就在这儿，你下去吧。”

刘培恩心中又是一惊，面上仍旧不显：“是，奴才告退。”

冬日的宫殿门加了层帘子，隔绝了冬天的风雪。

刘培恩掀开帘子，退出去，不由得皱眉。门口还站着两个宫人，刘培恩略加思索道：“你们也不必在这儿伺候了，退下去吧。”

“是。”

刘培恩看着她们的身影从一旁退下去，今夜的冷风似乎更为喧嚣，他喃喃自语：“这天儿啊，看起来要下雪咯。”

楚星回到屏风这一边，看见城月略仰着头看着他，似乎怕他跑了。这种眼神，轻易就让他的心被填满。

他灭了最近的几盏灯，只留下远一些的两盏灯，而后重新回到床边坐下。城月的头发因为刚才的动作而乱掉，楚星抬手替她抚顺。

“留下一盏灯好不好？”他语气轻缓。

“好。”城月点头，

楚星脱去鞋袜，掀开被窝一角：“先哄月儿睡觉。等你睡着了，我再去忙。”

烛光闪动，城月感受着他的温暖，仿佛被温暖的篝火包围着。楚星的心跳声有力而规律，她很快就睡着了。

他慢慢地扶着她的头躺下来，让她的头落在枕头上。他做得很小心，生怕吵醒了她。好不容易安置好她，他额头上都出了一层汗。

楚星呼出一口气，又俯身将她揽在怀里。不敢抱得太重，怕让她觉得不舒服，也不敢抱得太轻，因为感觉没有安全感。轻重之间的平衡难以操控，导致楚星的手也无处安放。按理说，这样的状态之下，他的精神应当是绷紧的。可是在这种紧绷中，他却意外地觉得放松。

城月的平稳呼吸声堪比助眠的熏香，从他鼻息之间透进血液深处，他甚至觉得倦意来袭。楚星从未有过这种时候，眼皮这样的沉，心里这样的宁静。

许久，他才依依不舍地放开她。

翌日。

城月每日都醒得很早，已经习惯。她见楚星还睡着，便轻手轻脚爬起来，在一边桌边坐着玩自己的。

因为到了楚星平时起床的时候，可还没见到陛下的人影，刘培恩只好进来瞧瞧，只瞧见陛下还睡着，贵妃坐在一旁的书桌边，拿着陛下平时用的笔在玩。

城月记得刘培恩，他胖胖的脸很有记忆点。她小声用气音和他说话：“你来找楚星吗？”

刘培恩点点头，和蔼可亲地笑着。他平时见陛下都睡得很浅，今天难得有这样熟睡的机会，想着再让陛下睡会儿。于是，他又退了回来，看向城月：“娘娘醒了很久了吗？”

刘培恩压低声音，不敢大声说话。

城月摇头：“没有，就一会儿。”

“那您要传膳吗？”

城月摇头：“不要，我不饿。”

她回头看一眼楚星，楚星也还没起来呢。

“好的，那奴才先下去了，娘娘自己玩着。”

城月点点头，又低头去玩手里的毛笔。毛笔上还有残留的墨汁，被她一通乱甩，甩在身上和脸上。

楚星睁开眼，下意识去摸身边的位置。被子已经凉了，他心猛地一跳，撑起身，目光在殿里搜寻着。

楚星动作有些急，掀开被子，直到目光在书桌旁边抓到熟悉的衣角。

他走近，看见了城月的脸，心才落下去，落回胸腔里。

城月听见他的脚步声，惊喜地转过头来：“楚星你醒啦？”

她脸上有点点墨汁，实在滑稽。

楚星看着她的脸，忍不住捂嘴笑了。

说到底，他也不过二十岁。

/ 第十一章 /

· 我最喜欢月儿 ·

"楚星……"

"在。"楚星用宽大的手掌轻拍着她背，哄她睡觉。

城月从楚星的笑容里意识到情况不对，她跳下椅子，跑到镜子前面，发现自己俨然成了一只花脸猫。

她撇嘴，语气委屈："变脏了，洗脸。"

她拉过楚星的手："洗脸。"

楚星点头："嗯，洗脸。"他这么说着，还是忍不住笑起来，明朗的笑声回荡在宫殿之中。

楚星捧住她的脸，落下一个很轻的吻。

"来人，打热水来，伺候娘娘洗漱。"他声音略大。

很快有个宫女进来，看一眼城月，又看一眼陛下，不知道要不要自己动手伺候城月洗脸。毕竟这一段时间，贵妃娘娘的一切都是由陛下经手的。

这个宫女正犹豫着，突然听见楚星说道："放下吧。"

"是。"

楚星把布巾打湿，动作温柔地替城月擦去脸上的墨汁。城月很享受楚星的动作，她闭着眼睛，微微仰头，把脸送到他跟前。

"饿了吗？洗漱之后，要不要吃饭？"楚星问道。

城月点头："好，现在有点饿了。"

早膳是清淡的粥品小菜，城月喝了一大碗，今天胃口似乎格外的好。

楚星看在眼里，问道："还吃吗？"

城月摇头："不吃了，吃饱了，楚星吃饱了吗？"

楚星也点头："吃饱了。来人，把东西收下去。"

看楚星不紧不慢的，刘培恩有些着急："陛下，您得快一些了，要不然他们又要说您了。"

"嗯。"楚星应着，动作却一点也没有快。

他差人进来伺候城月换了身新衣服，人一下子就变得明艳不少。

城月看着自己红色的新衣服，转了个圈，问楚星："好看吗？"

楚星点点头："月儿真好看。"

待到他去上朝的时候，便差人送城月去坤宁宫。

城月坐在轿辇之中，这还是她第一次坐这东西，一晃一晃的，倒是有趣。

楚星和她说等下朝了过来看她，距离下朝还有好久呢。她拨开窗帘往外头看去，有什么冰冰凉凉的东西落在她鼻尖，一伸手，又接住了一朵雪花。

"下雪了。"有宫人感慨。

城月也听见了，她收回手，看着手心里融化的一点水，也跟着说："下雪啦。"她声音清脆，语气像孩童。

抬轿的人听见了，皆是一愣。

刘培恩是跟着过来的，送城月进门，又敲打了一番宫人："你们可得尽心尽力伺候贵妃娘娘，若是有什么差池，你们的小命也不保了，明白了吗？"

他转头又小声和城月说话："娘娘，您要是有什么吩咐，想要什么，就告诉她们。"

城月点点头："我知道了。"

"那奴才就先告退了。"刘培恩离开的时候，雪略微下大了一点。

彩蝶从宫里出来，带了个斗篷给她披上："娘娘，外头冷，我们进去吧，好不好？”

城月信任彩蝶，点头道：“好啊。”

彩蝶扶着她进了宫门，在榻上坐下，又替她倒一杯热茶。

“陛下对你做什么了吗？”彩蝶小心翼翼地问，低着头，看不清眼神。

“嗯？”城月觉得疑惑，“没有啊，楚星没跟我做什么，我们就睡了一觉。”

彩蝶动作一顿，热茶从杯壁淌出来。

“啊。”城月看见了，“烫到了吗？”

彩蝶摇头，抬头微笑：“没有，多谢娘娘关怀。”

她还有很多的话想问，昨天城月一天没回来，她的心也一直提着。她不应该这样猜测，可是又忍不住这样恶意地猜测，毕竟昨天，她还听说琉璃被赐死了。

那个人，用这么轻飘飘的语气，结束了一个人的生命，就和他的父亲一样，他们如出一辙。

尽管他昨天出现得那么及时，又看起来这么宠爱城月。尽管如此，彩蝶还是忍不住担心。这种得与失的强烈冲击，已经让她一整天都心跳加速。

彩蝶深吸了口气，决意暂且放下这个话题，将茶水递给城月：“日后就由我伺候娘娘了，好不好？”

她已经和刘总管说过了，刘总管也同意了。

“好啊。”城月接过茶杯，茶水还有些烫。她双手捧着，暖暖手。

城月的思绪飘飞，她小口抿着茶，时不时看一眼窗外。她的小动作太过显眼，彩蝶顺着她的视线看过去，只看见外头的雪。

雪越下越大，先前还是零零散散，这会儿已经飘飞如絮。不知道是不是宫人做事不细心，屋子里的窗户开了半扇，冷风跟着往里灌。

“娘娘身怀六甲，怎么这么不小心。”彩蝶语气略严厉，又不苟言笑，这话说出来，几个小宫女皆低下头。

城月不喜欢这种场面，便叫住彩蝶：“别骂她们了。”

“好，你们先下去吧。”彩蝶放缓了语气，又回到城月身边，“您是想玩雪吗？”

城月的小心思被看破，干脆承认了：“嗯，想玩。”

她喜欢下雪的时候，以前的下雪天，她也经常偷偷地玩雪，捏雪人、打雪仗。不过没人和她打雪仗。她更喜欢堆雪人，一个人找一个安静的地方，捏一个小雪人。

彩蝶摇头：“您如今身怀有孕，玩雪太冷了，不能去。”

“啊？”城月皱着脸。

她不放弃，小声嘟囔着：“等楚星来，我找他玩。”

彩蝶的语气不由得严厉几分：“您找陛下也没用，陛下也会以您腹中的孩子为重。”

城月被彩蝶突然凶狠的语气吓到，往后缩了缩。

彩蝶意识到自己失态，又放低了声音，哄道：“不是不让您玩，但是确实不行。”

“为什么不行？”城月小声道。

彩蝶看她铁了心想玩，还是好声好气和她说明其中的利害关系：“因为您如今怀孕了，有了宝宝，玩雪是很危险的事情，不可以去做，好吗？”

城月还是心不甘情不愿，又看了眼窗外。

“好吧。”她摸了摸自己的肚子，为了宝宝。

城月不是很高兴，因为刚才彩蝶说的那些话，好像宝宝变得比她更重要了。彩蝶还说楚星也会这么想，她更不高兴了。

宝宝生出来，以后会变成一个大人，那楚星也会更喜欢他的。

她撇嘴，暗自生闷气。

城月在榻上坐着，手中捧着茶杯，也不说话。

彩蝶看她一眼，问道：“您想吃什么吗？”

“不吃。”城月赌气道。

城月气呼呼说罢，忽然又觉得迷惑：我为什么要生气？那是彩蝶说的，又不是楚星说的。

“嗯……还是吃点吧，想吃酸枣糕。”城月其实不饿，但是有点馋，方才一瞬间，脑子里忽然就蹦出了酸枣糕来。

“好，奴婢叫人送酸枣糕过来。”

彩蝶拂开帘子，身影消失在门口，门外有宫人在等。

“你去御膳房领些酸枣糕来。”

“是。”

彩蝶看着宫人撑着伞出了门，雪花飘落在她头上。忽而又听见门外的吵闹，她皱眉，看向门口，而后听见通传：“林美人、薛美人、顾美人到。”

彩蝶皱眉，通传声还未落，她们的伞已经进了院子。

屋内城月听见声音，好奇地出来看。她站在彩蝶身边，看着几个雍容华贵的人过来，忽而有些害怕。

彩蝶略行了个礼：“见过各位娘娘，不知今日到访，可有什么事？”

城月不说话，只是转着眼珠子看着她们。

对方也打量着城月。早听说陛下封了位贵妃，还有了孩子，这在后宫可是绝无仅有的事，她们肯定得过来瞧瞧，于是一块约好了来。

“贵妃姐姐毕竟比我们位分高，听说姐姐回来了，我们马上就过来请安了。”三个人已经到了廊下，一起给城月行了礼。

城月对这些礼数还不太懂，宫人对主子也是行礼，她们也是主子，主子对主子行的礼又有什么差别？

城月看着她们的脸，站在最前面的那个长得最好看，她不由得多看了两眼，林美人忽然被这么盯着，有些无措。

“贵妃娘娘为何看着嫔妾？”

城月实话实说：“你长得好看。”

她话一出，林美人高兴不已，捂嘴笑道：“多谢娘娘夸赞，娘娘才是最好看的。”

城月听见林美人夸自己好看，也跟着高兴：“你好看，我也好看。”

听见她这话，三个人互相对视一眼，觉出不对了。她们早就听闻这位贵妃娘娘与常人有所不同，原本还猜测到底如何不同，今天见到了才算明白，原来是脑子和常人不同。

不知为何，几个人皆松了口气。她们被家里送入宫，已然没有了退路，本来在这深宫里没有恩宠也过得难熬，从前大家都没有恩宠也罢了，忽然有个人捷足先登，得了雨露恩宠，这自然让她们觉得害怕。若是这人不让她们好过，她们的日子又该怎么过呢？

但是现在，这种疑虑消了大半。

林美人又笑了声，奉承道：“是，娘娘说得正是。不过外头风大，咱们不如进去说话？”

城月听她说要进去，皱着眉头说：“但是里面不好玩。”她就这么一句，也没什么动作。

三个人不知道城月是故意让她们吃闭门羹还是如何，有些尴尬道：“但是嫔妾来给娘娘请安，娘娘若是都不愿意让我们进门，岂不是……”

城月看着落下来的雪，踢了踢脚尖：“那你们进去吧。”她想在外面站着。

三个人面面相觑，又不知道如何是好。哪有这样的道理，让她们自己进去？

彩蝶见状，打圆场道：“我们家娘娘今日身子不太爽快，不方便招待各位，要不各位娘娘改天再来吧。”

她说着，便把城月带进屋内去了。剩下林美人她们几个脸色青一阵白一阵，对视一眼，悻悻走了。

城月心心念念着玩雪，彩蝶说道：“她们不是好人，我们不要跟她们玩。”

“哦。”城月应一声，心不在焉。

她从小到大遇到过的好人也不多，身边那些人，即便是彩蝶，也有对她不好的时候。就连养大她的明月姑姑，有时候也会打骂她。如果算起来，只有楚星是最好的人。

彩蝶见她心不在焉，也没多说。

这时，去御膳房领酸枣糕的宫女回来了，彩蝶接过东西，要伺候城月吃。

城月闻着酸枣糕的酸味，先前的兴致又尽数消散，全化为了一股反胃。她扶着桌角一阵干呕，又难受起来。

彩蝶急急忙忙替她拍着背，安抚道："没事儿，没事儿，孕吐是正常的。"

正常不正常城月不想探究，她只知道自己不舒服，不舒服就想哼哼唧唧的。

彩蝶替她拿了靠枕，垫在身后，又拿被子，盖在腿上。

城月想见楚星，但是楚星还要上朝。城月又把话咽了回去，胸口剧烈起伏着，又说起玩雪："我想玩雪。"

彩蝶看她这样，只能安抚她："好，玩，等陛下来了，再玩好吗？"

"嗯。"城月点点头，胸口还是感觉堵了口气，很不舒服。

彩蝶看她眉头紧紧皱着，没办法，又让人去请太医过来。

杨太医来替她看了看，只道："这老臣也没法子，娘娘又不肯喝药，又不愿意扎针……"杨太医垮着脸，也是难办。

城月趴在榻上，下巴搁在软枕上，听明白了他的话。

她哼唧两声，垂着眸子不说话，睫毛一闪一闪的，和杨太医僵持着。

楚星一下朝，就往坤宁宫来，进门便看见这副场景。

城月从被子里探出半个身子，伸手要抱，语气娇嗔："楚星。"

楚星顺势搂过她，语气不自觉放轻了几分："怎么了？"

楚星原本在朝堂上受了气，在来的路上还阴沉着脸，一见到她，便什么气都没了。

城月把头缩在他肩窝里，言语之间没什么逻辑："我想玩雪，可彩蝶不许我玩。我想吐，好难受，他说一定要喝药扎针。还来了几个人，有一个长得很好看的，但是楚星最好看。”

楚星听她没头没尾的话，嘴角勾了勾，直接问旁边的彩蝶：“为什么不准她玩雪？”

彩蝶低着头：“娘娘身怀有孕，这大冬天的，若是着凉就不好了。”

楚星听着，看了一眼杨太医：“你怎么说？”

杨太医被他眸光一扫，立刻弯了几分腰：“臣以为，也不必如此谨慎，只需注意保暖，以及注意别摔倒，应当不会有什么大问题。”

楚星点头，放城月下来，拿过她的鞋，替她穿上。

“好，那我们出去玩雪。”

“好！”

城月来了几分精神，拉着楚星的手往门外去。门外的雪这会儿在庭院里积起一层，宫人还没来得及打扫。

城月抬腿，一脚踩在雪地里，鞋子陷下去，她啊了声，抓紧楚星的手。

“楚星。”她笑起来，站稳后松开手，俯身抓了一把雪，在手心里捏成团，往旁边的树上一丢。

树叶上堆积着雪，被她的雪球一砸，纷纷落下来。

城月笑着回头看楚星。楚星刚好在她身后，与她撞个满怀。她下意识往后退一步，被楚星搂住腰带回来。

“雪好玩吗？”

“嗯！”城月重重点头，手里刚抓过雪，还是冰冰的。

趁楚星不备，城月伸手在他脸上抹了一把。虽然动作迅速，但还是被楚星抓住手，落下一个轻吻。

“还难受吗？”

城月摇头，踮脚凑上来：“再亲一下。”

她迅速地退开，像偷到了腥的猫：“不难受啦。”

雪天路滑，楚星怕她摔倒，手就没松开过。嘴上一触即逝的温度，在这冰天雪地里显得格外温暖，惹人贪恋。

楚星把她带回来，压近了些，撬开唇齿，贪婪地汲取她的味道。雪还在往下落，落在头上，也顺着衣领滑进颈侧，冻得人缩脖子。可手心又是热的，这种冷热交替，格外地勾人。城月有些瘫软地缩在楚星怀里，头靠在他胸膛上，有些喘气。

楚星问道："吃饭了吗？"

城月摇头，又同时笑他："这还没到中午呢，我哪儿能吃这么多。"

楚星也跟着轻笑一声："听人说，怀孕的人要多吃点。"

城月摇头，告诉楚星酸枣糕的事情："我本来想吃，可是它到嘴边了，我又不想吃了，一定是因为宝宝太调皮了。"

她鼻梁微微皱着，对这个没出世的小宝宝表示不满。又想起彩蝶说的话，她小心翼翼拉楚星的袖子，问道："楚星，等他生下来，你会不会更喜欢他？"

楚星垂眸，撞入她视线，她眼底是一汪天真的海，大风大浪都是因为他。楚星抓住她的指尖，有些凉意。他将她的指尖握住，给予她热意。

"不会，我最喜欢月儿。"他用手掌包裹住她的指尖，细细揉搓。

城月闻言高兴得眼睛都弯起来，伸出另一只手，勾住他的小指："拉钩。"

楚星顺从地与她拉钩："拉钩。"

城月像吃了定心丸，心里又舒畅几分。她抽出手，从楚星怀里跑出去，又弯腰抓了一捧雪，回头和楚星说："我们堆雪人吧。"

楚星在她身侧蹲下来："好。"

旁人远远看着他们俩在雪地里玩闹，说不上是羡慕还是惊奇，总之都对陛下对娘娘的宠爱程度有所感知。

城月对玩的热爱是长久的，但是外面冷，楚星心里也有分寸，连哄带骗，把她哄回了屋内："好啦，月儿的雪人做得很好看，但是玩了很久了，我们该进屋了。"

城月愣了愣，眨着眼，说道：“好吧。”

她还是觉得，是因为她怀了宝宝的关系。城月嘴角微微耷拉着，由楚星牵着，在他腿上坐下。

彩蝶沉默地递过帕子，以及早就备好的一盆热水。

楚星抓着城月的手，替她洗手，而后又仔细擦干净。这原是服侍人的活儿，如今却由这个只会被服侍的主儿做了。一众宫女看在眼里，皆是头更低了几分。

楚星替城月洗完手，又将她的手放在手心里暖着。彩蝶本要递上旁边的手炉，见状又默默地退了回来。

楚星对彩蝶说：“你既然主动请缨要照顾贵妃，孤也信你一回，可不要辜负了孤的信任。”他说话时不看彩蝶，视线全落在城月身上，语气漫不经心，又带了些隐隐的威慑。

“是，奴婢自然明白。”彩蝶低头回答。

“杨太医，你所说的药，当真能缓解呕吐之症吗？”

杨太医忽然被问，低头回答：“臣不敢断言，应当有些效果。”

城月一听见他们说药，又皱了眉头。

楚星哄道：“我陪月儿喝好不好？如果吐得特别厉害的话，就吃不下饭啦，吃不下饭就难受。”

他循循善诱，城月皱眉，拱了拱身：“那……好吧。”

不情不愿。

他们玩闹许久，时辰过得飞快，眼看着到了用午膳的时候。

“传膳吧。”楚星吩咐宫人。

他又让杨太医去抓了些药，拿去给宫人煎了。

药和膳食是同时送过来的，城月不喜欢吃饭的时候被人看着，因而宫人们都被遣散出去，屋内只剩下楚星和城月二人。膳食摆放在榻上的小桌上，榻尾还点了一炉香，里头的香料也是杨太医所说，能缓解孕期不适的。

香味好闻，城月嗅了一口，又低头去闻碗中的饭食。

“好香啊。”她抬手夹了一块肉，送到嘴边又不是很想吃了，反而想吐。这种感觉确实难受，城月捂着胸口一阵干呕，求助地喊楚星的名字。

楚星也跟着皱眉，拿过旁边的药碗，舀过一勺，细心吹凉喂她。

药味更冲，她更想吐。城月撇着嘴，从自己位置爬过来，又拉楚星的衣角。

她轻晃着衣角：“楚星，生孩子好难受。”

楚星看她难受，自己也不好受，略略思索后道：“那不生了。”

城月又不干了：“怎么可以不生，要生的。”

楚星哭笑不得，语气宠溺：“那怎么办？这么难受。”

城月凑得更近了：“亲亲就不难受了。”她学着楚星的样子，连啃带咬，而后又捂着鼻子，喝了口药。

喝过药后似乎是好了些，城月略吃了点东西，不过不如平时多。吃饱了就犯困，城月耷拉着眼皮，又不太想睡觉。

她有气无力地说话：“楚星……”也不知道自己到底想说什么，反正觉得不太安心。

“在。”楚星把她捞起来，放在怀里，然后用宽大的手掌轻拍着她的背，哄她睡觉。

城月的眼皮渐渐落下去，直到闭上，传出平稳的呼吸声。

如果楚星没事，也不介意在这里待上一日。但越近年关，事情越多，没一会儿，便有人来禀报。

楚星轻手轻脚地将城月放回床榻之上，忍不住啧了声，出门的时候，又叮嘱宫人们：“若是她醒了，尽快叫人过来通知孤。”

“是。”宫人们皆点头。

临走，他又想起城月所说的话，问道：“今日还有谁来过？”

宫人低头说是几位娘娘来过。

楚星嘴角拉了拉，吩咐道：“日后除了孤，不许放人进来。”

“是。”

楚星出宫门的时候，雪又下了起来，顺着衣领落进脖子里。他不由得想起今日朝上，那些臣子极力反对他让贵妃住坤宁宫的事。

楚星又恼怒起来，眉宇之间出现郁色，大步上了辇：“走吧。”

李珠抵达寺里已经有两日，一切安定下来，除了山上天气格外冷，其他一切都好。她连一个宫女也没带，孤身一人。这云安寺里条件还好，也没人为难她。李珠刚做了功课，推开自己的房门，发现屋内有一个男人。

李珠皱眉：“兄长，你怎么来了？”

来人正是李珠的哥哥，李瑾。李瑾穿着一身深灰色斗篷，帽子已经摘下，杯中的茶也喝了一半。

“是父亲叫我过来的。”李瑾抬头，看了一眼自己身侧的位置。

李珠叹气，在他身侧坐下，也给自己倒了杯茶：“父亲有什么话，兄长尽管说吧。”

李瑾看她一眼，这妹妹也算从小娇生惯养，如今却是一身布衣，看来略显狼狈。

“你为何会被罚？”李瑾问道。

李珠皱眉，不明白他为什么这么问。她想起自己被罚一事的经过，不知道从哪儿说起，只好含糊其词：“冲撞了陛下，所以被罚了。”

李瑾闻言冷笑一声：“你看，这位陛下就是如此暴戾恣睢，他不高兴了，随便处置。”

李珠沉默不语，她曾经也这么以为，甚至那一刻，她觉得自己要死了。结果没有，她活了下来，只是被罚来这里而已。她觉得陛下也不是那么暴戾，便解释道：“兄长，但是我没损伤，只不过是来了这里，或许……”

李瑾冷笑一声，眼神也冷下来，眼风扫过：“你想为他辩解吗？珠珠。”

李珠说的话有些苍白无力：“我没有。”

她明白父亲和兄长对陛下的怨恨，毕竟两年前，她的大哥，便是死在陛下手中。从那之后，父亲和兄长便记恨陛下。她从前也记恨，可同时又怀疑这种恨。自从大哥死后，父亲和兄长便一直在谋划着要推翻陛下。

站在李家人的立场，李珠觉得能理解他们。可是李珠又觉得矛盾，他们总是说陛下暴戾，不适合做一国之君，他们是为天下百姓谋划。可这话的真假有几分，只有他们自己知道。

何况大哥的死……李珠摩挲着杯子，闭眼不愿再想。

李瑾道：“这一回你被罚来此处，你可知道宫里有大变故？”

李珠摇头：“我不知道有什么变故。”

李瑾又是一声冷笑，声音里还透露着几分兴奋：“陛下宠幸了一个女人，封了贵妃，贵妃身怀有孕。”他简单交代了如今的局面。

李珠闻言倒是意外：“哦？”

她还以为陛下不会有女人，这消息听起来令人惊讶。不过更让她好奇的是，这事儿和她有什么关系？

李瑾见她这么问，笑道：“好妹妹，这当然和咱们有关系了。你可知道，这位贵妃是个傻子，她若是能生下一个皇子，岂不是可以利用一番？”

李珠皱眉：“你们想做什么？”她直觉他们要谋害人的性命，可若是如此，又与他们口中所说的话，互相矛盾。

李瑾将杯中的茶水饮尽，说道：“成大事者，不拘小节。珠珠，你可是姓李。”

李珠又沉默。

李瑾又道：“待你回宫之后，父亲会做安排，到时候再告知你。”

李瑾说完，便从窗户出去，不见踪影。房间里剩下李珠一个人，她将杯子转了一圈，杯子里的茶水早就冷掉。她倒了冷掉的茶水，又重新倒了一杯。

李珠想起大哥的死。她和大哥其实并不熟，因为大哥成日游手好闲，那时父亲和二哥分明常常痛骂大哥不成器。可等大哥犯了事，没了命，他们又痛恨起陛下来。

李珠又长叹一口气，抬手关上了窗。

过几日就是除夕，这日子是热闹的，民间热闹，宫里也热闹。

腊月二十五的时候，坤宁宫就已经热热闹闹挂起了红灯笼，还剪了窗花，喜庆得很。只不过不许人来，来来去去也就楚星与城月，还有一宫的宫人。一宫宫人和城月倒是处得好，她每日在宫里叫着她们一块玩，也没架子。

宫人们唯怕陛下。每一回陛下出现，宫内的气氛一下子就冷下来，堪比外面的冰天雪地。

就比如这会儿，楚星刚下了朝便匆匆赶来，他进门的时候不许人通传，每一回都没声音，人到了门口才发现。但是陛下自带冰天雪地的气质，众人一见到他便噤若寒蝉。

一时间，众人皆无声退下去，只剩下城月一个人。城月还在院子里踩雪，她玩得正起劲，认真投入，完全没有注意到楚星的到来。

楚星对这种忽视已经习惯，反正他只要出了声，他的月儿一定会扑过来。

楚星咳嗽一声，把城月从玩闹里拉回来。

城月回过头，见了楚星，眼睛一下亮起来，笑颜如春，三步并作两步朝他跑过来。

楚星稳稳接住人，她应该是吃过马蹄糕，身上还带着糕点的香甜气息。

楚星埋头轻嗅了一下，声音也很轻，只有他们俩能听见："好像重了点。"

城月闻言点头，悄悄凑到他耳朵边上："因为我刚才吃了一碟糕点。"

楚星无声弯动嘴角："嗯，糕点好吃吗？"

"好吃。"说起糕点，城月眼睛也亮晶晶的。

"特别好吃，可惜被我吃光了。"她下巴往后缩了缩，说起这个还有点不好意思。这两天喝过药，又配着熏香，她胃口好了很多，吃的东西也多了。

楚星看她一眼，忽然倾身，直到尝到一嘴甜。城月对此从来不反抗，甚至还喜欢得寸进尺。

“确实挺好吃的。”楚星含笑说道。

城月看了一眼退到一边的宫人，又把头埋进楚星肩窝里。

“被人看见啦。”她的声音被楚星的臂膀挡住，闷闷的，语气却仍旧是轻快的。

这声音落进他耳朵里，惹人发痒。

“那我们进去说话。”楚星说完，抱着她进门去。

楚星放城月在榻上坐下。

城月不安分，又拉楚星的袖子，连滚带爬又缠上来：“楚星。”她声音还是有些闷闷的。

楚星索性陪她坐下：“怎么了？”

城月又摇头，她也不知道为何，只是觉得不是很高兴。这不高兴从何而来不清楚，反正就是倏忽之间而起。

杨太医说过，孕中情绪多变，楚星了然，凑过身来，与她鼻尖相碰，看着她微微耷拉的嘴角，委委屈屈的，还是可爱。

“不高兴了？”

“嗯。”城月缓缓点头，又觉得这样好像有点过分。

自从她住进了这坤宁宫里，什么活儿也不用干，每天吃饭穿衣梳洗都有人伺候。她只管放肆玩，玩累了可以睡觉，睡醒了又可以吃。若是觉得宫里不好玩，也可以出门去玩。按理说，她不应当不高兴，但就是不高兴。

城月攀着楚星肩膀，抱住他的脖子，把头搭在他肩上。

楚星扶着她的背，不让她跌下去：“月儿想去哪儿玩？我陪你去好不好？”

她摇头，不说话。

楚星也不知道怎么让她高兴，他问过杨太医，杨太医也束手无策，只说让他多陪伴。他记起这几日城里有庙会，于是笑了声：“我们去宫外玩好不好？”

城月抬起头看着他，眼睛微亮，似乎有些兴趣。

楚星见状，顺着这话往下说：“宫外这时候最热闹了，我们偷偷出去，不让他们知道。”

“好。”城月点头，终于笑起来。

/ 第十二章 /

·潭水幽深，水草疯长，带出漩涡与湍流·

似乎是真心实意的。可心放在人肚子里，除了自己，
谁也不知道。

说偷偷玩，楚星自然没告知任何人，就连刘培恩也没得到消息。

城月也没告诉任何人，憋着个秘密，看着宫人们来来回回地忙活，想着自己要偷偷溜出去玩，还觉得特别兴奋。

就是苦了一大堆的宫人，一转眼，发现贵妃娘娘人不见了，魂儿都吓没了。本来是两个小宫女陪着城月在亭子里看风景，贵妃说渴了，于是两个人去倒茶水，再回来人就不见了。这可是要杀头的罪行，一时之间大家没了主意，手忙脚乱，回宫告诉了彩蝶。

彩蝶心里也是一惊，吓得魂飞魄散。城月与常人智力不同，亭子又在湖边上，就怕掉下水去，发生了意外。

彩蝶语无伦次训斥了她们一顿，又去求助刘培恩。

“刘总管，您快叫人帮着找找吧。”彩蝶急得快哭出来。

刘培恩也被这消息吓得半死，赶忙叫人去请了侍卫总管曾祈来帮忙找，又派人去告诉陛下。

一时间，宫里都翻了天。

这么大的动静，怎么能不惊动其他宫里的人，略略打听就知道是贵妃不见了。有人幸灾乐祸，也有人惴惴不安，毕竟若是贵妃不见了，陛下又要生气，

甚至大开杀戒。

结果过了会儿，又听说陛下也不见了，倒是不知道该说什么好。

还是刘培恩反应过来，他跟着楚星这么久，好歹有些了解。陛下无故不见，贵妃也无故不见，可这宫里的摆设之类又没什么异常，询问了几个当值的侍卫，也说没看见什么。

刘培恩心想，或许是陛下带着娘娘去哪儿玩了。这么一想，心下稍安，不过还是催着人去宫里各处找。

宫里闹翻了天，而城月和楚星却在京城的街上吃喝玩乐。

楚星与城月各自披了件斗篷，遮挡严实。楚星牵着城月的手，出来以后才发现街上这么多人，人多嘴杂的，他忽而有些不安。

街边是叫卖的摊贩，吃的玩的，各种都有。

“卖拨浪鼓咯，可爱的拨浪鼓嘞，给自家孩子买一个吧，人见人爱的拨浪鼓嘞。”

拨浪鼓的叫卖声吸引了城月，她眨着眼，走到摊子前，一动不动地盯着小贩手里的拨浪鼓。她眼睛又大又圆，看得又认真，小贩都被逗笑了，解释道：“姑娘，这拨浪鼓是小孩子玩的。”

“啊。”城月无意识应了声，回身垂下双眸。

她显然想要，但是听这个大叔说是小孩儿才玩的，又有些犹豫。片刻后，城月还是拉着楚星往前走。

拉不动楚星，她看着楚星，有些疑惑：“怎么了？”

楚星却对那小贩说：“给我一个。”

楚星气质偏冷，冷中带厉，往那儿一站，吓得人心惊。何况他腰间的剑柄从斗篷间突出来，配上这一身富贵衣裳，一看就不好惹。

小贩被他吓到，战战兢兢递给他东西：“客官，你的东西。”

楚星接过，因为要付钱，所以松开城月的手：“多少钱？”

“十文钱。”

楚星给了钱，把拨浪鼓递给城月。

城月看一眼拨浪鼓，又看一眼楚星，忽然咧开嘴，露出一个大大的笑容。

城月接过拨浪鼓：“谢谢楚星。”说话之际，城月踮脚，在他脸颊上亲了一下。

这时节风大，脸上都是冷的，因而对这种温热而柔软的触感格外敏感。

楚星长眸微眯，又牵过她手，声音隐于闹市之间：“想要就买。”

他们举止大胆，自然引得不少人注目。

此处是闹市，楚星不在乎他们的视线，城月虽然有些害羞，不过也很快被手里的拨浪鼓吸引了注意。

她手中还拿着手炉，便把手炉递给楚星，自己拿着拨浪鼓观察。拨浪鼓一摇就会发出声响，城月很是喜欢，注意力全在拨浪鼓上，也没看着路，差点和人迎面撞上。

那人意欲发飙，看一眼楚星，又忍气吞声，只说了句：“看着点路。”

城月这才回过神来：“啊，撞到人了。”

她收了拨浪鼓，又看向街边的摊贩。他们行至一处桥边，桥边有一株高大树木。城月抬头，指着树说：“和那儿的树一样大。”

“嗯。”她说什么，楚星都应着。

树边也有一排摊贩，叫卖着各色小吃。油饼的香味飘散过来，城月嗅了嗅，嘴馋起来。她回头叫楚星，楚星便与她一起走到摊子前。

“一个。”楚星语气生硬，摊主不由得抬头看他一眼，又被他眼神吓到，赶忙包了一个饼给他。

楚星付了钱，把饼递给城月。城月闻了一下，油香四溢，她咬了一口，又觉得有些许油腻。

见城月皱眉，楚星也跟着皱眉：“怎么了？”

城月勉强把嘴里的咽下去，小声说道：“太油了，想吐。”

“那就不吃了。”

“可是……也不能扔了，楚星吃。”她把饼递到楚星跟前。

楚星就着她手咬了几口，好在饼不算大，他全吃了。

他们举动恩爱，加上楚星气质煞人，一时间众人皆绕开，唯有旁边那棵大树下坐着的一个算命先生，饶有趣味地看着他们。

楚星注意到他的视线，不甘示弱地看回去：“你为何这样看着我们？”

那算命先生摸着一撮长胡子，玄虚道：“我看这位公子气质非凡，定然出自富贵人家。”

城月听他这么说，倒是听得认真。

楚星哼了声，并不买账：“这从穿着也可以看出来，你不必卖弄。”

算命先生摇摇头：“非也非也，穿着只不过是表面。有些人，即便身穿绫罗绸缎，也改不了市井小民之气，而有些人，即便身穿布衣，也难掩将相之姿。”

他起身，走近了几步：“我观公子大富大贵之相可谓极致，公子身旁这位姑娘，也是富贵之命，这都是极好的。”

城月并不能完全听懂，但是听懂了他夸自己和楚星，不由得笑起来。

“只不过，公子眉宇之间透出一股杀气，依我看，公子定然手上沾过不少血光。如此不好，公子还是得改一改，毕竟杀戮之祸，终究会反噬自身。”

算命先生说得高深莫测，楚星却隐隐不喜：“这与你何干，多管闲事。”

那人只是捋了捋胡子，脸上仍旧带着笑意：“是与我无关，我不过一介算命的，见与你们有缘，故而出声提醒。公子也许觉得这没什么大不了的，只不过，若是这报应，落在公子亲近之人身上，公子可就难过了。”

他的目光落在城月身上，笑意吟吟地，从怀里掏出一块玉坠，递给城月：“我与姑娘有缘，此物便送给姑娘吧。”

城月对这个算命先生还颇有好感，收了东西道谢：“谢谢你。”

楚星直盯着他，似乎是回答他先前的话：“即便是要入地狱，也是我入。”

那人但笑不语。

楚星不欲与他多说，牵着城月走了。

走出去好远，城月还回头去望，可那人已经不见踪影。

城月偏头看楚星，问道：“什么地狱？你们在打什么哑谜？”

楚星扳过她的头：“没什么，我们继续逛吧。”

“好呀。”说起玩来，城月最开心了。

过了桥，又是一番新的天地，卖的东西与先前的大不相同。城月目不转睛地盯着两边的摊贩，看着个个都有趣，每一个都想买，只好又眼巴巴回头望楚星。

楚星含笑点头：“买，都给月儿买。”

“好！”城月欢呼着，挣开楚星的手，奔向拥挤的人群里。

楚星皱眉看着她的背影，这里人多手杂，万一有什么意外……楚星跟上她的脚步，寸步不离。

“啊，这个，看着好好玩。”

“啊，这个，也好玩。”

……

城月买了一堆东西，楚星一只手要牵着她，另一只手都快拿不下了，城月这才依依不舍地移开视线。

一路沿着长街往下走，走到街尾的时候，只看见有一群人围在一起。城月踮脚，抻长了脖子去看：“他们在做什么？”

楚星瞥了眼，他有身高优势，站在人群后面也能一览无余。被人群围着的是一个戏团，这会儿正有人在表演杂耍，引得一阵喝彩。

城月只听见他们拍手叫好，却看不见，她心里着急，攀着楚星的胳膊踮脚往里面看，才勉强看见一点东西。

“哇，好厉害的样子。”

楚星“嗯”了声，这里人太多，他怕城月发生什么意外，于是哄她：“这里不好玩，我们去别处玩好不好？”

城月听楚星的话，点头：“好。”眼神却依依不舍。

围着戏团的人快把路堵得水泄不通，往来行走都不方便。人挤着人，摩肩接踵，城月被挤着往前走了几步，这架势让她有些害怕，紧紧地抓着楚星的手。

楚星感觉到手里的力道，眸色温柔三分，用力一带，将她带进怀里，用胳膊肘圈出一个地盘。这过程中，不小心撞到了人。

那人凶神恶煞，留着络腮胡，一身壮实的肉，狠瞪了他们俩一眼。

城月被吓得往回缩了缩，又攥紧了楚星的手。

楚星揽她更紧一分，眸光寒厉，从那人身上扫过，倒让那人退了一步。

“看什么看。”那人放狠话，咬牙切齿道。

城月把头埋进楚星胸膛，楚星带着她直接无视那人，便要往前走。

这人是京城中有名的地痞，他将城月和楚星上下一打量，看出他们俩的衣裳首饰皆价值不菲，怀中的小娘子也生得不错。

地痞一时起了歹念，横步一跨，拦住他们去路：“哎，等等，你们要去哪儿啊？撞了我，就想这么走了？”

楚星闻言回身，仍旧目光冷冷。

楚星冷冽的目光让地痞心中一怵，但他也不是吃素的，越是如此，越有种征服的欲望。

“说你呢？你还敢瞪我？打听打听我是谁。”那地痞指了指自己，又把目光放在城月身上，眼神猥琐且不加掩饰。

“哟，这小娘子倒是长得不错。”

地痞话音未落，楚星眼神已变，眸中更添几分冷意。他一只手将城月护在怀中，另一只手已经按住腰间的剑柄。他的剑柄威严而显出富贵之气，在斗篷之间若隐若现。

寻衅滋事的地痞注意力全在城月身上，并未注意到楚星的动作，还在喋喋不休：“哟，小娘子还害羞呢？别害羞啊，让我看看你的脸。”

城月背过身，趴在楚星怀里。这人说话好难听，让人反感，她不喜欢。

地痞见她娇羞之态，更加得寸进尺，便要伸出手来。可惜那手还没碰到城月，就已经只剩下半截，鲜血一瞬间喷涌而出。

楚星胸膛起伏着，呼吸又粗又重，长眸一眯，目光全落在自己剑光之上。

地痞终于反应过来自己经历了什么，大叫一声，可叫声再次戛然而止。

他倒在了地上，甚至来不及后悔。

长街上突然死一般的寂静，紧接着，此起彼伏的惊叫声响彻天际，惊动了这座繁华的都城。

一时间，原来步履悠闲的行人皆慌乱起来。

街边瞬间变得喧嚣，城月听见动静，正欲转过头来，想知道发生了什么，但楚星宽大的手掌按住了她的后脑勺：“别看。”这一声还是冷若冰霜的。

楚星的意识在这一句话里归位，他轻啧了声，喉结上下滚动着，嘴唇紧紧绷成一条线。

城月听着他声音的状态，停了动作，窝在他怀里，背脊微微地颤抖。她虽然不知道发生了什么，但是猜出一定是不好的事情，因为楚星生气了。

楚星吞咽一声，看着脚底下的血流过来，像恶鬼伸出的手，要抓住他的脚，将他往回拖。楚星心一颤，抱着城月的腰闪身退到一边。他的心跳得很快，仿佛要从胸腔里跳出来，后知后觉涌出一阵惊慌之感。

他手掌摩挲着城月的头发，声音有些喑哑：“没事。”

不知道是安抚城月，还是安抚他自己的心。

城月耳边响起他如雷的心跳声，神色凝重起来，慢慢伸手揽住了他的腰。

楚星听见她很轻的声音，在这嘈杂的背景里，却又重得如同一座青山，压在他心头。

“楚星不生气。”城月的语气像在哄小孩子。

楚星的不安尽数消退，化作一声很浅的笑声：“好，不气。”

楚星收了剑，对城月说话，语气温柔：“月儿乖，闭上眼睛好不好，等我说睁开的时候再睁开。”

城月用脸蹭了蹭他的胸膛，听话地闭上眼睛：“好。”

值班巡逻的官兵终于赶到，看着满地的血，还有一具地痞的尸体，再迅速环顾一圈，视线落在楚星身上。这人气质非凡，让他心生畏惧。

领头的官兵走上前来，问道：“是你杀的人？”

楚星毫不掩饰，冷淡应了声：“嗯。”

官兵说道：“杀人犯法，请你跟我们走一趟吧。”

楚星冷冷地问道：“京城守卫是谁负责？”

他杀了人，却用命令的语气说话。

小官兵不由得打量他一眼：“这与你无关，管你是谁，杀了人就得跟我们走一趟。”

楚星没出声，只是抬眼看了官兵一眼。

官兵被看得一怵，正要动手，忽然一阵马蹄声响起。

官兵回头，来人正是李瑾李大人，负责掌管京城守卫。此事竟然能惊动李大人，小兵心中一惊，马上将来龙去脉禀报清楚。

李瑾走上前来，目光从幽深变得寻常，而后躬身行礼：“臣参见陛下。”

他话一出，众人皆是一惊，连忙也跟着行礼：“参见陛下。”

楚星面上没什么表情：“此人对孤与贵妃不敬，孤动手惩治，你们自行处理吧。”

李瑾低着头，却在暗暗咬牙：这位陛下，就是如此个性，分明在光天化日之下行凶，要了一个人的性命，面上却这么平静，仿佛一点也与他无关。

李瑾恨极了楚星，却又不得不俯首：“是，微臣明白。”

李瑾收拾好心中情绪，才抬起头来，却意外看见闭着眼的城月。

楚星说让她闭着眼，她便真闭着眼，循声转过头来，一脸的烂漫。

这分明是在凶杀案现场，可是城月一点也不怕，仿佛这与她无关似的。

李瑾心中一惊，按捺住这种惊讶，又问道：“陛下今日微服私访，不想扰了陛下兴致，可要给陛下准备马车，护送陛下回宫？”

“嗯。”楚星淡淡应下，握住城月的手。

城月感知到楚星的力度，嘴角微勾，小声问道：“我可以睁开眼睛了吗？楚星。”

楚星的声音仿佛也带了色彩：“再等等。”

“哦。”城月笑意收去，回握住楚星的手指。

李瑾看在眼里，有一刻失神。他忽然反应过来，这便是最近传闻所说的那位贵妃，似乎与他想象中的不大相同。

李瑾又低下头来：“微臣马上去办。”

李瑾动作迅速，很快备了马车，送他们回宫，又命人尽快收拾了现场。

楚星带城月上了马车，说道：“好了，可以睁开了。”

城月闻言，立刻睁开眼。她看着楚星，似乎在探究他是不是还生气。

待确认过他此刻的心情，城月才欣慰地垂眸，抓过楚星的手，问道：“楚星不生气啦？”

楚星点头：“嗯。”

“那就好。”她笑了笑，并不追问发生了什么。因为直觉是不好的事情，惹得楚星这么生气，还是不要问比较好。

她抓着楚星的手，趴下头来，搁在楚星膝头。楚星顺势揽过她，他触碰到城月的脸，只觉得手心发烫。

“月儿？”楚星嗓音微哑。

城月听见他叫自己，抬起头来，望着他的眼睛。经过这么长时间的相处，她似乎已经懂得他的意思。

城月目光往下，落在他唇齿之间。她凑近了楚星，坐在他腿上，去凑他的唇舌。

“亲亲就高兴了。”她的声音被淹没在唇齿之间。

马车里只有他们二人，车外有一车夫。原本李瑾说，要派些人手护送他们回宫，被楚星拒绝了。

楚星的手掐住城月的腰，仿佛只有获取她的气息，才能让自己得以存活。

车轮辘辘碾过道路，一刻不停地往前行驶，直到消失在长街的尽头。

到了皇宫门口，楚星探出头来，表明身份。

“参见陛下。”守卫行了礼，心中却惊诧，陛下是何时出的宫？

陛下回来的消息很快传回了宫里。刘培恩听闻消息，总算是松了一口气。这消息印证了他的猜想，陛下只是带着娘娘出了宫而已。刘培恩擦了擦汗，赶忙招呼底下人去迎。

马车行至宫门口，车帘子被掀开，露出一张俊逸却冷漠的脸庞。楚星习惯性扫视全场，一众宫人皆低下头去，即便是一直伺候的人，也不得不承认，陛下是俊美的。

“奴才恭迎陛下娘娘回宫。”

楚星跳下马车，宫人们皆低着头，只听见陛下温柔的声音：“来。”

而后是贵妃娘娘的娇憨之音：“我跳下来啦，你接住我。”

“好。”

城月扶着楚星的手，从车上下来。她笑了声，又回头去取她买的那些玩具。玩具数量颇多，城月抱了个满怀。

贵妃从旁边经过的时候，宫人听见她和陛下交谈：“楚星……”

唯有贵妃一人，能如此唤陛下全名，而陛下还甘之如饴。

他们回的是恒源殿，楚星把剑放下，吩咐道：“刘培恩，你叫人把剑清理一下。”

“是，奴才明白。”刘培恩应着，心里却一惊，好端端的，干吗要清理剑？这定然又出了事。可出了什么事，他也不能问陛下，只好想着待会儿叫底下人去打听打听。

楚星扔了剑，又反身出了门，送城月回宫。他把城月怀里的东西交给旁边的宫女拿着：“送回坤宁宫去。”

城月一愣，只见楚星朝她张开双臂：“抱你回去。”

城月虽然不明白他为什么非要抱自己，但还是乖巧地缩进他怀里，搂着楚星的脖子。

“为什么要抱我回去？我自己可以走呀。”城月下巴蹭着他胸口，问道。

楚星不语，他只是想确认这种真实。

“想抱你。”过了许久，楚星才回道。

他手托着她，感受到沉甸甸的重量，幽幽香味从鼻尖渗入，一颗心才算落回原处。

“月儿今天高兴吗？”

“高兴呀。”她每天都高兴。因为每天都有玩的，也有楚星。

“嗯。”楚星应了声，再没说话。

城月又喋喋不休起来，说起今天看见的一切。

“楚星，这是我第一次离开宫里哎。原来外面是这样的，好有意思。”

楚星垂眸，眸光微变，将她往上抛了抛：“宫里没意思吗？”

城月摇头：“没有呀，宫里也有意思，但是外面也有意思，不一样的。”

“那月儿更喜欢宫里，还是更喜欢宫外？”楚星发问。

城月搂紧了他的脖子，把脸贴过来：“最喜欢楚星。”

楚星嘴角不可抑制地弯了弯。

他们从宫中穿过，不少宫人在洒扫庭院，亦有宫妃出门散步，皆看见了他们。但是没有人敢上前来，都只是远远看着，窃窃私语。

“陛下真是宠爱贵妃。”

“毕竟贵妃身怀有孕。”

“还好，贵妃没出什么事。”

……

她们被早上的阵仗吓得半死，这会儿看见两个人都没什么事，才觉得放了心。

城月一路上说话太多，等回到坤宁宫，只觉得口干舌燥。到了殿门口，她从楚星怀里下来，飞快进了屋喝茶。

楚星看着她的背影，又无声地勾了勾嘴角。

从里头出来的宫人刚好遇见陛下在笑，若是从前，这是何等惊奇的大事，可放在如今，她们已经见怪不怪。因为陛下面对贵妃的时候会笑，同以前判若两人。

“参见陛下。”

“下去吧。”楚星抬脚，跟着进门。

城月喝过茶，又去看她买的那些玩意儿。她坐在椅子上，拿起了一个兔子灯，仔细翻看一番，似乎很有兴趣。

楚星在她身边坐下，城月看一眼楚星，又低头去看她手中的玩具。

楚星被无视，也不恼，仍旧看着她。

没多久，小太监来通报：“陛下，丞相请求觐见。”

楚星脸色微沉，大约明白是什么事情。

“孤知道了，你告诉丞相，请他稍等片刻。”

小太监应了声，退下去。

城月偏头看着楚星：“楚星要去忙了吗？”

“嗯。”楚星微微颔首，“等我忙完再来看你。”

“好。”城月乖巧地点头，“你去吧。”

楚星起身，离开坤宁宫。

确定楚星走远了，彩蝶才进门来，看见城月正在椅子上玩拨浪鼓。

城月玩得认真，没注意到彩蝶进来，直到彩蝶给她递来茶水。

城月摇头："不用了，我喝过了。"她面上还带着笑意，只觉得今天这一趟旅程满是开心。

彩蝶有些愠怒：她这么开心，丝毫没有体会过我们的感受。

她把茶杯放置在桌上，力气有些大，发出砰的声响。这声音虽然外面听不见，但是足够把城月惊到。

城月抬起头来，眨着眼看着彩蝶，带了些戒备。

这种戒备更让彩蝶心头一刺，她耷拉着嘴角开口："娘娘怎么如此过分，私自出了宫，也该同我说一声才是。大家今日为娘娘担惊受怕，找了一天。"

彩蝶语气里是满满的埋怨，以及心酸。

"您好歹该说一声，若是您出了什么事，我……我们又当如何呢？"她说到最后，声音甚至有些哽咽。

彩蝶怕城月出事，脑子里想象过无数种可能，心一直吊在嗓子眼，无法落下。

彩蝶抬起头来，一双眼里沁出泪水，这样怨怼地看着城月。

城月吓了一跳。

以城月的思维，她全然不知彩蝶为何如此。但是彩蝶所说的，关于自己无故失踪，害她们担心一事，她觉得自己确实是做错了。

于是，城月小声道歉："对不起，彩蝶，我下次不会了。"

她眨着眼，看着彩蝶的眼睛。

城月道歉只是因为彩蝶此刻在指责她，可是她不明白彩蝶为什么会这么激动。

彩蝶的心又沉下去，别过脸去，擦了眼泪。

"您知道就好了，下一回，好歹得告诉我。不，一定要告诉我。"彩蝶哽咽着。

城月看彩蝶哭得这么惨，一下子愧疚起来，走到彩蝶跟前，拿手帕替她擦眼泪："好了，彩蝶不哭了，对不起嘛，我下次一定告诉你。"

彩蝶低着头，声音还在颤抖，为自己这一刻的举动，也为城月什么也不懂。

彩蝶咬唇，说道："您知道就好了，我也是关心您的。"

城月点头："嗯嗯，我知道彩蝶对我好呀。不要哭啦，我只是和楚星出去玩啦。有楚星在，不会有什么事。"她言语里透出对楚星的无限信任。

彩蝶头更低了一分："是，陛下会保护好您的。"

城月听她这么说，又笑起来："对啊，楚星会保护好我的，所以彩蝶不要担心了。我们今天出宫了，我跟你说哦，宫外可好玩啦。"

城月说完，又想起彩蝶和自己不一样，彩蝶并不是从小就长在宫里，她小时候肯定早就知道宫外好玩了。城月这么想着，有些不好意思。

"我知道，你肯定知道宫外好玩，但是我是第一次出去，我买了好多东西。"城月举起旁边的玩具，眨眨眼，一副求夸的姿态。

彩蝶顺着她的话，问道："嗯，宫外很好玩。您今天玩了什么？"

城月听彩蝶这么问，自然高兴，把自己今天的所见所闻都告诉彩蝶，不过省略了后面那一段。城月有种奇怪的直觉，后面那一段不是好事，不是好事的话，就不要告诉别人了。

彩蝶听着，不知不觉眼泪已经止了。

"你高兴就好。"彩蝶无声叹息，"奴婢先告退了。"

城月点头，看着她出了门，又把注意力放在自己的玩具上。

彩蝶出了门，拐到墙角，抬头望一眼天。她心中有些事情，没办法言说。陛下这些日子宠爱城月，她看在眼里，那似乎是真心实意的。

可心放在人肚子里，除了自己，谁也不知道。

楚星到御书房的时候，丞相已经等了一会儿。丞相脸色不佳，在房中踱步，见楚星过来，这才作揖行礼。

楚星径直在椅子上坐下，睨着丞相："丞相匆忙来见，所为何事？"

丞相抬起头来，露出已经花白的胡子，他是三朝元老了。丞相对这位陛下一直不太满意，因为陛下向来不听管教，叛逆不羁全都写在脸上，棱角全露，不愿意圆滑。

"老臣听闻，陛下今日当街行凶，害人性命。"丞相紧紧盯着楚星。

楚星漫不经心摸着手里的扳指，一副置若罔闻的样子。

丞相语气不由得严厉三分："天子怎可当街杀人，陛下应当反省自己。"

楚星这才抬起头来，他早知道丞相今天来所为何事。他其实不想见丞相，也不想掰扯这些仁义道德，可是他忽然想起那个算命先生所说的话来。

楚星想：到底还是要处理的。

楚星双手按在雕着龙首的椅子扶手上，微微倾身，和丞相对视，理直气壮地说："那刁民侮辱贵妃，且对孤不敬。孤贵为天子，自然要维护皇家颜面。"

楚星与先帝不同的是，他身上锋芒毕露，且从不掩饰。这样的气势，若是好好利用，其实也能成为一个优秀的皇帝，如果他不是肆意妄为，又视人命如草芥的话。

丞相紧皱着眉头，又要说教："陛下还没意识到自己错在何处，陛下贵为天子，应当以仁德为先，律法为据，而非全然看心情……"

"够了。"楚星打断丞相的话，"要不然，这皇帝让给丞相您来当如何？"

丞相难以置信："陛下，您这……"

楚星再次打断他的话："说完了吗？如果你的话说完了，也该听孤说了。"

丞相把没说完的话咽下去："陛下请说。"

楚星低下头，目光落在书桌上的玉玺上："孤打算待贵妃产下皇嗣，无论男女，晋贵妃为皇后。"

丞相愣住了，关于这位贵妃，已经是大大地破例，如今还要立她为皇后？

他当即抛却了先前的论题，又说起这事来：“陛下，您这是恣肆妄为。”

“可孤是天子，孤说什么，便是什么。”楚星拿过旁边的玉玺，在空白纸上印下方印，“孤不是在同你商量，孤是通知你。”

/ 第十三章 /

·他非要立月儿做皇后·

窗外的阳光晒进来，落在城月身上。
楚星没来由有种岁月静好之感。

丞相怒目而视，见楚星丝毫没有悔改之意，一撩袍子，一把老骨头直愣愣一跪。头顶是御书房的牌匾，龙飞凤舞写了“仁德明义”四个大字。这四个字，同楚星一点也不沾边。

楚星自己心里也清楚，他看着丞相的动作，把手中的玉玺往桌上一扔，负手从丞相身边走过，只留下一句：“爱卿想跪，便跪着吧。”

楚星出了御书房的门，一股怨怼恼怒之气冲在心头。他早就知道见面是这种情况。

他非要立月儿做皇后。

非立不可。

什么国母，什么端庄知礼，反正都是他们的规矩。按照他们的规矩，他楚星也不是个合格的皇帝。左右都不合格，又何必非要坚持做合格的人。

他就喜欢月儿，不喜欢后宫里那群女人，连多看一眼都不愿意看。

楚星被一股怒气驱使着离开了御书房，又命下面的人不许跟着。他总觉得自己要杀人，但今日他不想再做这事。

楚星在克制，他也不想这样去看他的月儿，只好沿着御湖绕了一圈，冷风刮在脸上，人总算是清醒了一些。

楚星胸膛起伏着，跨步进了御湖旁边的亭子。亭子里不知为何有些幽微香气，楚星对气味也足够敏感，尽管这香气很细微，还是被他察觉到。他的目光沿着香气来源一番寻找，终于定在旁边角落的一方帕子上。

帕子上绣了朵梅花，绣工不错，工整齐全，不知道是谁遗落的。

这不是大事，楚星没放在心上。今天御湖风平浪静，一眼望过去，只有轻微的波纹。船娘在湖上摇着桨，楚星看着，脑子里却想起上一回他同月儿一起的时候。

他应该去看月儿了。

楚星正要起身，却见一小宫女急急忙忙冲进来，差点跟他撞上，好在楚星及时侧身避开。

小宫女当即跪下："陛下恕罪，奴婢无礼了。奴婢只是想找一方绣帕，故而才急忙了些。"

楚星"嗯"了声，并未多看一眼，迈步走了。

小宫女咬着唇，跪了许久，才独自起身。这人正是柳枝。

柳枝捡起自己的绣帕，又想起方才陛下一眼都不愿意多瞧，她叹息一声，收了绣帕，兀自离开。

自从李婕妤被罚，宫中一时人心惶惶，柳枝原本还以为是李婕妤做错了事，担心着会不会牵连自己，后来便看见陛下带着贵妃回来了。

李婕妤的事没牵连到自己，陛下又宠幸了一个宫女，柳枝觉得自己仿佛看见了一丝曙光。

可惜这曙光太过暗淡，很快又消退。陛下除了贵妃，仍旧是谁也不多看一眼。

柳枝低着头，正失落着，忽然撞上一个太监。她以为是那个人走路不看路，正要训斥，却听他说："你叫柳枝？"

柳枝抬头打量这人，发觉是个生面孔，便多留了几分心眼："你是？"

那人压低了声音："借一步说话。"

柳枝本想拒绝，可那个人已经抓住了她的手腕，带着她往偏僻处去。柳枝觉得有些不对劲，心中惶恐，正要喊叫，便听见那人说：“别叫，我是李家人。我知道你是李婕妤的人，这一次找你，是有些别的事情需要你去做。”

柳枝稳住心神，问道：“什么事？”

那个人却答非所问：“你想做主子吗？”

谁不想过养尊处优的生活呢？

柳枝被戳中心事，脸上一红：“这和你要说的事有什么关联？”

那人笑了声：“自然有关联，因为这事儿就是要你去勾引陛下。”

柳枝张大嘴，觉得不可置信，又反应过来这话太过羞耻：“什么？勾引陛下？”

那人点头：“不错，你只需要……”

楚星从御湖离开后，径直往坤宁宫去。

城月这会儿玩累了，正坐着休息，已经有些困意。见楚星过来，她高兴地拉过楚星的手：“你忙完啦？楚星。”

楚星应了声，顺势抱住她坐在榻上，搂着城月的腰。经过这么多天的调养，城月好像是丰满了一点。

城月感受到他的动作，一时眼睛瞪得大大的：“我是不是变胖了？”

楚星摇头：“没有。”

他说话的时候脸色正经，给城月一种信赖之感。

城月将信将疑，皱着眉头摸着腰，有些沮丧道：“好像是有点胖了。”

楚星看她皱眉头，安抚道：“胖一点好。”

城月摇头：“胖了就不好看了。”

她说着话，低下身靠在他腿上，又低低说起些旁的事情。她声音很轻，落在这空旷大殿之中，似乎打了几个转。

窗外的阳光洒进来，落在城月身上。楚星没来由有种岁月静好之感。

他从未觉得自己心里如此安宁过。

因为出了太阳，四周一下子亮堂起来。

城月偏头，抓着楚星的手，说道："出太阳了，楚星。"

"嗯，出太阳了。"

二人又说了会儿话，时间一点点从窗缝里漏过去。太阳也从西边落下，暖洋洋的余温飘浮在空气中，又夹杂着些微的凉意。

这"风景"甚好，刘培恩进门的时候都愣了愣，他不忍心煞"风景"，低着头，小声告诉楚星："陛下，丞相晕过去了。"

楚星冷声道："晕过去了便找太医来医治，这难道也要孤教？"

刘培恩摇头："奴才自然不敢，只不过这样是不是不太好？陛下，丞相毕竟是老臣。"

楚星点头，冷笑一声："的确，丞相也该颐养天年了。"

刘培恩闻言心中一惊，再不敢开口，目光一转落在旁边的城月身上。

城月看着刘培恩圆圆的脸，忍俊不禁。

刘培恩也跟着笑："娘娘孕吐之症如今可好些了？"

城月爬起身来，点头道："好多啦。"

城月虽然不是很懂，但是也听明白了几句，比如说丞相晕了过去，还看出刘培恩是在求助。城月做错事的时候，也会这样看别人。

她拉过楚星的手，晃了晃，撒娇道："丞相是老人家啦，生病的话很难受的，我们去看看他，好不好？"

楚星本有些生气，见她这么说，还是应下："好吧。"

刘培恩笑道："奴才马上让人去备轿辇。"

这会儿已经黄昏，冷风一吹，城月不由得打了个哆嗦。

楚星立刻转头看她，摸了摸她的手，还是温热的。他放了心，不过仍旧解下身上斗篷给她披上。

彩蝶适时递过一个手炉："娘娘拿着吧。"

城月接过：“谢谢彩蝶。”她其实有一些害怕彩蝶，因为彩蝶总是有一种很凶的感觉。

城月把手炉塞进衣袖，恰好这时步辇已经到了宫门口。她腾出一只手来抓住楚星的手指，和楚星一道上了辇。

彩蝶是她的贴身宫女，自然得跟着她随行。

刘培恩在另一边跟着楚星，看了一眼彩蝶，小声道：“娘娘很多事不懂，陛下又听娘娘的话，姑娘作为娘娘的身边人，还得事事劝着些。咱们也是伺候陛下的，你说是不是？”

彩蝶点头：“是，刘总管说的是。”

刘培恩叹息了一声：“什么总管不总管的，如今陛下宠爱娘娘，姑娘自然也跟着沾光，指不定比我说得上话。”

彩蝶只笑不语。

刘培恩看一眼楚星，也收了声。

丞相已经被扶下去休息了，也命人请了太医来看。他们到的时候，丞相已经醒了。

楚星率先进门，城月跟在他身后，好奇地看了一眼丞相。

丞相没什么好脸色，“哼”了一声，尤其看见城月，更是移过视线：“老臣参见陛下。”连行礼都格外地敷衍。

楚星不和他计较这些，也不和他说话，只是问旁边的太医：“丞相身体如何？”

太医低着头，知道丞相无故不会跪在御书房门口，定然是和陛下起了冲突。太医只能谨言慎行：“回禀陛下，丞相年事已高，因而才会晕过去，但是身体并无大碍，还请陛下放心。”

“嗯。”楚星淡淡应了，又沉默。

屋内弥漫着尴尬且紧张的气氛。

丞相冷声开口："陛下若要一意孤行，立这种女人为皇后，老臣便是死了，也不能同意。"

城月有些蒙，因为丞相说这话的时候，是看着她的。

皇后又是怎么回事？

城月看向楚星，楚星还牵着她的手，城月感觉到他手上微微用力，表情也变了。

她连忙拉了拉楚星的手，用眼神示意他别生气。

楚星语气冷了三分："不论丞相如何说，孤意已决。"

丞相还要开口，楚星又道："既然丞相已经没有大碍，便送他回去吧。"

他说罢，便牵着城月转身，出了门。

城月感受到楚星又在生气，她手指在楚星手心里挠了挠，算是哄他。

"皇后是怎么回事？"

楚星停下脚步，和她对视："等月儿生下孩子，就当皇后好不好？"

"啊？"在城月的印象中，皇后是很厉害的。她从来没想过有一天，自己能当皇后。

她想象了一下，觉得好生奇怪，挠头道："我不行的，我好笨的。"

"不用学什么的。"

城月还是摇头："可是宝宝还要很久才生的，现在就说这些，还太早了。"

"不早，什么时候都合适。"楚星看着她的眼睛，语气强硬。

城月低着头："但是他们都不会同意的。"她知道丞相就是不同意，才会和楚星吵架。

"不必他们同意，我说了算。"

城月含糊翻过这话题："还是等到时候再说吧。"

她摸了摸自己肚子："宝宝连三个月都没有呢。"

楚星听见这话，眸光暗了暗。太医说，头三个月，不可……

听他轻声叹息，城月又问："楚星为什么叹气？"

“没什么。”楚星抬头，看见庭中的秋千。

楚星一把打横抱起城月，放她在秋千上坐着，自己则在她身后站着，轻轻推着秋千。

城月当即对秋千来了兴趣，她抓着旁边的绳子，回头和楚星说话：“楚星，你推我玩好不好？”

“好。”楚星微微加大了力道。

城月又笑了起来。

彩蝶在廊下站着，将这一切都收进眼底。

刘培恩差人护送丞相回来，也瞧见这一幕，他轻声感慨：“哎呀，我从没看陛下这样过。”

彩蝶偏头，忽然发问：“刘总管是老人了吧？”

刘培恩点头：“是啊。”

他从先帝那会儿就在了，被这一问还勾起了些回忆：“姑娘怎么突然这么问？”

彩蝶摇头，视线仍落在那两人身上：“随口问问。”

除夕。

这一日按理说有宫宴，但是陛下没立皇后，只有贵妃。贵妃又不管事，众人便想着今年只怕是没有宫宴了。

不过宫宴有或者无，于后宫而言，都没什么关系。毕竟宫宴也不过是能见一眼陛下，但是陛下又不会多给她们一个眼神。没有宫宴，反倒省了事，毕竟大冷的天出门也不方便。

除夕这一日，坤宁宫张灯结彩，热闹非凡。毕竟陛下宠爱贵妃，众人皆知，谁也不敢懈怠。各宫更是送来了好些东西，吃的用的，不过城月都不喜欢。

她在屋子里坐着，瞧见外头的人在挂灯笼，觉得好玩，便出来看。挂好了灯笼，还要贴窗花。窗花皆是自己动手剪的，宫里众人，唯有彩蝶技术最好。

城月看得连连惊叹，也拿了剪刀来学，可惜学得不怎么样，比不上彩蝶的十分之一。

"哎呀，娘娘这是剪的什么呀？"一个小宫女捂嘴笑。

城月拿起手里的窗花，认真看了看，也看不出自己到底剪了个什么东西，只好以笑来掩饰尴尬。

楚星来的时候，宫里热闹得很。他悄无声息走近，城月吓了一跳，不过很快惊吓转为欢喜。

"啊，楚星。"城月一把抱住楚星的腰，在他怀里蹭了蹭，蹭他怀里的热度，又退出来。

这是她奇怪的仪式感。

城月起身，拿自己剪的窗花给楚星看："你猜这是什么？"

楚星看着她澄澈的眼睛，目光落在她手里的窗花上，沉吟片刻，最后摇头："猜不出来，月儿告诉我好不好？"

城月大笑，摇头道："说实话，我也不知道这是什么。"

她撇嘴，看了眼旁边桌上的窗花："她们都剪得好好看，我的就……"

楚星拿过她手里的窗花，夸得语气真诚："好看。"

"你们还不把贵妃剪的贴起来？"楚星发话。

一众宫人应声退下去，屋子里安静下来。

炭火忽然爆了声，城月眼神一定，看向炭盆，似乎好奇。

楚星揽过她腰，让她坐在自己身侧，另一只手敲在桌上。

桌上还放着一碟点心，楚星开口："我想吃点心。"

城月闻言，当即去拿了一块点心，喂到楚星嘴里。

楚星顺着她的手势去咬，那点心很小，他一口全吞下去，嘴唇碰触到她温暖的手指尖。

城月神情一顿，望着楚星微微走神。她眸子里带了些迷蒙，腮帮子微微鼓着，似乎在思考什么。

楚星问道：“月儿在想什么？”

城月摇头：“没想什么。”

她说话声音低沉，一看就知道这话有假。不过楚星也不拆穿，她不想说就算了。

见楚星把嘴里的糕点嚼碎咽下去，城月看着他，问道：“甜吗？”神色带了些期待。

楚星点头，城月见状更高兴了。

“御膳房今天新送来的，说是新做的糕点，叫雪里红，我也觉得好吃。”她说着，又拿了一块递到楚星嘴边。

楚星抓着她手腕，送回她嘴边：“一人一半？”

城月点头，咬了一半，把剩下的递给他吃。

楚星似乎不太满意，但还是吃了。

他们又消磨了会儿时间，宫人已经把窗花全贴好，灯笼也挂好了。似乎是为了应景，雪也悠悠地飘落下来。

城月从窗户里看见外面下雪，一下就来了精神，拽着楚星出门。

有冷风，楚星把斗篷一扬，将她整个人裹在怀里。

“想楚星。”城月顺势抱住他的腰，声音很小很闷，落进他耳朵里，听得心里一颤。

楚星瞬间明白过来，城月是在回答他先前的问题。

这会儿天色已经暗下来，灰蒙蒙的，灯笼的光显得很亮。

宫人们都自觉地退到远处，每次陛下来，都不许他们近身伺候。贵妃娘娘有什么要求，皆是陛下亲自去办。

这两天楚星忙得焦头烂额，几乎脚不沾地，抽空来看一眼城月，也是形迹匆匆。楚星无声叹息，将她抱得更紧了些。

丞相被送回去之后，关于立后一事难得没有多言。或许是想着暂且搁置下来，便能等楚星想通。丞相不说更好，楚星乐得自在。

不知道是哪个宫里的烟花，照亮了半边天空，除此之外，还有别处的爆竹声。

别处热闹，此处寂静，仿佛能听见下雪的声音。

似乎已经到了子时，城月说：“楚星，新岁安康。”

“新岁安康。”楚星吻过她的发丝。

/ 第十四章 /

·没什么他不能替她周全·

“楚星不能天天生气的。”

大年初一的清晨，外面还在下雪。雪下了一夜，院子里堆积不少，宫人们已经在忙着打扫。

楚星早早醒了，但是没起来。城月还在睡着，头靠在他胸膛上，腿更是扒拉着他的腿。

缠人，但是他甘之如饴。

城月睡醒的时候，外头的雪也停了。她睡眼惺忪地看着楚星，还有些蒙蒙的。

“什么时辰了？”城月从被窝里起身。

房间里又重新生了炭火，熏暖了这个早晨。

楚星也跟着起身，问道：“饿吗？”

“有一点。”城月应声，看着楚星，忽然开口，“我帮楚星穿衣服吧。”

她说着，挪到一边，拿过他的衣裳，有模有样的。

楚星礼尚往来，也替她穿好衣裳。

如此一番，时辰又消磨过去。

宫人们在外头等着，热水都换了两回，才终于听见里头的人说“上热水”。

用热水洗漱过后，宫人来伺候城月梳头。

城月皮肤白嫩，头发一撩起来，就能看见昨夜的春色。伺候她梳头的，是个比城月还小的小姑娘，小宫女哪里见过这种场面，不由得面上一红，视线都不知道该何处安放。陛下又在身后目光炯炯，小宫女只好低下头来，如此紧张之下，少不得出错。

“啊，痛。”城月小声吸了口气。

楚星目光当即一变，便起身过来。

小宫女吓得胆都要破了，扑通一声跪下去：“娘娘恕罪。”

城月见她跪着瑟瑟发抖，又看了一眼楚星的神色，说道：“没关系，你下去吧，我不梳头了。”

小宫女不敢动，毕竟陛下没发话。

城月撇嘴，转头看着楚星，拉他的手，把梳子递给他：“楚星不生气，你给我梳。”

楚星抿唇，“嗯”了声。

“你下去吧。”他对宫人说道。

“奴婢告退。”其他宫人也都跟着退下去。

楚星拿起木梳，忽然想起宫里老人所说的“三梳”之说。他微愣了愣，看见镜子里城月的脸，略带着笑意。

“就梳一梳好了，不挽起来了，反正也不出门。”

“好。”

楚星一手托着她的头发，另一手拿着梳子。梳齿从头发里穿下，一直到发尾。

楚星力道刚好，城月一边享受着这过程，一边说起刚才的事：“楚星不能天天生气的。”

楚星反问：“为什么不能？”

“因为楚星要高高兴兴的，我也高高兴兴的，大家都高高兴兴的。”

如果换成其他人，他们只会说，他不能这么做，因为他是皇帝，皇帝要明德守仁。

城月回头看楚星：“对不对？”

“对，大家都要高高兴兴的。”楚星替她梳好头发，当真放她披着头发在宫中行走。

片刻后，彩蝶进门来询问：“娘娘饿了吗？”

城月点头：“饿死了。”

彩蝶道：“娘娘，这大年初一，不能说这种话。”

城月张着嘴，反应过来今天是大年初一。

“对哦，那饿坏了，快吃饭吧。”城月催促，又窝在楚星怀里打了个滚。

她的头发已经及腰，平日里都是挽起来的，今天这么散着，有些不太方便。

她想起什么，鼓着脸对楚星说道：“楚星昨晚压到我的头发了。”也不是指责，就是陈述。

楚星笑了声：“抱歉。”

好在膳食很快就到了，今天早晨吃得丰盛，想来毕竟是大年初一，大鱼大肉都有，清粥小菜也有，满满一桌子。

城月是真饿了，一口气吃了两碗饭，最后打了个饱嗝，肚子好像都撑大了点。她看着自己圆滚滚的肚子，又看楚星。

楚星笑了笑，与她说了些话，又待了会儿，才匆匆去处理事情。楚星贵为一国之君，总还是忙的。

城月摸着肚子，觉得自己吃得多了些，有些撑，有些难受，便出了门。院子里的雪已经被扫过一遍，堆在一处，更方便她玩。

经过这么些日子，城月同宫里那些宫女也混熟了，楚星不在的时候，便叫上她们一起玩。

宫女们害怕楚星，城月看得出来。每一次楚星一来，她们就都退得远远的。只有楚星不在的时候，她们才能陪她玩。楚星在的时候，她就跟楚星玩。

城月记得以前每年过年的时候，都会收到赏赐，因而她也叫彩蝶给宫里的人发了些银子物什，这样大家就都高高兴兴的。

彩蝶原本想拦着她，劝阻她不要去做许多事，近些日子也改了脾性，只是看着她玩，偶尔过分了，才提一句。

整座皇宫，唯有坤宁宫热闹。

以前后宫一直是冷清的，因为陛下不来，她们也没什么兴趣，又都要端着大家闺秀的气质。即便是过年，也不过是赏赐来赏赐去的。今年也一样，陛下给了赏赐，大家各自冷清。除去陛下给的，贵妃也送了东西过来。

众人皆为惊讶，贵妃这心性，可不像是还记得这种事情的人。城月当然不记得，她还没学周全这些礼数，这自然也是楚星的手笔。

月儿什么也不必做，除去生孩子，没什么他不能替她做到周全的。

新年里，坤宁宫的热闹气氛一直持续。

楚星每一回过来，都见到城月和宫女们在开心地玩。

这一日，城月在看两个宫女比赛踢毽子，看得聚精会神。

楚星进门来时，城月身边伺候的人原想出声，被楚星拦住，只让她们安静退下。

楚星看着城月的侧脸，她的目光里只有外头踢毽子的宫女，他忽然起了些恶作剧的心思。

楚星抬手，在城月左肩拍了一下。

城月茫然地回过头，发觉身后无人，就连方才还在的那些宫女们也都不见了。突然，右脸上传来温凉的触感，而后楚星的味道从鼻尖蹿入。

城月抬头，一瞬间忘却了她的蛐蛐，伸手抱住楚星的腰："楚星！"

楚星顺势揽住她，她扬起下巴，找到他的嘴唇。唇齿相缠，气息交换。城月当真喜欢赖着楚星，每次他一来，人就像去了骨头，整个攀在他身上。

这种眷恋，让楚星心情格外愉悦。

楚星依依不舍地退回来，嗓音仿佛刚由冰雪天入暖炉，也被烤化了："今天做什么了，嗯？"他下巴搁在她肩上，顺势坐下。

城月想了想自己这一天所做的事情，一件不落地告诉楚星："看她们踢毽子，还有捉迷藏。"城月也有了即将为人母的自觉，太过危险的活动她也不沾。

因为她很喜欢肚子里的孩子，对他抱有无数的期待，而且她喜欢楚星，这也化作一种期待，落在还未出世的孩子身上。

"嗯。"楚星点头，"高兴吗？"

"高兴啊。"城月答得理所当然，"可高兴了，现在看见楚星就更高兴了。"

她笑了声，头往楚星怀里蹭了蹭。

楚星也跟着勾唇："高兴就好，今天想不想出去玩？"

他一边说着，一边拿过旁边桌上的点心吃了口。她宫里每天都会有各种各样的点心，如今宫里谁不知道贵妃最受宠爱，自然有什么好东西，都紧着贵妃。

城月点头："好啊，出去玩。"

她看他吃点心的动作，说道："今天的点心没有昨天的好吃。"

楚星对吃食没有特别的期待，他回忆了一下昨天的味道，其实没什么区别，不过还是点头："嗯，那明天叫他们不送这个来。"

"但是另外一个点心挺好吃的，不过被我吃光了。"城月松开手，从楚星怀里跳下来。

她原本想给楚星留一点，但是不知不觉就吃光了。近来她胃口大好，饭量长了不少。又想着，楚星若是想吃，可以再叫他们送来。

楚星含笑："没关系，你若还想吃，等会儿再叫御膳房送些过来。"

城月笑声清脆："我不吃啦，楚星可以吃。"

这几日天气不错，每日晌午时候，会出那么一小会儿太阳。阳光从云层之间落下来，好像被分割成一束一束的。

城月抬头，摊开手掌："哇，出太阳啦。"

她今天穿了一件白色的袄子，在暖洋洋的太阳底下，衬得皮肤更白。

楚星握住她的手，带她往宫门方向去。

宫里虽然大，可来来去去也就这么点景色，其实也没什么好看的，两个人去了御花园。

冬日御花园里的风景，只有那片梅林。梅林里自然也设了亭台，亭子不大不小，楚星命人烧了个锅子，又拿来些羊肉。羊肉切成薄片，精致地堆放在盘子里，配有蘸料小碟。

彩蝶同刘培恩一起，站在亭子不远处等候差遣。刘培恩看着亭子里坐着的两个人，高兴得不行，同彩蝶说：“彩蝶姑娘，你瞧，他们俩多恩爱啊。”

彩蝶笑了笑，赞同道：“是啊。”

可帝宠又哪里长久？彩蝶心里一直担忧，若是有一天，楚星腻了，以城月的性子，该怎么办？

她想到这些，不由得皱眉。

刘培恩看在眼里，并不知道她在忧愁什么，只好猜测：“彩蝶姑娘可是想家里人了？毕竟过年嘛，总是有些想念家里人的。”

彩蝶摇头：“没有，我早没有家里人了。”

刘培恩一愣，明白自己说错话：“这……瞧我这记性，我都忘了。”

放彩蝶在贵妃身边伺候，陛下自然查过她的底细，只知道是因罪入宫，不过再深的，就断了线索。

彩蝶比城月大几岁，女子这年纪已经算不小。

刘培恩叹了口气，安抚道：“没事儿，彩蝶姑娘若是好好伺候贵妃娘娘，日后贵妃定会准你出宫。”

彩蝶仍旧淡淡笑着：“出宫也没什么好的，还不如跟着贵妃呢。”

“也是。”两个人话说完，又都沉默。

刘培恩看向亭子里，只见陛下神色宠溺，正给贵妃夹菜。

楚星从锅里捞出几块羊肉，又替她蘸好酱料，才送到她碗里。

城月端着碗，眼神发亮：“谢谢楚星，楚星真好。”

楚星全在伺候她吃，城月看在眼里，又从自己碗里夹了一块肉，递到楚星嘴边："楚星吃。"

楚星看着她期待的眼神，一口咬了："好吃。"

城月也跟着点头："好吃。"

锅子热意沸腾，蘸料又带着些辣，城月吃得额头出了一层汗，拿手给自己扇风："呼呼，好辣。"

她抬头，只见楚星面色如常，好奇地问道："楚星不辣吗？"

"嗯。"

城月抓过旁边杯子，猛喝了一大口水，才觉得缓过来些，但嘴里还是被辣意侵袭，还有些麻麻的，这种感觉……

她抬头，目光落在楚星嘴唇上。

像跟楚星亲亲。

楚星注意到她的视线，微微皱眉："怎么了？"

城月凑过来，吻他嘴角。她嘴上还沾了蘸料的味道，被楚星吃进嘴里。她视线一转，忽然瞥到亭子旁边的人，又退回来。

楚星后知后觉地想，好像是有点辣。

冬天吃热食最是畅快，这一顿饭吃完，可谓酣畅淋漓。

城月靠着椅背喟叹，不想动弹。

楚星命人把东西收了，问道："去御湖旁边走走？"

"好。"城月点头，但是没动作。

她朝楚星伸出手，意思是要他拉一把。楚星接住她的手，把人整个打横抱起来。

"哎……"城月身体忽然腾空，下意识抱紧了楚星的脖子。

御湖旁边风大，楚星把她裹得严严实实，抱着她围着岸边走了半圈。城月怕他抱得累，自己下来，走完了剩下的半圈。

御湖这时节已经结了冰，湖里的船都撤了。冰层不厚，一眼望过去，还能望见底下幽深的湖水。

城月当然还记得这里，她和楚星划过船。

冷风从湖面上吹过来，城月缩了缩脖子，忽然想起冷宫的温泉了。

她偏头对楚星说道：“楚星，我想泡温泉了。”

温泉行宫里有各色温泉，楚星一听城月说起温泉，当即想起温泉行宫：“今天去泡？”

“好啊。”她语气带了些兴奋。

于是，两个人出发去温泉行宫。

城月今天出了一身汗，泡温泉之前，要先洗个澡。楚星命人取了她的换洗衣物来，而后遣退了宫人，浴池边只剩下他们二人。

城月伸手探了探水温，冷热刚好。

城月从前在宫女所，用热水都是一种奢侈。故而她喜欢热水，平时她洗澡的时候，都要玩上好一会儿。

“我自己洗吗？”城月语气带了些试探，以及对自己洗澡的隐隐期待。如果让她一个人洗澡，她肯定能玩到水都冷掉。

楚星摇头，眼里带了些隐晦的笑意：“我给你洗。”

“啊？”城月期待落空，“那好吧。”

城月说完，动手解自己的衣服。解到后面，看了眼楚星，忽然觉得有些害羞。她动作幅度小下来，小心翼翼解了衣服，迅速滑进旁边的池子里。热水瞬间淹没过她的脖子，热气喷在脸上，脸迅速变红。

楚星认真地当伺候她洗澡的下人，拿过布巾，仔细地擦拭。她皮肤娇嫩，一番擦拭之后，一片绯红。

楚星看在眼里，不由得放轻了动作。

城月适应了水温，大胆起来，一面任由楚星替她搓背，一面在池子里玩水。水中特意洒了花瓣，她抓起一手的花瓣，又抛向更远的地方。

楚星伸手将人捞进怀里，城月“啊”了一声，尾音被他吞下，任他予取予求。好在楚星克制，没太放肆。

城月疲惫地抬手，任由楚星替她套上衣服，而后转去温泉池子里。她腿脚发软，全靠楚星托着她的腰，才不至于掉下去。

城月搂着楚星的脖子，头也搭在他肩上，眼睛半闭着，念叨着：“楚星，你说我们的宝宝是男孩儿还是女孩儿？”

“都好。”

“是不是男孩儿更好一点？”她没忘楚星的身份，也明白他需要男孩儿。

楚星否认：“没有，只要是月儿生的，即便是狸猫，也是好的。”

城月笑道：“什么呀？我怎么会生得出狸猫？

“如果是我的话，我觉得男孩儿更好一点，他肯定会像楚星一样好。

“不过女孩儿也不差，女孩儿长得像楚星的话，一定会很漂亮的。

“哎，要是生两个，就好了，这样就不用纠结了。

“还有孩子的名字，我也没有想好。”

说到名字这事儿，她忽然想起自己都不认识几个字。

城月把头往楚星脖子边挪了挪：“楚星，你教我认字吧，好不好？等我学会了，就可以给宝宝取个好听的名字。”

“好。”

什么都好。

温泉不能泡太久，城月原本就困了，强撑着和楚星聊了会儿天，后来实在撑不住，抱住楚星的脖子便睡过去。她睡颜安好，面上还留着被热水蒸出来的潮红。

楚星打横抱起她，又替她擦拭了身子，最后替她换上一身干净的寝衣。

忙完已经是深夜。

这时辰不方便回皇宫里去，便宿在行宫。

好在刘培恩做事周全，早早命人打扫过行宫住处。

这温泉行宫也有些日子没人住了，除去陛下，皇族不过剩下几位公主。公主都早已婚嫁，也没时间来这儿。陛下又生性不在乎吃喝享乐，也很少来，今夜倒是难得的热闹时刻。

楚星横抱着城月进了房门，伺候的宫女忙不迭过来伺候，被楚星喝退："不必，下去吧。"

"是，奴婢告退。"

城月这会儿已经睡熟了，手没了力气，从他颈侧落下去，头也微微仰着。她的头发方才打湿了，虽然擦拭过，但仍旧带着湿意。楚星托起她的后脑勺，将她把青丝拂落枕边，又拿了块干净的方巾垫在她头发之下。

楚星做完这一切，才松了口气。

城月不知梦到什么，呢喃了一句，翻了个身。她背过身去，刚好露出半截脖子，上面布满了点点猩红。

这出自他的手笔。

楚星一见此景，只觉得心中气血上涌。他移开视线，扯过被角替她掖好，本要宽衣解带，忽然想起城月或许半夜要喝水，回头一看，桌上的水壶空空如也。楚星皱眉，起身开了门，门口守着两个宫女。

楚星吩咐道："去温壶茶来。"

宫女闻声而去，手脚倒是快，很快取了一壶茶水过来。茶水装在小银壶里，是刚温好的。

"陛下，可要把茶水换入壶中？"

楚星皱眉，说道："不必，你们退下吧。"

他拿了银壶，又从旁边置物架上取过一个小架子，将架子置在炭盆之上。如此，便可温着茶水。

待做完这一切，楚星合上门，又检查了一下窗户，只留了外室的一扇用来通风。而后，他才回到床边。

行宫并不是常住之所，但这边摆设应有尽有。轻纱幔帐自床顶落下，纱帐里的少女又换了个姿势，睡得并不算安分。可能是有些凉，城月缩成一团。

楚星解了衣服，在她身侧躺下来，拦腰把人捞回来。她微皱了皱眉，似乎感知到熟悉的气息，自觉地在他怀里找了个舒服的位置。

楚星忍不住嘴角上扬，对着空气说："睡吧。"

第二日，两人折返皇宫。

楚星其实还要上朝，但没早起，怕吵醒城月，便等城月醒了才起来。城月不必早起之后，向来贪睡。这一睡时辰就晚了点，醒来不免有些手忙脚乱。

刘培恩本来在等，又不好催促，心急如焚。

楚星到的时候，朝臣们都已经到齐了。

大家正在窃窃私语：

"陛下今日怎么还没到？"

"我也不知道啊，听闻陛下如今宠爱贵妃，兴许是为贵妃耽误了吧。"

李尚书摇头："也不一定，兴许是别的事情耽误了。"

一听他们说起贵妃，丞相脸色便不好看，甩了甩袖子，嘴角耷拉下来。陛下与他说的，要立贵妃为后一事，他还未告诉旁人。此乃大事，若是让他们知道，朝堂局势定要动荡不安。

大家正议论着，便见楚星姗姗来迟。

楚星虽来迟了，面上却一点不着急，反而泰然自若，似乎还心情大好。

众臣子见状也都安静下来，开始一天的朝会。

年后，南楚的使团便要抵达京城，他们已经修书过来。南楚是小国，依附着大昭存活，每年会定期上贡。这一次，南楚带了诸多贡品，还送来了几位美人。美人是献给大昭陛下的，定然是要入后宫，故而有人提起这事，询问位份如何安排。

"还有，南楚使团抵达京城之后，务必要好好招待，敢问陛下可有考量？"

楚星听着，颇不耐烦："往年不是有规矩，便照着来。还有什么事吗？"

除去这事儿稍微大一点，就没大事了。

城月从行宫回到坤宁宫时，时辰已经不早。她伸了个懒腰，便在院子里的秋千上坐下。自从上次她说喜欢秋千，楚星当即命人在坤宁宫做了一个。

城月抓着绳子，踮着脚晃荡。她只穿了件宝蓝色的袄裙，彩蝶便进门拿了件斗篷来替她披上。

"娘娘，外面冷了，咱们进屋去吧。"彩蝶替城月系上系带的时候，目光落在城月后颈一片红痕之上，心中一跳。

她拉着领子，往下看了看，除去那些红痕，还有些青青紫紫。彩蝶吸了口气，迅速松开手，给系带打了个结。

城月还想玩秋千，对彩蝶道："可是我都穿上斗篷了，再玩会儿也没关系吧。"

彩蝶一面和城月说话，一面心中又冒出些念头。

"好吧，那娘娘再玩会儿吧。"

彩蝶抓过绳子，微微推着她，心中却在想：我虽未经人事，也听说过一些皮毛，总觉得似乎太过了些，可是城月似乎也没说哪里难受不舒服。以城月的性格，她若是觉得不舒服，肯定会说出来，可是她没什么反应……

彩蝶叹口气，按捺住心中所想。

她这些日子，心里纠结来纠结去，一直没有一个定论。

一方面，那些旧事已经过去很久很久了，她以前虽然有过一些不成熟的念头，但是随着先帝的死，又觉得似乎没什么必要再沉溺当中；另一方面，她也不知道怎么和城月说这件事。

那天，她看见城月后背的胎记，简直惊诧至极。

彩蝶入宫前，并不叫彩蝶，她原本姓方，父亲是一位小官员，一家三口也算幸福美满。后来母亲生了妹妹，也算一桩喜事。可惜因为牵扯进了政治斗争，父母殒命。她那时也才几岁，其实记忆已经很模糊。她迷迷糊糊地被送进了宫，也不知道自己那刚出生的妹妹到底去了哪里。

先帝还在的时候，彩蝶一直想，若是她能替父母报仇的话，是否也算一桩乐事？可惜她没等到这个机会。她身份低微，先帝出入又有诸多侍从。日子一天天流逝，便等到先帝死了，如今的陛下继位。

彩蝶心中犹豫，一来她不敢确定城月就是她妹妹，城月又什么也不记得，这些事都无从查探确定；二来，即便城月真是她走失的妹妹，她又能如何。思来想去，倒不如就当什么也不知道。

彩蝶走神，不小心踩到城月的脚。

城月“啊”了声，回过头来，问道：“彩蝶，你怎么了？”

彩蝶回过神来，赶忙请罪：“娘娘恕罪。”

城月摆手：“没关系啦，但是你为什么心不在焉的？”

彩蝶摇头，勉强笑道：“没什么，只是想起了一些事情。”

城月“嗯”了声，顺势问下去：“什么事？”

彩蝶思索片刻后道：“娘娘可曾想过自己的家人？”

“啊，我懂了。”城月笑了，“你想家了吗？”

这话题对城月而言，并没有什么代入感。

城月摸着下巴，想当然地说：“你要是想家，我可以和楚星说，让你出宫好了。”

她眼神炯炯，对此颇为期待，因为她没有家人。

彩蝶淡淡笑了声，摇头道：“娘娘说笑了，奴婢也没有家人了。”

“啊？”城月叹气，家人对她来说只是有些好奇的东西，反正她也没有过。不过彩蝶有过，又失去了的话，一定是很难受的。

城月握住她的手，安慰道：“没关系的，彩蝶，你不要难过。你可厉害了，你教我剪窗花吧。”

彩蝶看着城月懵懂的面容，终究还是把话说透："娘娘说过，小时候是被你明月姑姑捡来的，那娘娘有没有想过，也许娘娘还有别的家人？娘娘有没有想过，去找他们？"彩蝶说罢，目光灼灼地看着城月。

这问题城月从来没想过，她觉得自己会在这儿，定然是因为家人不要她了，或者是家人全没了，便从来没想过去找他们。

城月面露难色："我没有想过这事儿。"她抬头，望着不明亮的天空，"这个问题好难哦。"

她刚说出口，就听见宫门口传来一个声音："什么好难？"

城月当即转忧为喜，从秋千上下来，奔向楚星一把抱住他："楚星你忙完啦。"

"嗯。"楚星托住她，不让她摔倒，又问了一遍，"方才在说什么？什么好难？我也想听。"

城月看一眼彩蝶，彩蝶低着头，城月不觉得这事儿有什么不能说的，于是一五一十告诉楚星："我和彩蝶在聊天，说起了家人。彩蝶问我，有没有想过去找我的家人？可能他们还活着，我觉得这个问题好难哦。"她不自觉地撒娇，又蹭了蹭楚星的脸。

楚星的手放在她腰侧，闻言看一眼彩蝶："这个问题……"

彩蝶感受到他的视线，头垂得更低，心也猛地跳起来。

楚星确实没考虑过，这会儿听了，眉头微皱。

他问城月："月儿想找家人吗？若是你想，我可以帮你去找。"

"啊？这个问题真的好难，我们先不说了，今天御膳房送了糕点过来，趁我还没吃光，我们一起去吃吧。"

城月不想面对这个问题，她以前没想过，因为她以前老是被人说是傻子。她也猜测过，是不是因为她是傻子，才被人丢在那儿。如果她说想找，楚星一定会帮她找。但是……如果找到的结果，就是她所想的，她会难过死的。

城月拉着楚星进了门，急急忙忙把糕点推到他面前。

“这个这个，尝尝这个，我觉得最好吃。”城月指着盘子里的糕点，眼睛发光。

楚星顺从地拿起一块，咬了一口。

城月马上问道：“怎么样？好吃吗？”

“好吃。”楚星回答，其实他觉得味道都差不多。

话音刚落，便感觉唇上一暖。城月眼神狡黠，迅速地退回去，露出得逞的神色。

“嗯，好吃。”她摇头晃脑地说。

楚星失笑，把她抓回来，按在怀里重复一遍方才的事。这一回不是蜻蜓点水，不是浅尝辄止，而是风卷残云。

“麻麻的。”城月摸着自己的嘴唇，小声说道。

城月全然不知自己这话说出来，落在楚星的心湖里，会掀起多大的波澜。楚星叹口气，把人拉近自己，贪婪地嗅了嗅她的气息。她似乎自带一种香气，能安稳楚星的心神。

楚星从前情绪暴躁时，常去演武场，这些日子，他已经许久没去过。怀中人的出现仿佛就是为了让他获得安宁。

城月不知他心中所想，仍旧拿了糕点自己吃。糕点全是面食，吃一两块还好，吃多了有些噎。城月拿过旁边的水壶，给自己倒了杯水，顺了顺。

楚星瞧见那水壶，忽然记起南楚进贡的东西到了，其中好像有百花蜜。往年南楚贡品都有它，只不过楚星不爱这些，基本都赏了出去。

这两天南楚的贡品已经有一部分抵达京城，因为这些不易保存，便用快马加鞭送来。

楚星记得城月对甜食似乎更偏爱些。那百花蜜传闻是采集花蜜制作而成，甜而不腻，清甜可口，又略带了些酒味，怀孕之人应当也可以喝。

楚星如此想着，一面差人去取百花蜜来，一面又差人去询问杨太医。

杨太医被折腾惯了，一看是陛下的人来了，立刻打起精神来。

“可是贵妃又出了什么事？”

那宫人摇头：“杨太医，奴才来是请教太医，百花蜜贵妃可能饮？”

杨太医松了口气，原来只是为这事，他点了点头：“若是少许，是可以的。切忌多饮。”

宫人得了答案，告别了杨太医，往坤宁宫回禀，在途中遇上了薛美人。

薛美人原以为陛下宠幸了女人，之后她们应当有机会才是，哪知道陛下仍旧专宠，还是看都不看她们一眼。薛美人又想，若是能接近贵妃，博取些好感，而后再伺机行动也可。哪知道陛下又下了令，不许她们上门。

这还能怎么宫斗？陛下全把路堵死了。

薛美人心中郁结，这才来御花园散心。她甚至恶毒地想，若是加害贵妃，陛下会不会……不过她也只能想想，毕竟她还想活着。

冬日御花园没什么东西可看，无非是感受一下与冷清的宫里不同的空气罢了。

薛美人逛了一下，无趣至极，又唤春竹：“咱们回吧。”

薛美人从御花园出来，刚巧碰上从杨太医那儿回来的宫人。那宫人行动匆忙，险些撞到薛美人。

“怎么干活的？不长眼睛吗？”薛美人皱眉，她今日本就心情不佳，这会儿更是心情恶劣，皱着眉头看着跪下来的宫人。

那宫人请罪：“娘娘恕罪，奴才一时心急，这才冲撞了娘娘。”

为难他也没用，薛美人摆摆手：“起来吧，这是怎么了？”

那宫人交代了自己刚从杨太医那儿回来，正要去回禀陛下。

陛下真是宠爱贵妃至极，也不知道贵妃是撞了什么大运。

薛美人心中泛酸，到底没胆量为难他，放他走了。

看着宫人步履匆匆的背影，薛美人凄苦道：“陛下真是爱极了贵妃，百花蜜……也不知道我们在这宫里到底有什么盼头。”

春竹是薛美人的奴婢，当然向着她：“娘娘不必灰心，说不定哪日也同贵妃一样，有这种机缘呢？”

关于贵妃与陛下的相识，宫里早传遍了。说贵妃原本只是个下等宫人，阴错阳差在冷宫里和陛下遇见，因此得了陛下宠爱。

薛美人回想起那些传言，心中泛酸。这听起来很寻常，寻常到她觉得换成自己也可以。若是她能有贵妃这样的机缘，此刻又何须叹气。

薛美人哀叹一声：“兴许吧。”末了还是忍不住抱怨，“说不定贵妃就是装的，故意装作不认识陛下，而后接近陛下，好获得宠爱。”

她一时口快，说完又觉得不妥，看四下无人，这才拍着胸脯放了心：“罢了罢了，不说这些了，我们快回宫去吧。”

待薛美人离了御花园，园中寂静无声，偶有微风吹过，一双黑靴出现在不远处，没有人察觉到。

李瑾从暗处走出来，似笑非笑。方才那女人的话，他全听见了。

李瑾略略沉吟：这倒是个好办法，以楚星生性多疑的脾性，即便是女人，定然也信不过。

他心中一番盘算，已经有了初步的打算。

李瑾摸着下巴，继续往御书房走去。他今日前来，是为南楚使团的安置一事。

/ 第十五章 /

· 盛宠 ·

从御花园回来，贵妃是被陛下抱回来的，
又不知羡煞多少人。

楚星与城月在屋内的榻上依偎着，城月还记得自己说要学认字一事。

“楚星，你教我认字吧，就从今天开始。”她从楚星怀里爬起来，目光炯炯，语气十分认真。

“好。”楚星点头，命人去取书本来。

宫人取了书本过来，亦准备好了笔墨纸砚，可惜还是未能成事。

有宫人来报：“陛下，李中尉求见。”

楚星手中已经拿了书，当即要说不见，被城月拦住：“啊，那楚星去吧。”

她从楚星手里拿过书：“等楚星回来再教我认字吧。”

“好。”楚星点头，又嘱咐宫人们好生照料，这才出了门去。

城月目送楚星的仪仗离开，这才依依不舍回到殿中。手中的书是一些基础的字，城月自己翻看着。她认识的字不多，宫人们大多也不认得几个字。

待楚星走后，一众宫女又围上来，和城月说话，七嘴八舌的：

“这是什么？娘娘要学认字吗？”

“倒是可以，陛下待娘娘真好，竟然还亲自教娘娘。”

自从来了坤宁宫，宫女们对陛下的认识发生了变化。传闻中暴躁嗜血的陛下，似乎也没那么不堪，虽说还是很可怕。

“唉，我也想认字。我从小就被送进宫，也不认得几个字。”雪蕊起了头，其他人也都跟着点头。

“是啊，是啊，如果可以学就再好不过了。”

“可以等娘娘学会了，娘娘再教我们。”

城月歪头想了想，觉得这建议似乎也不错，于是大方点头：“可以啊。”

一时间，众人又都笑起来。

“好了好了，都散了，该干活去了。”彩蝶端着水盆进来，遣散了这一群人。她将浸湿了水的布巾拧干，替城月擦脸和擦手。

“娘娘怎可跟着她们胡闹？”

城月笑道：“哪里胡闹，大家一起玩嘛。对了，彩蝶，你认识字吗？你想学吗？”

擦干净手后，城月又拿过书本，朝彩蝶眨了眨眼。

彩蝶对她的孩子心性已经习惯，只是轻轻摇头：“娘娘不要操心我们了。”

城月撇嘴，锲而不舍地劝说：“彩蝶，你真的不想学吗？读书人很厉害的样子。”

彩蝶心神一顿：读书人？爹就是读书人。

“也不见得，光读了书也没什么用处。”

她说罢，又端着铜盆出门去，脚步一顿，想起什么，回头嘱咐道：“你今天已经吃了很多糕点了，吃多了不好，剩下的那些，我待会儿来收起来。”

“哎……”

彩蝶倒了水，回来收拾盘子的时候，发现原本还剩下半盘糕点的盘子，现下已经空空如也。

她哭笑不得地看着城月。

城月故作无辜：“可能是被老鼠吃掉了吧。”

这可是坤宁宫，哪儿来的老鼠。

彩蝶无奈摇头：“陛下宠着你，每天叫你吃这么多，若是吃得太多，孩子太大，生起来受罪。”她碎碎念着，把空盘子收了。

城月瘪嘴，怀宝宝也太难了，有时候想吃吃不下，有时候吃多了也不好。她摸了摸自己的肚子，打了个嗝。这才几个月，怀胎十月，还有好久呢。

城月多吃了那半盘糕点，很快便遭了报应——没一会儿，肚子就痛起来。

城月在床上打滚，哎呀哎呀地叫唤，伺候的宫女又不知道她是吃撑了，吓了个半死，还以为她吃错了什么东西，忙不迭地去请杨太医。

本还要差人去告诉陛下，被城月拉住：“不能告诉楚星。”

她想到楚星要是知道了，肯定又要生气，到时又要处置这些宫人。

宫女们想起陛下发怒的场面，也是一颤，犹豫不决。

“可是……可是这是大事，不能不告诉陛下。”

城月呜咽：“反正先别告诉他，先找太医，我肚子好痛。”

“好……好吧，那娘娘您先撑住，太医很快就来了。”

彩蝶更是吓了个半死，听城月说不能叫楚星，心中又很复杂。

太医来得很快，途中听宫女说贵妃腹痛，把可能的结果都想了一遍，甚至想到了最坏的结果，气喘吁吁赶到坤宁宫来。这会儿城月已经好了一些，不过仍旧神色恹恹的。

“太医，你快给我看看。”城月趴在床上，伸出手来。

太医替她诊脉，松了一口大气：“还好，只是吃多了。”

太医的心都吊到嗓子眼了，一下子又放了回去：“没什么大事，我先给娘娘开副药，娘娘服下后，再去走一走，就好了。”

这结果，众人皆是面面相觑。

送走太医后，彩蝶无奈地开口：“娘娘，奴婢都说了，不能再吃了，娘娘非要把那半盘子全吃了。”

城月经了一番痛，委屈道：“哦，下次不吃了。”

彩蝶气笑，出门去给她准备药。这药没什么麻烦的，不过拿水冲开即可，但是药味甚是难闻。

城月嫌弃地咦了声，捂着鼻子喝了半碗，就喝不下了。

“不喝了。”城月掀开被子，“我们去找楚星吧。”

反正太医说她要多走走，正好可以走去找楚星。

彩蝶替城月穿好鞋子，又拿了件斗篷，跟着她出门去。她身怀有孕，宫人们不敢懈怠，七八个人跟着她一块出门。

这阵仗走在路上格外显眼。

城月发现时不时有人偷偷看她，便小声问彩蝶：“她们为什么看我？”

彩蝶小声回应：“许是景仰娘娘。”

城月虽然不是很明白她们为什么要景仰自己，不过反正是夸她的话，她听了还是高兴。

陛下在御书房议事，按理说，是不许别人靠近的。不过别人是别人，贵妃是贵妃。

从坤宁宫到御书房，略有些远，走了大半，城月的肚子已经舒服很多了，后面的小半段，步子就快了些。城月到御书房的时候，李瑾刚好出来，与她在大门口遇上。城月还记得李瑾，也是个长得好看的人，她不由得多看了两眼。

李瑾低下头来行礼：“臣见过贵妃。”

城月摇头：“免礼免礼，我记得你……”

她正要说下去，看见御书房的门打开，楚星出门来，城月也顾不上和李瑾说话，小跑着奔过去。

楚星出门的时候，刚巧看见城月和李瑾在说话。他眸光一暗，视线落在李瑾背影之上。

刘培恩原本在门口等候差遣，一看这架势，就知道陛下又不高兴了，他正欲开口提醒一下贵妃，好在下一秒，城月注意到了楚星的身影，不必他提醒，便朝楚星跑过去。

穿着一身华服在宫中奔跑，实在毫无半点贵妃之姿仪。城月跑得快，身后几个宫女都没追上。眼看着人已经到了陛下跟前，然后被陛下一把揽住，甚至转了个圈。有陛下在，宫女们也放心了，便放慢了步子，慢慢走过来，在不远处候着。

楚星看着城月，问道："月儿怎么来了？"

城月沉吟一会儿，还是决定主动招供："我今天多吃了几块糕点，撑着了，所以出来消消食。"她隐去了其中的乌龙，毕竟既丢人，又会让楚星担心。

楚星说："那现在呢？好些了没？"

城月点头："好多啦。"

李瑾只看见人从自己身边跑过去，那些话语还没来得及说出口，转身一看，便看见陛下和贵妃站在庭前，有说有笑。

贵妃挽着陛下的胳膊，不知在说些什么，神采奕奕，仿佛眼睛都在发光。而陛下的视线一直落在贵妃身上，安宁又沉稳，和前一刻在御书房里高高在上的人仿佛全然不同。

李瑾只看了一眼，便收回视线，转身离开。

看起来似乎很恩爱，不过若是有流言蜚语，还能这么恩爱吗？李瑾背过身，无声勾唇。

城月说完了，忽然又记起刚才遇见的那个人。她往刚才的方向看去，却发现人已经不见了："哎？"

楚星注意到她的视线，明知故问："在看什么？"

城月如实回答："刚才碰见那个上次在街上遇见的人了。"

"嗯？然后呢？"

"然后我跟他说了两句话，还没说完呢。"

"兴许是忙吧，月儿想跟他说的话，很重要吗？"

城月摇头，看着楚星的眼睛：“不重要，就是闲谈。算了，既然他走了，就不说了。你忙完了吗？”

楚星点头：“嗯。”

城月笑道：“那我们去玩吧。”

正月十五，元宵节，也是个大日子。

原本这一日也该有宫宴，不过考虑到除夕时候的安排，宫中各人都觉得今年元宵估计也是孤零零的。总之，她们的命运似乎已经注定了，永远是冷清的，直到老死在这宫里。

可众人万万没想到会收到贵妃的邀约，皆是惊诧，甚至怀疑贵妃是不是扮猪吃老虎，故意装傻。可这又不像，若是故意，那陛下早就发飙了，哪里还能等到今天？

总之就是惊讶，非常惊讶。

李珠刚从寺里回来没几日，因为被罚了，明摆着是失了势，宫里形势也不清楚。她回宫时，原来的那些宫女太监都还在，只不过待她不如从前热络。

李珠听她们悄声聊天，似乎是在羡慕贵妃宫里的宫人。

“听说贵妃宫里的人过得可好了，贵妃每日还与她们一道玩乐，也没架子。”

“是啊，而且听说贵妃那儿好东西多，她们赏赐也多。”

“真好，哪儿像我们，这辈子也看不见什么出路的样子。”

“少说两句吧，李婕妤也回来了，日子总是好过一些。”

……

李珠悄声回到殿中，她听说琉璃被处置了，是因为冲撞了贵妃，且从前与贵妃共事过，那会儿就对贵妃不敬。李珠坐在空旷的殿中，兀自喝了杯茶水，又想起在寺中，李瑾来找她时所说的话。

李珠叹了口气，放下茶杯，想到自己还未见过贵妃。

待人来伺候时，李珠状似不经意地提起：“本宫回来之后，听闻贵妃娘娘盛宠。本宫还没见过贵妃，你准备些礼物，咱们下午去瞧瞧贵妃吧。”

宫女春雨有些意外，低头解释道：“娘娘，您有所不知，陛下说了，无事的时候不许人叨扰贵妃，故而，不止娘娘，这宫里就没几个人见过贵妃。”

这倒是意外，又像楚星的作风。

“哦。”李珠放下手中杯盏，“这样啊，那便算了吧，只好等下次有机会再拜会贵妃了。”

春雨听她这么说，点头应和：“若是下回见了贵妃，娘娘再请安吧。”

春雨心里嘀咕：陛下爱贵妃爱得紧，成日里像宠宝贝疙瘩一样，外出皆有人随行，又不许人上门，贵妃大多时候又是与陛下一起的，哪有什么机会能单独见到贵妃。

春雨没点破，又给李珠斟了杯热茶，说道：“娘娘，您昨儿刚回来，可有什么需要？可以和奴婢说。”

李珠摇头：“没什么事。啊，对了，元宵这天要设宴，说不定能见到贵妃，你还是替我备份礼吧。”

春雨神色为难，叹了口气，说道：“娘娘，奴婢觉得元宵大概是不会设宫宴了，因为除夕那日都没有。陛下似乎不愿意见旁的娘娘。”

李珠又一愣：“哦？这样啊。没关系，你还是备着吧，万一呢。本宫记得从娘家带来的嫁妆里，有一支金镶玉步摇，就它吧。”

春雨应声：“是，奴婢明白了。”

今日天气不错，晴好的日光暖洋洋地落下来。

坤宁宫偏殿旁栽了几株红梅，这时节梅花开得正好，城月不由得看得入神。

雪蕊进门来的时候，只见城月目不转睛盯着树上的红梅，似乎很有兴趣。雪蕊拧干布巾，伺候城月洗脸净手，问道：“娘娘喜欢那梅花吗？”

城月点头：“嗯，喜欢的，好看极了。”还有点想吃。

贵妃向来没什么架子，人好相处得很，就是孩子心性。

雪蕊见她的神情，笑道："奴婢记得御花园里的梅花也开了，若是娘娘喜欢，还可以去那儿看看。"

"哦，好。"城月乖顺地伸出手，任由雪蕊替她擦手。

今日楚星还没来，往日这时候，楚星已经来了。

城月想：兴许是在忙吧，毕竟楚星有那么多的事情做。

她能理解，并不会因为楚星的迟到而感到不高兴或者焦虑。反正楚星不来的时候，她还可以跟宫女们玩。

前脚刚说着梅花，后脚就听说御膳房送了梅花糕过来。城月今天对梅花很有兴趣，一听这名字，当即来了精神。宫女把糕点端出来，糕点当然不是梅花做的，其实与梅花有关系之处，只是在上面印了一朵梅花。

仍旧是甜的，口感软糯，还有些黏牙。城月平时爱吃甜口的，但是孕期心思多少有些变化，她今天尝了一口，又觉得不够意思。嘴巴里仿佛有些涩涩的，她又想吃酸的东西，但是城月吃不得太酸的，酸得过分了，她便觉得牙都变酸了。

城月手里拿着半块梅花糕，心中犹豫着，最终还是没让人拿酸的东西来，不过对这梅花糕也失了胃口。她神色恹恹，又唤彩蝶她们："咱们去御花园里看看梅花吧。"

"好。"彩蝶带着雪蕊几个，跟着城月一块出门。自从上次城月无故不见踪影之后，每次出门，总是要五六个人一起。

今天天气不错，御花园里也格外热闹。

城月来的时候，亭子里已经坐了李婕妤、薛美人、林美人等五六个人。她们不知说些什么，正笑着。

彩蝶皱眉，问道："要不咱们换个地方？"

可城月已经走上前去。

"你们都在呀。"城月笑嘻嘻地进了亭子，寻了个地方坐下。她说罢，目光便在四处观望一番，落在那些开得正好的梅花之上。

这场景有些尴尬。那几个宫妃对视一眼，也不知道该走还是该留。

除去李珠，其他人对这位贵妃，皆抱有复杂的情绪，一面羡慕她得宠，一面也有些嫉妒，总觉得她相貌算不上一流，凭什么能得如此盛宠。这种矛盾心理之下，倒是不知道该如何相处。

唯有李珠，只是好奇。

她一直好奇城月是个什么样的人，她从各处打听，拼凑成一个传闻中的贵妃——傻子、不是寻常人、心性如孩童……

城月趴在栏杆上，目光尽数落在梅花上，一点也不看别人。

这倒方便了李珠打量她。

城月今日穿了一身正红色的缎面交领长袄，领口和袖口处都嵌着一圈短而细的绒毛，很是可爱，鼻子小巧而挺俏，眼睛大大的，眸子润而亮，是最吸睛的。

城月进来之后，只说了那么一句，便趴在那儿看梅花。

衣裳都是司衣局送来的，城月没什么要求，向来是有什么穿什么。她压根没想到正红色这事儿，不过她没想到，旁人却能想到。正红色可不是谁都能穿的，若没有陛下的准许，谁敢穿？

宫中也早有传闻，说陛下打算在贵妃生下皇子之后立她为后。立一个这样的人为国母，也不知道陛下是怎么想的。

一时间，众人心思各异。

城月的目光落在梅花上，她数完第一棵梅树上有几朵花才醒过神来，发觉众人都在看她。

城月有些迷茫，小声问彩蝶："她们干吗都看着我？不是来看花的吗？"

彩蝶笑道："兴许是娘娘比花好看吧。"

城月听她夸赞，脸上一红："你怎么和楚星一样会夸人。"

众人听见她们主仆言语，又是一惊。早就听说贵妃能直呼陛下名讳，今日真正听见了，心中无比惊诧，于是又沉寂下来。

这时，李珠屈膝行礼："嫔妾见过贵妃娘娘。"

众人跟着行礼。

城月摆手："免礼。"她也只会说这一句。

李珠笑道："嫔妾一直记挂娘娘，不过陛下不许我们打扰，忽而到今天才给娘娘请安。"

城月眨着眼，睫毛一闪一闪："嗯……"她挠头，又不知道应该说什么。

彩蝶打圆场："各位娘娘不必拘谨，我们娘娘只是来看看花。"

她们之所以今日聚在一起，都是听说御花园的梅花开得正好。

城月如今小腹微微凸出一些，不仔细看还是发现不了。

几个人看一眼她的肚子，目光艳羡。李珠视线一定，眼神闪动，但还是沉默着。

城月自然注意到她们的视线，这么多人都盯着她的肚子，看得她有些惶恐不安。场面僵持不下的时候，忽而听见太监通传："陛下驾到。"

闻言，她们皆是一惊，尚未从震惊中回过神来，楚星就已经到了跟前。

楚星周身如寒霜覆盖，从她们身边走过，仿佛带起一阵冷风。在场之人皆是冷下来，唯有城月笑靥如花，似乎丝毫没有觉察到。

"你来啦。"城月笑眯眯地朝楚星伸手，让他看不远处开得正好的梅花，"你看，那些梅花开得真好。"

楚星接住她一双玉手，点头："嗯。"

这时候，他周身的冰雪气候才消散一些。

众人还是有些眼色的，纷纷找个由头告退。

"既然陛下与贵妃有这种雅兴，咱们也不好打扰，便先行告退了。"

闲杂人全如潮水般退下，一众宫人也知情识趣退远了些，亭子里一时只剩下他们俩。

城月眨着眼，莹润的眸子微微闪动，勾着他小指微微地晃：“楚星怎么啦？”她看得出来，楚星并不算高兴。

楚星不语，是因为今日朝堂之上又起了些冲突。不过这些事，他不想告诉城月，待收拾好情绪，才勾唇笑了声，说道：“没什么，不过是些不懂规矩的人，不必理他们。今天怎么想着来这儿？”

楚星本是去了坤宁宫，坤宁宫里空着，问宫人们才知城月带着人来了御花园赏梅，于是转而往御花园来。

他刚进御花园，远远便看见除城月之外，还有一群不讨喜的女人。

城月撒娇：“今天宫里的梅花开了，甚是好看。听雪蕊说，御花园的梅花也开了，所以就过来瞧瞧。结果她们也在，想来是因为梅花好看，大家都是来看梅花的。”她一面说话，一面把弄着他的手指，仔细磋磨，忽然发现他手心里多了一道新伤。伤口不大，还是红色的。

城月抬头，对上他的视线，眼神很是心疼：“这是怎么了？”

这伤口是今天在朝堂之上，他捏碎了一只杯子弄的。原因是他说要处置一个人，大臣们非拦着不让，后来吵起来，他心烦意乱。

楚星思索着怎么说，看着她的眼睛，还是实话实说：“打碎了杯子。”

“啊。”城月深信不疑，轻轻托起他的手，放在嘴边吹了口气。

“呼呼就不痛了。”她呼完，又用指腹轻拂过。

这感觉像羽毛挠过去一样，楚星手指微曲，抓住了她的手指。

城月只当他觉得痛，眉头紧紧压着，又叫彩蝶去找药箱过来。

她安抚楚星：“没关系，上药就好了。”

楚星嗯了声，松开她的手指。他视线越过她，落在她身后的梅花上。梅花开得是不错，但也没什么好看的。

彩蝶动作很快，取了药箱递过来。城月从中取出金疮药，又拿了手帕沾了水，替他上一层药，上完了，又轻吹口气，微笑道：“很快就好啦。”

楚星颔首，又问她吃过东西没有。

城月听他这么一问，想起她原本吃的梅花糕，又想起她想吃酸的来。原本忘了倒还好，再次想起来，这勾人的欲望更强烈了，她摇头说：“想吃酸的。”

楚星皱眉：“不是不能吃酸的吗？”

城月低头，肩膀和胳膊轻晃着：“可是就是想吃。”

“来人，去取些酸枣来。”

城月听他这么说，立刻来了精神：“楚星真好。”

楚星淡淡一笑，手轻顺着她的头发。

宫人动作迅速，很快取了一盘酸枣来。城月看见那酸枣，仿佛都闻见了酸味儿似的。她吞咽一声，拿过一颗，咬了一小口，舌尖刚尝到酸味，脸立刻皱成一团。

“好酸。”城月捂着嘴说话，声音闷在手心里。手里那颗酸枣就咬了一小口，已经不想吃了，她又巴巴地看向楚星。

楚星会意，轻笑了声，从她手里咬过那颗酸枣：“不想吃了？”

“嗯。”城月点头。

楚星其实也不太能吃酸的，他嚼着那颗枣子，眉头皱着，吐出核来：“那便不吃了吧。”

“好。”城月点头，又自觉地往他身边靠。

宫人们远远候着，楚星原本搂着城月的腰，很快手掌便由她后腰落到后背，反复摩挲。

知道楚星今天不高兴，城月往他身边又凑近一分，坐在他腿上，手攀着他脖子，低头把脑袋搁在他脸上：“楚星……”

头发被吹乱了，连梅花也吹落几瓣。花落有声，声入人心。

从御花园回来，贵妃是被陛下抱回来的，又不知羡煞多少人。

楚星放她在榻上，又命人去备热水沐浴。热水倒进浴桶里，水流沿着桶壁微微地扑过来，又落回去。

城月从桶里冒出头来，扒着浴桶的边缘，头抵在手背上，朦胧水汽迷了眼。

“楚星高兴了吗？”

楚星看着她的眼睛，心里忽然像被扎了一下。他从桶里掬了一捧水，浇在她背上，嗓音有些沙哑，一声低音落在水汽里，几乎不为所闻：“嗯。”

但是城月听见了，她又缩回浴桶里，水没到了她的脖子。

沐浴完，已经是黄昏，冬日的黄昏还是冷。窗户被宫女们关上，又烧好炭火。

城月一骨碌滚进被窝里，把被子缠绕一圈，将自己整个人都裹住，只露出一个头来。

过了一会儿，她从床头拿过她认字的书，对楚星说：“我学了几页了。”

“好。”

“对了，明天就是元宵节了。”城月忽然想起什么。

室内光线昏暗，有宫女点了灯，照亮满室。灯火缱绻，落在人脸上显出一种温暖的氛围。楚星在榻上，与她相望，灯火映照出一个影子，落在身后的墙上。

城月出声，叫他名字：“楚星。”

“嗯。”

“楚星。”

“嗯。”

“楚星。”

“我在。”

楚星抬头，和她四目相对的瞬间，看见眸中人笑起来，笑容比满室的灯火还亮。

“我知道你在，我就是叫你一声。”

元宵节当日，宫中张灯结彩，宫里上下都热热闹闹的。

御花园还有猜灯谜和放花灯的活动，城月原本想去看，可惜被拦了下来，因为人太多了，万一出点什么事，谁也不敢担这责任。

“娘娘，咱们晚点再去吧，这会儿人太多了，吵得很。”

“好吧。”城月头立刻耷拉下来，不情不愿地点头。

众人皆以为今年元宵节也就这样了，结果却意外收到邀请，说是夜里在瑞云台设宫宴，名义上是贵妃主持。众人虽然惊讶，到底也没敢说什么。

城月今天也算盛装打扮，衣裳首饰尽显富贵，但城月不太习惯，头顶上的饰物都好重，衣服也好重，行动不方便。

她伸手去摘头上的珠翠，被雪蕊拦住：“我的娘娘，这个不能玩。”

雪蕊从首饰盒里拿了一支别的簪子递给她，让她拿着玩。

城月抗议：“太重了。”

雪蕊一面替她梳妆，一面说道：“今天咱们得穿得漂漂亮亮的，给她们看。让她们知道，我们娘娘就是宫里最好看的那个。”

城月觉得自己长得并不算好看，她撇嘴，打量镜子里的自己，脂粉抹上几层之后，配上这厚重的珠宝首饰华服，都不像她了。她小声嘟囔：“楚星才是宫里最好看的人。”

雪蕊失笑：“好好好，陛下才是最好看的。那您就是第二好看的，不能让别人出了风头去。”

雪蕊想：这可是得到陛下默许的，毕竟昨儿尚宫局送来了好些价值不菲的衣裳首饰，好多她们连见都没见过。这不是叫她们把娘娘打扮得漂漂亮亮的，还能是什么意思？

替城月梳妆已经进行了许久，眼看着天色已晚，就快到宫宴的时候了。雪蕊替城月插好最后一支簪子，扶正她的头：“好了，真漂亮。”

雪蕊这边弄完，那边彩蝶已经拿了斗篷，备好了步辇。雪蕊领着城月出门去，城月今天光衣服就好几斤，雪蕊小心翼翼扶着她，生怕她摔着碰着。

在宫门口碰上楚星，他的仪仗刚停下，见她走出门来，眸光一顿。

城月被他看得颇不自在，含笑问道：“好看吗？”她想转圈，但是衣服太重了，转不动，只好眨着眼，看着楚星。

楚星神色渐渐化开，浮出一个笑容："好看。"楚星伸手接住她，与她一道上了辇。

彩蝶见状，默默和雪蕊一道跟在队伍旁边。

刘培恩也在，和她们说话："这几天天气倒是好，都是晴天。"

雪蕊比彩蝶开朗些，搭话道："是啊，兴许这是好兆头，说明这一年肯定风调雨顺，说不定啊，贵妃娘娘还能生个小皇子。"

她声音不加掩饰，被城月听见。这个问题，她已经问过楚星，楚星说，都好。城月看一眼楚星，想靠他肩膀，无奈头上的东西太重，她才一偏头，就觉得脖子要断。

城月撇嘴，不大高兴。她伸手扶了扶，小声抱怨："好重哦。"

楚星回得随意："那便摘了吧。"他似乎是随口一说，语气却又十分认真。

城月摇头："不行，她们花了很大功夫的，摘了就浪费了。"她说着，又坐好，话题自然而然地转向别的。

说着话，仪仗便到了瑞云台。

他们是来得最晚的，进门的时候，其他人都已经到了。

一排长桌铺陈下来，原本室内正热闹着，听得通传，一时安静下来。众人齐齐抬头看向门口，这里好些人，连贵妃的面都没见过，自然充满了好奇。也有好些人，连陛下的面都没见过几次，因而这二人一起来，更是吸引人的目光。

陛下今日一袭华服，身旁的贵妃也是光彩夺目，由众人面前走过，一时寂静无声。

陛下自然坐首席，按理说，贵妃应当在陛下之下，毕竟唯有皇后才能与陛下同起同坐。然而，她们只看见，陛下让贵妃坐在了身边的位置上，贵妃还侧耳说了什么，陛下竟然轻笑了声。

传闻陛下宠爱贵妃，但毕竟只是传闻，当传闻忽然在眼前变成现实，一切就变得不太一样了。

从前陛下多么威严庄重，又生人勿近，如今陛下虽然依旧气质冷峻，但是对贵妃却如此宠溺，实在让人大跌眼镜，同时又让人有种幻想：陛下毕竟还年轻，兴许是从前不开窍，如今尝到了女人的好，也许就开窍了。

城月注意到她们的视线，便小声和楚星说："她们都在看我们哎。"

楚星说："让她们看。"

"哦。"

桌上放了些餐前糕点，城月折腾了一下午，看着糕点，不自觉吞咽一声。

楚星见她神色，说道："想吃就吃吧。"

城月抬头，观察她们的神色，发现有人在看她。她按捺住想吃东西的想法，挺了挺腰，坐得端正起来。她觉得雪蕊说得有道理，她应当要漂亮一些。

因为这些女人以一种倾慕的眼神望着楚星。那种眼神，让城月觉得不高兴。她总是舍不得楚星的。

城月偷偷瞥一眼楚星，立刻被发现了。

"怎么了？"楚星问道。

城月摇摇头："没事。"她迅速转过头去，但是微微鼓着的脸颊出卖了她的情绪。

片刻，城月又转过头问楚星："楚星，你和她们有没有在一起过？"眼神可怜巴巴的，语气也怯怯的。

"没有。"楚星斩钉截铁地回答她。

楚星记得，从前这些女人，只会以一种畏惧的神色看着他，今日似乎是有些不同。但是，他眼神一瞬间变得如鹰如狼，于是又瞥见有人一颤。

楚星想，似乎也并没什么变化。

众人注意到楚星的眼神，皆是一惊，都在暗自反省：是否自己做错了什么，又惹怒了陛下？陛下该不会又要杀人吧？

楚星收回视线，拿过面前一块糕点，送至城月嘴边。

城月摇头："不吃。"

楚星笑："为什么不吃？"

城月理直气壮地说："因为吃了就不漂亮了。"

楚星啧了声："谁说的。"

城月坚持："待会儿再吃，而且衣服好重，不方便。"

她说着，抬了抬手，胳膊处有些紧，其实抬手都不大方便。楚星看她活动不便，似乎会意，掰了一小块糕点，送到她嘴边。

城月看他一眼，还是妥协了。她张嘴，接住那小块糕点。糕点是干食，楚星看她吃得差不多了，又抬手喂水。

这动作太过引人注目，一时间，众人又都看过来。

城月脸上一红，顺着杯沿抿了口，杯中茶水微带些甜。城月注意到她们的视线，动作一急，茶水呛进喉咙里。

楚星眉头一蹙，从袖中拿过帕子，替她擦去嘴边水渍，又泰然自若地抬起头来，仿佛一切都没发生过。

楚星一抬头，众人便低着头去，一时心思各异。

这时，宣礼的钟声响起。

歌舞先起，接着有菜品被送上来。按理说，陛下此时需要说几句话。不过这规矩在楚星这里不成立，他不语，众人也都沉默。大家为了避免尴尬，要么把视线放在歌舞上，要么把视线放在面前的菜品上。

城月瞧见上菜，眼睛一亮。她拿着筷子，就要去夹菜，可惜动作受阻，有些尴尬。城月看一眼台下，又看楚星。楚星了然，替她夹菜，送至嘴边。

可谓是……

众人不敢看。

刘培恩在一旁随侍，虽说这不合规矩，却也没人敢说什么。众人坐立难安，好不容易才听见楚星开口："今日佳节，大家也要高兴些。"

闻言，众人齐声笑起来，不过笑容可谓敷衍。

"是，多谢陛下关怀。"

“御花园里可以猜灯谜和放花灯，你们也可去走走看看。”

城月听见他这么说，眼睛又一亮，嘴里还嚼着东西，腮帮子微微鼓着，在桌下扯楚星的袖子，她也想去看。

楚星抓住她手指，语气一瞬间转换得自然：“怎么了？”

城月眨眨眼，三两口把嘴里的东西咽下去，小声说道：“我也想去玩。”

“好，待会儿就去玩。”楚星点头。

于是，宴席进行到一半，众人跟着楚星转移阵地，到御花园猜灯谜。

最近虽然白天天气不错，但夜里仍旧是冷的。冷风刮在脸上，众人还得赔着笑，夸这真是有趣。她们才不想看什么灯谜，只有城月真觉得有趣。

她抓着楚星的手，这边瞧瞧，那边看看，对那些灯谜非常感兴趣。可惜她笨，半天也猜不出是什么，只好又求助楚星，楚星很快就能给她答案。于是，她拿着答案，兴高采烈去领奖。

贵妃如此天真烂漫，底下人倒有些不知所措：“娘娘，您拿好。”

举行这活动不过是为了节日讨彩头，奖品自然也是些不值钱的小玩意儿。那管事的太监都觉得拿不出手，低着头瑟瑟递上来。

城月很高兴地接过来，又道谢。她拽着楚星，把灯谜都猜了个遍，奖品也被她领了个遍。

管事的小太监抹了把汗，小声和身边人嘀咕：“吓死我了，我生怕哪儿惹陛下不高兴，小命就不保了。”

“瞧你那点出息！我倒觉得贵妃很是平易近人，难怪能得陛下恩宠呢。”

这时，恰好有几位妃子结伴走过，瞪他们一眼：“还不快去做事。”

两个小太监唯唯诺诺退下去：“是，奴才告退。”

这几位妃子，其中便有薛美人。薛美人望着湖边的身影，小声嘟囔：“陛下为了讨贵妃欢心，硬把我们拉出来干吗？这外头冻死个人，又没意思。”她如今很有怨念。

上回被城月夸过好看的林美人小声辩驳：“其实还是挺有意思的，薛姐姐别这么说。”

薛美人睨她一眼，冷笑道：“你真以为她夸你好看，就跟你关系好了？你再好看，也不讨陛下喜欢。”

林美人被抢白了一番，不出声了。

薛美人心里仍旧不痛快，想起自己上回说的，又道：“指不定贵妃看着痴傻，其实心里明镜似的，知道怎么样才能讨陛下喜欢呢！”

今夜十五，明月高悬，月光倾洒而下，倒是好景致。

楚星方才有些事，离开了一会儿，刚回来，便听见有人乱嚼舌根。他眉头压下来，是疾风暴雨的前兆。

“你方才说什么？”楚星冷声问道。

众人都不知道陛下从哪儿出现的，吓得惊叫一声，而后才反应过来，瑟瑟缩缩地行礼：“嫔妾……嫔妾没说什么。”

楚星鹰眸紧盯，好似一柄剑架在脖子上。

薛美人低着头，背上冒出冷汗，手心也出汗，脑子里快速地运转：“近来……宫中有些流言，嫔妾听信谗言，故而才口出不敬，陛下恕罪。”薛美人的心快要从嗓子眼里跳出来了，她可还不想死。

楚星仍旧盯着她，来回踱步：“哪儿传出来的流言？”

薛美人摇头：“嫔妾不知道，嫔妾只是听闻过这话。”

楚星脚步定住，声音冷厉：“身为嫔妃，却妄自揣测孤与贵妃，此事不可小惩，但如今贵妃有孕，也不要你的命，便拔了舌头，送回本家去吧。”

说罢，楚星冷笑一声，目光阴沉得可怕。他一拂袖，转身离去。

跪着的几人，皆瘫软在地。

待陛下走出好远，薛美人才后知后觉，拔去舌头……她正欲厉声叫唤，便被后头的侍卫捂住口鼻，拽了下去。

另外几位妃子看着薛美人被拖下去，吓得腿都软了，如同劫后余生，由身边的宫女扶着才起身，迅速找了个由头离开，回了自己宫里。

这事儿引起一阵骚乱，但是没传到城月耳中。

城月正在亭子里做花灯，津津有味，兴致勃勃的。

楚星往城月待的亭子来。他的脚步很快，刘培恩小跑着才能跟上。

楚星说道："去查查是谁在背后乱嚼舌根，若是查到背后之人，通通拔了舌头。"

"陛下息怒，奴才马上去。"

楚星在亭子前停下，看着亭子里的倩影，深吸一口气，而后才步入亭子。

城月全神贯注在手中的花灯之上，连楚星进来都没反应。一个宫女在教她怎么做花灯，旁边放了好些做花灯的材料。楚星在她身边坐下，她才回过神来。

"楚星，你回来啦。"

"嗯，在做什么？"他视线落在她手上。

她手上还拿着剪刀和材料，照着那个宫女教的做，不过做得很不像。

城月有些沮丧，委屈巴巴地给楚星看手里的东西："我做得好难看。"

楚星微笑道："没有，好看的。"

城月撇嘴，才不信。

楚星接过城月手中的东西，问旁边的宫女："这花灯要怎么做？"

宫女还是第一次和陛下说话，陛下如此英俊，又气度非凡。宫女脸色一红，低下头来："就……就这样，奴婢给您做一遍吧。"

"嗯。"楚星应声，盯着她动作。

楚星只看了一遍，便能跟着做出来，虽然在某些细节上还有些瑕疵，但也足够漂亮。

城月"哇"了声，忍不住拍手叫好："楚星好厉害。"

楚星仍旧微笑，把花灯递给城月："给月儿。"

城月接过，笑容更甚，忽而伸手抱住楚星，又撒娇：“楚星真好。”

城月松开手，拿过小半截蜡烛，点好蜡烛，将蜡烛放在花灯之上，而后俯身，扒着栏杆，把花灯轻轻放下去。

楚星的视线全程落在她身上，目光温柔缱绻。

旁边一众宫女看得心中一惊，小声说道：“陛下待娘娘真好。”

楚星怕她硌着，手掌护在她腰侧与栏杆的相碰处，在她放完花灯之后，又伸手将人揽回来。

城月顺势抱住他的胳膊，笑嘻嘻的。放花灯向来还要许愿，城月刚才许了个愿望：希望楚星天天高兴。

她看着楚星，眨眼暗示，可楚星偏生沉默，城月没办法，只好开口问道：“你猜我刚才许了什么愿？”

楚星才顺势问：“月儿刚才许了什么愿？”

城月移开脸：“我不告诉你。”

楚星叹气：“那就不告诉我吧。”

楚星从刚才就有些许走神。他知道城月很依赖他，但是他不在的时候，她一个人也可以玩得很高兴。

城月蹭着他的脸颊，楚星想起他们第一次遇见的时候。她对自己表现出关怀，是因为她生性善良单纯，这种好并非是特定的，若是换一个人，想来也是一样的吧。

/ 第十六章 /

· 既见君子，云胡不喜 ·

“慢一点才好，这样和楚星就能在一起很久了。”

“玩累了吗？回去好不好？”楚星贴近城月的脸颊，看见她眼皮有些耷拉，显然是困了。

城月点头：“好啊，头上的东西好重，快回去洗澡，然后睡觉。”她一面说着，一面打了个哈欠。

楚星便张开手臂，城月顺从地抱紧了他的脖子，又和他絮絮叨叨说话。

楚星抱她回去，一众宫人跟在身后。回到坤宁宫，宫门口的灯亮着，隐在牛皮纸的灯笼纸里。楚星抱她进门，宫里的宫人早得了消息，已经备好了热水和换洗衣服。

城月从他怀里下来，被一众宫人簇拥着至紫檀描金木梳妆台前，替她拆了首饰发髻，又脱去外袍。城月只觉得得到解脱，喟叹一声，头耷下来，趴在梳妆台上。

楚星在进门口左边的榻上坐下，喝了杯水，绕过紫檀木雕花屏风，看她卸了妆，头发落在肩上。

宫女们对视一眼，默默退下去。城月注意到她们的脚步，抬起头来，对上楚星的视线。

她仰头，抓住楚星的手，问道：“去洗澡吗？”

城月的头发很顺滑，平日里被好好保养着，随着她微微的晃动而滑落。

楚星抓住她一绺头发，点头道：“嗯。”

浴桶设在偏殿，桶前隔了一块屏风，屏风上放了她的换洗衣物，再远一些，放了炭盆，温暖满室。

楚星替她擦背，忽而问道：“那天月儿在御书房门口遇见的那个人，是想说什么？”

“啊？”城月听他没头没尾一句话，有些蒙。

她下巴微抬，思索了许久才想起来那天她遇见的是谁，是那个在宫外遇见的大人：“我想起来了，那个李大人，是不是？”

“嗯。”楚星点头，他自知不应这样猜测，可是又忍不住。他觉得这样的自己一定是丑陋至极，故而避开了月儿的视线。

城月从手里扬了一捧水，水珠溅在楚星脸上：“你猜。”

楚星抬眸，对上她的视线，看她眨着眼，又狼狈地垂下眼睫，抓住她的手肘，替她擦拭。

“猜不到。”楚星吐字很慢，又收了声，“算了，没什么。”

他自嘲地笑，又低下头去，擦她另一只手。她怀孕以后，略胖了点，但握在手里，还是很有骨感。

城月抓着浴桶边缘，忽然踮脚凑近他的脸，而后停住，与他对视：“想说多谢他，因为他为你分忧了。楚星是在害怕吗？可是我只喜欢楚星一个人哦。”

她笑嘻嘻地说完，而后贴近他的脸颊，落下一个很轻的轻吻，带着些热腾腾的水汽，然后又落在他唇上。水汽沿微启的牙关钻入，充满整个口腔。柔软的唇舌，与缥缈的水汽相得益彰。

城月在水里泡过一遭，周身都是湿的。她像藤蔓一样攀上来，自然也打湿了楚星的衣裳。

楚星今日也算盛装，城月懊恼道：“啊，衣服湿了。”

“湿了让她们去洗就是了。”楚星的嗓音好像也被水汽包围了，变得朦胧起来。

楚星忽然有些懊恼，为何要叫城月生这个孩子？

城月察觉到他情绪的变化，追问道：“怎么了？”

楚星目光锁定她：“只是在想，为何日子过得这么慢？”为什么这孩子还不出来？

城月笑了：“慢一点才好，这样就能和楚星在一起很久了。”

但话刚说完，城月又有一瞬觉得时间过得还是很快的。比如说，不知不觉，就换了几次热水，此刻又凉了。

收拾完后，城月裹着小被子，给楚星念书，念的是《诗经》。她还有些字不太认识，念得磕磕巴巴的。念到“既见君子，云胡不喜”的时候，她笑嘻嘻地说：“这我知道，就是见到楚星，就很高兴的意思。”

楚星眸光闪动，点点头：“嗯，对，也是见到月儿就很高兴的意思。”不止如此，遇见她，简直是天大的幸运。

城月近来给孩子新想了个名字。如果是男孩，叫楚珏，如果是女孩，就叫楚玉。

她靠着楚星的肩，给他解释：“玉者，美也。”

“反正是很好的。”她大手一挥，胡乱解释。

楚星正儿八经地点头：“嗯，月儿说得对。”

时间不知不觉又过亥时，城月困倦得眼睛都睁不开，还与他说话。

“楚星……”

这一夜，城月睡得很安稳。她越发嗜睡，早上睡醒的时候，楚星已经去上早朝了。

彩蝶进来伺候她梳洗，城月伸了个懒腰，看向外头。今天天气没有昨日好，阴沉沉的，黑云低压，看着骇人。

雪蕊恰好从外头进来，也说起这天色：“外面瞧着要下大雨了，待会儿叫她们把东西都收进来。”

“昨天还出太阳。”城月鼓着腮帮子，收回视线。

“嗐，天气这种事儿，谁也不好说。不过说来也奇怪，以前冬天都难得下雨的，这看着还是场大暴雨呢。”雪蕊放下铜盆，拧干布巾，替城月擦脸。

城月不动，乖巧地让她擦脸。彩蝶替她梳好头发，又伺候她换好衣服。

城月今天穿的是宝蓝色的交领大袄，再配一个小金锁。

“好了。”彩蝶替城月整理好衣领。

城月闻言，兴奋地起身，跑向外头。黑云又沉了几分，顷刻间一道惊雷落下。城月刚跑到门口，听到这一声，微愣了愣，似乎被吓蒙了。

彩蝶忙追出来，要拉她进门。豆大的雨滴砸下来，落在院子里的地砖上。

城月缓过神来，拍了拍胸口：“打雷好吓人。”

雷声又轰隆隆过去，紧接着，雨声也大起来，噼里啪啦敲在屋檐上。这声音，听得城月心里突突跳，她命人取了纸笔来，在那儿练字。忽然又想起雨下得这么大，也不知道什么时候才会停，等楚星下了朝，岂不是就过不来了。

城月咬着笔头，又偏头去看窗外。天色一下子暗下来，好像时间倒退了一个时辰。

她恰好写到一个“家”字，又抬头和彩蝶说话：“对了，你上次问我那个问题，我最近有空的时候想了想。如果我的家人还活着的话，我应该不想找吧。因为过去很久了，反正大家都不认识，而且我已经过得很好了，何必给自己徒增烦恼呢。”

彩蝶一愣，低着头拍去自己身上的雨水：“可……若是他们还在思念着你呢？”

城月摇了摇头：“应当不会吧。这问题太难啦，不想这么多了。你看我最近学的，是不是写得还挺好看的？”她指着自己写的字给彩蝶看。

彩蝶点头：“是。”

“雨怎么这么大？”城月看向外头，雨似乎又大了一些。

看来楚星一定过不来了，才刚这么想着，就听见一阵脚步声。

城月抬头，和楚星遥遥相望。她起身奔过去，声音里带着喜悦：“你怎么来啦？下好大的雨。”

楚星迈过门槛，把斗篷解下来，斗篷湿了大半，他身上倒是没怎么湿。

“刚才打雷了，我记得你怕打雷。”

楚星在旁边榻上坐下来，有宫女端茶递水，还有宫女递上干净的方巾。

城月接过方巾，替他擦拭水渍，絮絮叨叨：“可是下好大的雨，你都淋湿啦，这样会生病的。”

楚星握住她的手，说道：“风雨凄凄，鸡鸣喈喈。既见君子，云胡不喜。”

是她昨天晚上念过的，正和此时此刻相呼应。

城月把布巾递给宫女，在楚星面前蹲下来，把手搭在楚星膝盖上，一双杏眼由下往上看，乌黑明亮。

楚星握住她的手腕，将她拉起来，放在腿上，再次解释这一句：“虽然今天下很大雨，但是我想见月儿，看见月儿就觉得很高兴。”

城月笑意渐深：“我也高兴。”

楚星虚搂着她，额头相抵，温存了会儿，才放眼去看桌上的东西。

“还没吃东西？”楚星眉头微低。

城月点头：“正打算吃。”

楚星松开手，放她下来，城月便在一旁乖巧坐好吃饭。

楚星随她一道坐下，他是吃过东西的，只看着她吃。外头的雨仍旧下得很大，殿内点了炭火，热意从炭火盆中一阵阵往外传，但是楚星身上热意更甚。

城月赖在他身边，有时候玩闹，有时候什么也不做。

到中午时，雨势又忽然加大，紧跟着电闪雷鸣。城月听见轰隆隆的雷声，心里有些发怵，盖了床被子，靠在楚星身上。

楚星哄她睡觉：“睡一觉雨就停了。”他的手轻拍着城月的胳膊，颇有种哄孩子的架势。

雪蕊误入殿中，只瞥见一眼，又迅速退出来，陛下与娘娘真是有种老夫老妻的感觉。

大雨滂沱，整个京城都被雨幕紧紧包围住。雨滴噼里啪啦落在檐瓦之上，一声惊雷之后，房内的说话声也止住，只剩下雨声淅淅沥沥。香炉里飘出一缕烟雾，沿着桌角爬上暗色的衣袖。

衣袖主人放下手中杯盏，又问道："丞相考虑得如何？"

来人正是李世康，李尚书。

李尚书来找丞相，丞相颇觉意外，听他说起今日来意，更是意外。李尚书今日前来，是为陛下的后宫。丞相知道李侍郎的小女儿也在宫中，但不甚得宠。其实陛下后宫之中，除去贵妃，都无恩宠。

李尚书说："我今日来找丞相，自觉冒昧，但昨日陛下刚把薛大人的女儿送回来，送回来的时候，被拔了舌头。我思及小女，实在觉得惶恐不安。小女年前已经被罚过一回，好在没伤及什么。可若有下回，可如何是好？"李尚书说着，做抹泪状，慈父形象跃然而出。

丞相心里有所动摇，但仍旧只是试探："尚书大人所说的，我都明白。只不过，老朽不懂今日大人来找我，是有何事？"

李尚书收敛悲伤，说道："还是那句话，丞相是否考虑同我合作？我也是老臣了，自然向着大昭，向着江山社稷的。但是我也有儿女，我不忍心叫女儿一辈子孤苦伶仃，只好为她谋一些出路。"

按理说，前朝后宫要分开，但古往今来，此二者，总是串联在一起，难舍难分。

丞相捋了捋胡子，叹一口长气，告诉李尚书："陛下上回与我说，要立贵妃为皇后。"

这个传闻已经很久，李尚书自然听说过，但还是故作惊讶："此话当真？陛下竟然如此说？可那贵妃不过一介宫女，家世卑微，更何况她是傻子，如何能做皇后？”

丞相嘴角一沉，赞同道：“我也是这样想的，可陛下似乎心意已决。若是她产下皇子，这事定然板上钉钉，再无转圜。”

即便如此，可那毕竟是当今陛下的第一个孩子。丞相还是抱有期待，这种矛盾实在难以平衡。

李尚书说道：“若是陛下能厌弃贵妃就好了，如此又能保下皇儿。”

丞相抬眸，浑浊的眼望向李尚书。一道惊雷从上空划过，房内的声音又听不分明。

城月被这道惊雷吓醒，醒过来的时候，人已经在床上。被子上似乎还沾染了楚星的气息，她嗅了嗅，目光在房内搜索，不过殿内一个人也没有。城月下床，唤彩蝶和雪蕊进来。

“楚星呢？”她问道。

彩蝶回答：“陛下有些事，刘总管过来后，便匆忙走了。”

“哦。”

因为下雨，时辰都不分明。城月看一眼天色，又问道：“什么时候了？”

雪蕊替她整理头发：“快到酉时了。”

“啊？”城月惊讶，“我这一觉睡得也太久了，两个时辰。”

殿中早就点了灯，灯火被风吹得微晃。

室内光线昏暗，只有近门口的两支蜡烛顽强地亮着，被从门口进来的风吹得东摇西晃，几乎要支撑不住。烛光映出一个修长的影子，转过正面，是嘴唇紧抿的一张脸。

底下人搬了椅子过来：“陛下，您请坐，坐下审吧。”

楚星退一步，撩开袍子坐下，目光紧紧盯着面前跪着的人。

那人低着头，背脊却挺得很直，似乎一点也不畏惧。

楚星厉声问道："是谁让你这么说的？"

那人冷笑一声，沉默不语，似乎打定了主意，要守紧消息。

楚星也冷笑一声，一抬手。

旁边的人得了吩咐，狰狞着上前，架住跪着的人。

另一个人手中拿着刑具上来，说道："我劝你最好还是老实一点。"

跪着的人抖了抖，坚决道："没有人指使我，奴才只是合理地猜测。"

楚星嘴角微扯，神情淡漠，显然并不相信这种说辞。

楚星没有叫人停下来，那个负责刑罚的人当然就继续下去。他手中拿着烧红的烙铁，落在跪着的人身上，瞬间响起凄厉的惨叫声。

楚星没看他，低头，视线落在自己脚尖，又问道："是谁指使你这么说的？"

那人仍旧咬紧牙关，于是又是几声惨叫。如此几番，那人终于松口。

"是……奴才招供，是……这事并没有人指使我，只是奴才是丞相的人，贵妃……贵妃也是丞相的人。"

楚星眼中闪过一抹厌恶之色："丞相的人？你这话是什么意思？若是你再说谎欺骗孤，你的命可就没了。"

"奴才……奴才不敢欺骗陛下，奴才有物证。在奴才房中，有一方手帕，是……是贵妃的，那便是贵妃与奴才接头的证物。"

那人颤抖着，继续说道："陛下若是不信，大可命人去搜。"

楚星死死盯着他的脸，眸中如海啸山崩，一字一句从牙缝中挤出来："你再说一遍。"

那人便又重复一遍："奴才说，其实贵妃是丞相派来接近陛下的，因为陛下常年不宠爱后宫嫔妃，丞相为江山社稷想，才命人故意接近陛下，获取陛下的恩宠。但是丞相未想到，陛下竟然如此宠爱贵妃，竟然意欲立贵妃为后，故而丞相才叫奴才把消息放出来。"

楚星伸手掐住他的脖子，一双眼泛起猩红："你再说一遍。"

"奴才……奴才是……"

楚星不等他说完，松开手，从腰间抽出剑……

众人心头一跳，反应过来，劝说楚星："陛下息怒，这人必是在编派贵妃。"

楚星眼神沉沉，望着说话的人，声音也忽然间哑下来："去搜搜。"

"是，属下马上去办。"

楚星将手中的剑放回去，脚步略有些沉，出了门去。

众人看着楚星的背影，忽然觉得皇上看起来有些落寞。

外面的雨还在下，楚星仿若不觉，从檐下踏出去，雨落在头顶上，没几步浑身就湿透了。

刘培恩原本在门口候着，看见楚星出来，正要开口，却见他直直往雨里去了。

刘培恩连忙呵斥身边的宫人："还愣着干什么？快去找伞啊，不懂事的东西。"

刘培恩也顾不上伞有没有找来，直接冲进了雨里，跟上了楚星的脚步："陛下，您这是……怎么了？"

昨日陛下叫刘培恩去查查宫中的流言到底是从哪儿传出来的，经过一番查探，终于让他查到了一个小太监身上。今日原是逮了这太监过来问话，也不知道问出些什么。陛下进去之前还是好好的，出来之后，仿佛变了个人。

楚星仿佛不曾听见刘培恩说话，只是一个劲儿往前走。

刘培恩心中着急，话也说得快了些："陛下，您到底是怎么了？您说句话呀？"

楚星突然转过头来，一双眼里全是阴沉和灰暗。

刘培恩一愣，陛下这种神情还是在许久之前见过，那会儿陛下若是不高兴了，也会如此。

楚星步子又往前去。

后面拿伞的小太监终于赶来："刘公公，伞来了。"

刘培恩拿了伞，又追上去："陛下，您是不是又不高兴了？要不，咱们去看看贵妃？”

楚星脚步一顿，终于开口：“不去。”

刘培恩又一愣，平常若是如此，只要说贵妃，陛下定然会变回来。可今日，似乎也不管用了。

刘培恩沉默地跟在他身后，为他撑着伞。

楚星说：“不许跟着孤。”

刘培恩还欲说话，被楚星的眼神瞪回去，只好停了脚步。

刘培恩的叹气声落在雨里，压根听不清楚。

他对身后的小太监说：“你们俩悄悄跟着陛下，不许叫陛下发现。”

“还有你，随我去坤宁宫，找一趟贵妃吧。”

“是，奴才们知道了。”

刘培恩看着雨中渐行渐远的陛下，转身随着小太监们脚步匆匆朝着城月那儿去了。

城月原本在用晚膳，还在说：“楚星今天好忙，还没来。待会儿我都要吃完了。”

她刚说完，忽然听见宫门口有动静，动作一顿。

城月抬头看向门口，不过片刻，便听见脚步声传来。

她以为是楚星，兴致冲冲跑出去，对上一身湿透的刘培恩，城月一愣。

“这是怎么了？”她打量一番刘培恩，问道。

刘培恩一跺脚，急忙说道：“贵妃娘娘，陛下似乎是出了些事，您还是快随奴才去看看吧。”

城月闻言心中一凛，一边急着要跑出去，一边问：“楚星怎么了？”

刘培恩觉得这事儿三言两语说不清楚，只好长话短说：“这事儿，奴才也说不清楚。反正陛下就跑了出去，奴才已经命人跟着了……反正您先跟着奴才去看看吧。”

“楚星是不是又生气啦？他是不是又伤到自己了？”城月也急得很。

彩蝶刚好过来，见城月往外跑，马上跟上来：“这是怎么了？跑这么快，雨天路滑，万一有个好歹，可怎么好？”

城月急得手脚无处安放，眼角渗出泪花：“我去找楚星。”

/ 第十七章 /

·“你会怕我吗？”·

原来所谓钦慕，也是如此虚无缥缈的东西。

城月说完，从彩蝶手里接过伞，便拽着刘培恩进了雨里。

彩蝶后知后觉地跟上去，一帮人慌乱地在雨中奔忙。

刘培恩问小太监：“陛下此时去了哪儿？”

小太监回答：“只见陛下往那个方向去了，也不知道去了哪儿。”

他们便朝着那个方向追上去，动静太大，惹得宫内一团乱。

楚星漫无目的地往前走，脑子里一片空白，只知道往前走。他从宫门路过的时候，柳枝恰好撑着伞经过。

宫中唯有陛下着那种穿着，即便隔着重重雨雾，她还是一眼就认出了那是陛下。

柳枝小跑过去，一些水花由鞋底溅出来。

“参见陛下。”柳枝举起伞，撑过楚星头顶。

楚星转过头来，和她视线相对，眼神如同地狱恶鬼。

柳枝微微往后退了一步，想起从前那些传闻，忽然胆怯了。

楚星将她的表情看在眼里，冷笑一声：“你害怕孤？”

柳枝立刻摇头：“奴婢不是……陛下您还是撑着伞吧。”

她握着伞的手指略微收紧，声音有些颤抖。这些细微之处，楚星看在眼里。

楚星忽而问她："为什么害怕孤？"

柳枝吞咽一声，心跳不自觉地加快，还是摇头道："奴婢……没有。"不过声音不大，没什么底气。

她自然是害怕的，陛下这副模样，简直如同修罗一般，好似下一秒就要人的命。柳枝低下头，不敢看他的眼睛。她想起自己从前为何钦慕陛下，在这一刻，那些钦慕好像都消失不见了。柳枝自己都没注意到自己在微微地颤抖。

楚星抬手扫开她的伞，伞骨折在地上，被雨吞没。

柳枝被他的动作惊到，当即"扑通"一声跪下来，背脊在不停地发抖："陛下息怒。"

楚星下意识去摸自己的剑，雨水落在他手里，也打湿了剑柄。他摩挲着剑柄，忽然想起城月的脸来。

剑被推出三分，声音混杂在雨声里，柳枝的心都提到嗓子眼，她甚至觉得自己下一刻就要丧命。

柳枝闭上眼，预料中的疼痛并未到来，只有脚步声从身边走远。柳枝惊魂未定，看着地上破败的伞发呆，许久才缓过神来，撑着起身。

没多久，她又看见刘总管与贵妃追过来。

城月语气着急，问道："你看见楚星了吗？"

柳枝眼神闪动，抬起头来。

她点头，给他们指路："是，陛下往那边去了。"

她话音还未落，城月就已经朝着她指的方向去了。

楚星只觉得胸口发闷，他捂着胸口，也不知道这是何处。他走了好远，似乎走得好累。他停下来，在墙边坐下，雨打在脸上，周身的血液仿佛都流得慢下来，情绪也很缓慢地在变化。

天色昏暗，檐下的灯承受不住风雨声，噗一下熄灭。

一阵杂乱的脚步声渐近，楚星听在耳朵里，但是不想有任何动作。他的目光仍旧垂着，落在眼前的地砖上，雨滴一颗颗砸下来。

楚星抬头，映入眼帘的是城月的脸。

城月一只手撑着伞，另一只手抓着他的手，一番查看，确认他没有哪儿有伤，才略带哭腔地开口：“楚星。”

楚星一动不动，只是看着她。

城月伸手，拿出自己的手帕，替他擦去脸上的雨水。

“不生气了。”她替他擦完脸上的雨水，才又看他眼睛。

“不生气了，好不好？”城月声音很轻。

忽然，楚星一把抱住她，力气之大，仿佛要把她的骨头都揉碎了。虽然有些疼，但城月还是没有犹豫地回抱住了他。

“不要不高兴了，好不好？”城月边说话，边吸鼻子。

她感觉到楚星抱她更紧。

许久后，楚星才开口：“好。”

城月听见这一句，又哭又笑：“楚星吓死人了，下这么大的雨，淋雨会生病的，生病就要难受。”

她头埋在他肩颈，蹭到一脸的雨水。城月吸了吸鼻子，微微松开手，和他鼻尖相碰，四目相对。

城月抿嘴笑，楚星看着她，也跟着笑了声。

他才不相信他们说的那些屁话，永远也不会相信。

他只相信他的月儿。

楚星捧住城月的脸，动作凶猛而又带着极强的侵略意味，撬开她的贝齿，一寸寸攻进。即便如此，城月还是回应他。

一众宫人原本在不远处等着，见此情此景，都低下头去。

城月拉楚星起来，把伞递给他：“楚星比较高，伞给楚星打。”

楚星握着城月的手，闻言手指微微地收紧。楚星接过伞，看着她的笑容点头：“好。”

楚星毫无目的地走了很远，此处离坤宁宫太远，众人便去了恒源殿。回到殿中，已经近戌时。

刘培恩叫人去准备热水，伺候陛下沐浴。城月对这事很有兴趣，非要横插一脚，混入了浴池间。

楚星泡在浴池里，头发披散下来。

城月轻手轻脚靠近他，想吓他一跳。结果刚走近，便听见他说："月儿。"

"嗯？"城月撇嘴，没劲，被猜到了。

城月靠近他身侧："怎么了？"

楚星看着她，目光怜惜，语气却有些虚："你会怕我吗？"

他伸手抚摸她的脸颊，城月抓住他的手，摇头："当然不怕。"语气似乎还觉得疑惑，他为什么会问这种问题。

城月伸手试了试水温，温热的，刚好。她拨弄着水，被楚星一把拉下来。

"啊，衣服湿了。"她小声抱怨。

"湿了正好让她们洗了。"楚星不以为意。

他紧实的胸膛一半浮出水面，一半沉在水底。城月的目光在他身上打了个转，而后伸手摸了一把。

"嗯……"她沉吟，话题却一转，"今天是为什么生气？"

城月低着头，手指在他腰间打转，磨红了一圈。

楚星说："因为有人说你骗我，我觉得很生气，我把他杀掉了。"

其实除了生气，还有一种害怕和不安。

害怕什么呢？因为听见那种话，觉得这世上的人，似乎都觉得他无可救药了。因而，害怕她也会有一天对这样的自己感到害怕——那个暴戾恣睢、杀人嗜血的楚星。

城月睁大眼睛，气鼓鼓地说："我怎么会骗你？"

楚星笑道："嗯，月儿永远不会骗我。"

“那当然啦，我最喜欢楚星啦。”城月昂首。

她话音未落，听见楚星说：“我爱你。”

“爱是特别喜欢的意思吗？”城月问道，“如果是的话，那我也爱楚星。”

她说着，又笑起来，楚星看着她的眼睛，轻叹一声。城月从他怀里挣脱出来，要从旁边池岸往上爬，被楚星又带回来。

“月儿今天也淋了雨，一起洗个澡吧。”

衣服湿漉漉地粘在身上，城月低头认真考虑片刻，点头：“好吧。”

楚星淋过雨，城月记挂着这一点，因而没同他胡闹太久，规规矩矩洗了个澡，换了衣服出来。

刘培恩已经让人煮了两碗姜汤，见两人过来，忙不迭把东西递上来。

“陛下，喝碗姜汤驱驱寒吧。这日子怪冷的，要是染了风寒就不好了。还有娘娘，您尤其得喝，毕竟您怀着小皇子。”

姜汤味道浓烈，城月接过来，便觉得一股刺鼻的味道扑过来。她浅尝了一口，忽然一阵反胃的感觉从胸口涌上来，她捂着嘴，忙把碗放下。

彩蝶见状，忙不迭上来替她拍背。

楚星皱眉，把碗拿远了些：“怎么了？又想吐了？”

城月一阵呕吐完，脸色有些难看，不过仍旧摆手：“没事，就是忽然闻到这味道有点难受，现在好了。”

因为她对姜味敏感，她那碗姜汤被拿下去了。楚星一口喝了自己碗里的，又命人去取了香珠含在嘴里。他既怕味道熏到她，又怕自己万一真受了寒，传给她也不好。

等确认自己身上味道散了，楚星才走近她。城月正在桌边写字，她字写得不算好看，但是别有一种可爱之感。

楚星悄声走近她身侧，轻声询问：“月儿在干什么？”

城月抬头，鼻尖上蹭了点墨汁。

楚星忍俊不禁，城月从他的笑意里恍惚明白什么，起身去照镜子，发觉自己脸上沾了墨汁。她抬手，直接用袖子擦。袖子却把墨汁从鼻尖带到脸颊，晕开来。

楚星轻啧了声，捧住她的脸，从袖中拿出手帕，沾了水，细致地替她擦去脸上脏污。

他的视线专注地落在她脸颊上，呼吸的气息喷洒出来，落在她颈侧，有些痒痒的。城月不自觉想动，被他按着肩膀："别动，还有一点。"

楚星说话时声音很低，格外的好听。有一瞬间，城月想到深夜无人的时候，他在自己耳边说话的声音。

她忽然脸红，这样的楚星，哎……好像更喜欢了。城月眨着眼，保持身体不动，等待楚星动作结束。

楚星替她擦去最后一点墨汁："好了。"

城月听见他这一声，仿佛听见什么命令，绷着的背脊一松，扑进楚星怀里。

楚星一愣，搂住她，感受着她的额头在他脖子间一通乱蹭，真的像一只猫。

"楚星怎么这么招人喜欢啊？"城月小声感慨。

楚星勾唇，也只有她会这么认为。

城月手上还拿着笔，一不小心，又把墨汁蹭到楚星的衣服上。她又在楚星衣服上蹭过一番，脸上又染上墨汁。

"啊啊啊。"城月推开楚星，急急忙忙地叫宫人打水来洗脸。

即便夜渐深，这一方天地里却仍旧热闹。

这雨下到深夜还未停，因而二人便宿在了恒源殿。

第二日，城月意外起了个大早，结果楚星比她起得还早。她醒来的时候，身边的位置已经空了。

城月揉了揉眼，没叫宫人进来伺候。她披了件衣服，在殿中四处找楚星。

楚星在门口站着，神情严肃，不知道在想些什么。

城月叫了一声："楚星。"

楚星回过头来，冲她微微一笑。

雨已经停了，甚至连庭院中的水渍都干了一半。略带寒意的风吹过来，城月一个哆嗦，紧了紧衣服。

“怎么起这么早？”城月小声说话，自觉地往他怀里凑。

楚星顺手揽住她，下巴搁在她头上：“在想一些事情。”

“什么事情？”

楚星无声笑道：“昨日那个骗我的人，他说自己是受丞相指使，后来我派人去查，果真如此。真是费尽心思，好生筹谋。我在想，要怎么处置丞相？”

楚星说着，轻叹一口气：“月儿觉得呢？”

城月还记得丞相的白胡子，她沉吟片刻后说道：“丞相已经很老啦，不要太为难他啦。”

“好，听月儿的。”楚星的下巴蹭了蹭她的头发。

晨风还是清冷的，城月感受到一丝凉意，往楚星怀里又缩一分：“好冷啊，咱们进去吧。”

此事楚星压了消息，没传开。不过那天在宫里，很多人都看见了，还是免不得有些闲言闲语。不过城月和楚星都不听那些闲言闲语，别人说别人的，他们俩做自己的。

楚星也没问罪丞相，风平浪静得好似什么都没发生。

李世康派人去打听消息，眉头皱成一团，喃喃自语：“怎么会什么也没发生呢？”

这太不同寻常了。

若是能有什么功效，那定然早翻了天；即便是失败了，也应当会查到丞相头上去。以当今陛下的性格，定然不会和丞相善罢甘休才是。

李世康摸着胡子，在房中踱步，实在不明白，怎么会一点消息也没有。待他踱步几回，终于提笔给李珠写了一封信。

这信送到李珠手里的时候，距离陛下那日雨中暴走已经过去两日。

李珠屏退左右，信中是问她，近来后宫可有什么消息。

李珠皱眉，近来哪有什么大事，除了那天晚上陛下独自在雨中走过，贵妃与刘总管跟在后面，动静颇大。看父亲这问话，说明这事定然与父亲有关了。

李珠看过信，便将信烧了，提笔给父亲回信：没什么大事，女儿一切都好，望父亲也安好。

她刚将信送出去，便看见柳枝鬼鬼祟祟地过来。李珠差一点忘了这位是谁，略想了想，才想起来：“你今日来找本宫，可有什么事？”

柳枝扑通一声跪下来，声音颤抖：“娘娘，奴婢是想……请娘娘想想办法，将奴婢调远一些。”

她脑子里冒出那天夜里和陛下相见的情形。陛下当时差点杀了她，她察觉到了。

“哦？”李珠对柳枝的来意倒是意外，“你不是钦慕陛下吗？怎么又要离陛下远一些？”

柳枝咬唇道：“奴婢……奴婢觉得陛下……陛下他……过于凶残。”

李珠听明白了，愣愣地在一旁的榻上坐下：“你为何又变了想法？”

她抬手握住茶杯，说话声音很轻，看似在问柳枝，又似乎不是在问柳枝。

柳枝沉默不答。

许久后，李珠才开口：“本宫知道了，本宫会想想办法的，你下去吧。”

柳枝谢了恩，退出去。李珠放下茶杯，手指撑着自己的太阳穴。

原来所谓钦慕，也是如此虚无缥缈的东西。

京中冬季难熬，可若是习惯了，又觉得日子过得飞快。

眨眼便是二月底，冬寒威力已经大减，被春风吹得一寸寸败退。原本光秃秃的树枝，又抽出嫩绿的新芽。

这时候的御花园，放眼望过去，层次分明，倒别有一番兴致，虽然还未开几朵花，也是一番好风景。

这风景只有楚星与城月二人欣赏。两人依旧是在亭子里坐着，边上放了个小炉，炉上置了一个大壶，大壶中装了一半的水，水已经烧沸腾，里面温着一对小银壶。一只壶中是酸甜可口的乳饮，另一只壶中是温水。

城月肚子渐渐大起来，身子越发笨重。楚星看见她这样，更是紧张，嘱咐人出入都随身跟着。楚星一只手虚揽着她，另一只手取了旁边的小银壶，倒了一杯热茶，又兑了些凉的，才送到她嘴边。

城月仍旧闭着眼，微微张开嘴唇，汲取一些水分。水中放了些糖，带些甜味。城月懒懒睁眼，与楚星对视："过两日是我生辰，楚星。"

楚星点头："嗯，我知道，月儿想要什么礼物？"

城月沉思，她的生辰是明月姑姑捡到她那天，真正的生辰谁也不知道。从前她生辰，明月姑姑若是记得，便给她做一碗长寿面，若是不记得，就什么也没有。后来明月姑姑死了，她就没过过生辰了。

今年因为有楚星，所以好像格外地想过。

城月想得为难："好像没什么想要的，因为都有了。"最后还笑嘻嘻地说，"想要和楚星一直在一起。"

从御花园回来，已经是下午了。因为城月生辰将近，坤宁宫里又颇为热闹。

楚星下令叫人好好布置，张灯结彩。

城月看着觉得太过分，说道："这也不用吧，楚星。"

楚星不依她的，执意如此，除去这些，甚至还特意找了个戏班子来唱戏祝寿。还叫人给其他宫里送了好些东西去，由头当然都是贵妃生辰。

城月扶着楚星的手，抬头便看见宫门口两个大红灯笼在风中打转，灯笼上还写了个"月"字。

她眼睛一亮，指着灯笼说："楚星，上面还写了我的名字！"

楚星点头，看她一蹦一跳，不由得牵她更紧："嗯，月儿喜欢吗？"

城月点头："喜欢！"

迈过宫门，才发觉何止是多了两个灯笼，从门口进来的路上，插了两排桃花枝，一路延伸至大殿门口。城月喜欢桃花，不由得叫出声来："好多桃花。"

城月顺着桃花往前，一路走到门口，门前多了两个用花枝编成的架子，花红叶绿，煞是好看。这时节，桃花才刚开，哪儿来这么多桃花？

城月觉得惊奇，问楚星："这些花是哪儿来的？"这些东西，她今天出门前还没有。不过短短两个时辰，竟然就凭空多出来了。

楚星领她进门："养出来的。"

要让花开，就得要有春天的温暖。这些花，还是费了不少功夫。不过这会儿能看见城月的笑容，楚星觉得花费的这些功夫都是值得的。

室内也新添了不少东西，原先的屏风换了新的，桌椅床榻被褥都换了新的。

看到屋内从头到尾焕然一新，城月又惊叹："哇，楚星。"

楚星扶她在榻上坐下，榻上的软垫比之前的更加舒服，城月蹭了蹭，才转头看向楚星，一双眼里全是惊喜和感动，她懒懒伸手，勾住楚星的脖子。

"楚星对我也太好了。"

她肚子凸起，抵在二人中间。

楚星一把抱住她，放她在椅子上坐下："月儿喜欢就好。"

生辰这日，楚星很早就忙完过来陪城月。

楚星到坤宁宫时，城月还在梳妆。今儿是大日子，雪蕊一直碎碎念着，要给城月打扮得好看一点，但又不宜太隆重，因而费了些功夫。

见楚星从镜子里看自己，城月转过头来。她的妆面已经弄好了，只差发型，这会儿头发全散着。

城月问楚星："好看吗？"

楚星点头："月儿什么时候都好看，今天尤其好看。"

雪蕊按着城月，替她绾发："娘娘您别乱动。"

雪蕊今天很高兴，另一边的彩蝶却闷闷不乐。

彩蝶心想：城月若是我妹妹，这生辰定然不是今日。

看城月越高兴，彩蝶心里越不是滋味，转念又觉得计较这些也没什么意义。

待城月一切弄好，时间已经过去不少，楚星和她一起往熙园去。

熙园便是戏班子唱戏的地方，今天自然也邀请了其他人一起来。他二人到的时候，熙园里已经颇为热闹。

他们一进门，熙园里便安静下来。上回已经见识过陛下和贵妃的恩爱，这一次也没什么大差别。陛下紧紧牵着贵妃的手，目不斜视，眼里只有贵妃。

上一回陛下在雨里暴走的事，众人皆有耳闻，至于是什么原因，也没人清楚，更没人敢打听，总归是觉得陛下骇人。

楚星与城月一道坐下来，等他们落座，气氛更热闹起来，戏也悠悠地开场了。

城月刚坐下来，刘培恩便从旁边急急忙忙过来，手中还拎着个东西。城月正疑惑，他已经到了桌子旁边。他手里拿的是一个食盒，食盒里是一碗长寿面，还冒着热腾腾的热气。

城月眼睛微微睁大：“长寿面？”

刘培恩笑嘻嘻地接话：“可不是嘛，娘娘趁热吃吧，可香了。这汤可是用了老母鸡熬的，虽然看着是一碗素面，其实啊，味道可好了。”

见刘培恩目光期待，城月又看了一眼楚星，拿起筷子，尝了一口。

的确很好吃，面条很筋道，汤底鲜美，她赞叹道：“好吃！”

楚星道：“好吃就多吃点。”

楚星含笑望着她，视线之中再无其他人。周边的人本想安心看戏，无奈又忍不住要关注这两个人，闻见食物香味的时候，更是忍不住看过来。

城月三两口吃完面条，摸着肚子感慨：“我好久没吃过长寿面了，也好久没人给我过生辰了。”

楚星闻言，心中一揪，从桌子底下勾住她的手指，小声说道：“以后每年都陪月儿过生辰，好不好？”

“好呀。”城月从他手心里挣脱出来，勾住他的小指，“拉钩。”

戏快唱完的时候，那几个唱戏的忽然凑到城月跟前来，吓了她一跳，下意识抓住了楚星的手。哪知道，他们在城月跟前翻了个滚，最后由一个人滚到城月跟前，落下一卷横幅，上面写着：福如东海，寿比南山。

城月反应过来，又惊又喜，拍手叫好。

楚星见她笑，便叫刘培恩赏。戏班子的人得了赏赐，谢了恩，而后退下去，热闹便散去不少，留些余韵，众人回味。

众人本想着这下子该散了，谁知道看一眼陛下，似乎全然没有要走的意思。

就连城月也疑惑，她原本都要站起来走了，又被楚星拉住坐下。

楚星忽然起身，气氛一下子变得凝重。

城月不明所以地看着他，跟着他站起来。

楚星开口道：“值此佳时，孤有一事宣布。自孤即位以来，后宫一直无主，如今也是时候了。贵妃嘉懿端庄，实乃孤心之所向。”

他这话一出，众人皆是惊讶，惊讶之余，又觉得终于到了这一刻。

不知道是谁先开口的：“嫔妾参见陛下，参见皇后娘娘。”

于是，众人都跟着行礼参拜。

直到走出了好远，城月才反应过来。

她掐了自己的脸一把，喃喃自语：“我刚才没做梦吧？”

楚星握住她的手，又捏了捏她的脸颊：“不是在做梦，日后月儿就是孤的皇后了。”

楚星见城月撇着嘴，有些紧张：“怎么了？”

城月看着楚星的眼睛，说道：“可是做皇后要学好多东西，以前练的那些字我都还没学会。”

楚星松了口气，无奈道：“那就不学了。”

城月觉得这似乎不大妥当："可以不学吗？"

楚星点头："可以。只要我在一日，月儿便想做什么就做什么。"

城月歪头，又靠过来，叫他的名字："楚星。"

"嗯。"

皇后有金印以及宝册，楚星早就备好，待他们回到坤宁宫，东西便送了过来。

城月对那金印还挺有兴趣，拿着金印沾了印泥，到处盖章玩。

彩蝶原要劝她，楚星看彩蝶一眼，摆手道："不必拦着她，随她去吧。"

城月的肚子已经很明显，众人看着她玩闹，也很紧张。只有陛下在的时候，可以稍微放松些。

等入了夜，城月还是要了生辰礼物，她要楚星。

夜还很长。

一晃到三月上巳节。

往年这时候，应当是嫩绿过渡到翠绿，满眼的生机。可今年从那场反常的大雨开始，天气一直有些怪，这时节仍旧冷得很，叶子才冒了点尖儿，瞧着仍旧是清冷。

按理说，这一日是应当出游踏青的，还可以放风筝。

可这样的天气，城月又挺着肚子，去哪儿都让人不放心，彩蝶她们全拦着。

城月闷闷地待在宫里，她还想出宫去玩呢。和彩蝶她们说不通，城月只好和楚星说。

"楚星，我想出去玩。"她蹭着楚星的胳膊，语气不自觉地带了些撒娇意味。

她几乎是本能地这么做，有时候自己也没意识到是在撒娇。

楚星闻言，抓住她下巴，轻啄一口，却没立刻回答，反而沉吟道："可你如今身子不便，出宫会很累。"

"那可以坐马车，坐在马车里就不累了。"

楚星还是沉默。

城月继续说服他："而且，有楚星在的嘛，去玩嘛，去嘛去嘛。"

楚星轻叹，眼中含笑，妥协道："好好好，去去去。"

城月立刻神情舒展，惊喜不已："真的吗？"

"嗯。"楚星扣住她手指，吩咐刘培恩去准备马车。

上一回他们偷偷出宫，把宫里的人吓得半死，这一回，刘培恩说什么也要让侍卫跟着。

楚星本欲拒绝，还未出声，却感觉到城月在挠他掌心。

"那就让他们跟着嘛，反正也没什么事。"

楚星改口："行，那便叫他们跟着吧。"

因为是正儿八经出宫去，一众宫女还特意商量着带了许多东西，吃的喝的。

这些城月都不关心，她只是从旁边拿了个风筝，眼巴巴看着楚星。

楚星如何能拒绝，只好同意："好，带上它。"

出了宫门没多久，就能感觉到街上的热闹。

车厢里只有楚星和城月二人，车厢很大，坐垫上皆铺了软垫，角落里燃了炉香。城月听着外头的喧闹声，忍不住掀开帘子探头出去看。

侍卫换了便衣，彩蝶和雪蕊也换了便衣，都跟在外面。

城月半边身子探出窗，被楚星拉回来："太危险了，不许这么做。"

城月吐舌头："好，下次不会了。"

今天看见的东西和上一回所见的差不多，城月却兴致不减。等马车一停下来，她就兴致勃勃地拉着楚星去买小玩具，还有小吃食，轻车熟路。

不过她近来胃口又不大好，吃不得油腻的东西，楚星没给她买吃的，只买了几个小玩意儿。

今天出行的以年轻人居多，年轻的公子姑娘们个个面上带着笑意，很是衬这春天。

城月看着他们的笑容，也莫名跟着高兴。因街上行人拥挤，楚星顾着城月，将她护在身边。

一行人沿长街一路往下走，一直走到城门口。城外的一大片空地上，男男女女或是在放风筝，或是在草地上坐着，好不惬意。

城月眼馋，巴巴地看着。

楚星会意，命人去取她的风筝来。

城月抓过风筝，笑意全写在脸上。楚星不许她和别人一样跑，只许在附近转转。

城月一手抓着风筝的转轮，一手放风筝线。今天天气还算晴朗，但风吹在人脸上还是冷。

城月全神贯注盯着风筝看，只见风筝越飞越高，与蓝天白云相得益彰。

忽然，风筝的线断了，风筝顺着某个方向坠落，城月“啊”了声，很是惋惜。

“风筝断了。”她看着手里的线。

楚星叫人去捡风筝回来，安慰她：“没关系，再买一个就好。”

城月瘪着嘴，不情愿道：“不要，算了，不放风筝了，我们去坐会儿吧。”

她没来由地生气，一个人气鼓鼓地往前走，到一棵树前停下来。这时候的草地上还带着露珠，若是这么坐下去，定然会弄脏衣服。城月正犹豫着，却见楚星解下了身上的斗篷，放在她脚下。

“坐下来休息会儿吧。”

城月看着楚星，忽然一股委屈涌上心头。她咧嘴，眼泪断线似的掉下来。

城月很少这样哭，楚星毫无经验，一张冷峻的脸上透出些迷茫。

他揽过城月，哄道：“怎么了？月儿怎么不高兴了？”

城月瘪着嘴不说话，一个劲儿掉眼泪，哭了会儿才含混不清地开口：“我也不知道，我就是……就是突然觉得委屈。”

楚星摸着她后脑勺：“没事儿，太医说了，有身孕的人会这样的。”

城月把眼泪都蹭在他衣袖上，吸了吸鼻子，瞪着眼：“风筝断了就断了，不要它了！”

“嗯。”楚星应和。

楚星本是外貌出众的人，气质冷峻，可一面对怀里的人，又瞬间冰雪消融。这等反差，引得不少人看过来，其中就有好些没出阁的姑娘。

一位生得张扬的姑娘，虽说穿着京城时兴样式的衣裳，不过看面相总是觉得不大像京城人士。

姑娘的目光紧紧落在树下依偎的两个人身上，忽然大步一迈，朝着他们走过来。

旁边的侍卫早注意到她的动作，警惕起来。

那姑娘在不远处停下，指着楚星说：“喂，你叫什么名字？我看上你了。”

楚星眉宇之间涌上阴郁之色：“走开。”

城月抬头看她，这姑娘生得是很好看，只不过太凶了。

她心智与常人不同，又依赖楚星。那人凶巴巴地看人，看得城月有些害怕，下意识往楚星怀里躲。

楚星不耐烦地重复一遍：“走开。”

那姑娘闻言，面目狰狞起来，一跺脚就开骂：“你知道我是谁吗？你敢这么和我说话？”

楚星给旁边人使了个眼色。

侍卫会意，将那人带下去。那人骂骂咧咧地被带到远处，楚星啧了声，心情瞬间不好。

城月安抚他，伸手戳向他嘴角，挤出一个笑容的形状：“好了好了，不气不气。我也不气，楚星也不气，我们换个地方坐。”

她说完，拉着楚星起身，另外寻了个安静的地方坐下来，看这还有些清冷的三月天。

城月靠在楚星肩上，一切都安宁。

“啊。”城月忽然出声。

楚星忙问：“怎么了？”

城月失笑：“宝宝好像动了一下。”

楚星难掩惊讶之色，又缓缓伸手放在她肚子上，头低下去，耳朵贴在她肚子上。

“是吗？”他的声音竟有些沙哑。

/ 第十八章 /

· 有楚星就行了 ·

年轻的帝王抱着他心爱的妻子，步调沉稳，一步一步走下台阶。
身后的天空里，星星闪烁，月亮明朗。

楚星连呼吸都放缓下来，生怕自己的呼吸惊扰了这一刻。他把耳朵贴近，极为认真地感受着那细微的动静。

这是一种很奇怪的状态，好像一下子就成了一个父亲。

楚星从未想过，有一日他能成为这样一个期盼孩子降生的父亲，原以为这是多么遥不可及的事情，此刻却近在眼前。

城月也被他弄得很紧张，焦灼地问道：“你听见了吗？楚星。”

楚星点头，眼神闪动，声音忽然有些哽咽：“听见了。”

城月歪头，摸着自己的肚子：“好奇妙哎，我肚子里有一个会动的宝宝。”

她言语天真，楚星听了不由得一笑。

他们出来半天了，此刻已经到了下午。这会儿天气转凉，风愈发带着凉意。

楚星说道：“不如咱们回去吧。”

“好。”城月点头，由楚星扶着起身，慢吞吞回城里去。

侍卫站在马车旁边，护送他们。侍卫虽然都穿着便装，但目光警惕，在来往人群之间逡巡，注意着可能的危险。

在角落处，有一双眼睛盯着这里。

正是先前在城郊冒犯楚星的那位女子，待马车起步离去，那女子才从暗处走出来，拍着手，喃喃自语：“啊，看起来还是个贵人。”

这女子叹口气，转身进了南楚使团下榻的驿站里。

南楚使团抵达京城比预计的时间晚了许久，听闻是路上遇到了暴风雪，因而耽误了些时间。

楚星已经命人接待使团，时间便是今夜。

楚星送城月回宫，又在宫中略坐了会儿。她宫里零嘴吃食是不间断的，反正御膳房总是先紧着坤宁宫送。

不过有了上回的教训，城月每次吃什么都会克制一些，不吃太多。加上太医也说，若是吃得太多，可能导致孩子太大，生产时有困难。

女人生孩子就是在鬼门关走一圈，楚星心中担忧，也特意命她身边的宫女看着，不许她吃太多。

“我走了。”

“嗯。”城月和他挥手告别，似乎对他离开这事儿还挺高兴的。

楚星有一瞬间怀疑自己失宠，不过还是面上带笑。

刘培恩见状，笑着打趣道：“皇后娘娘当真天真烂漫，谁见了都喜欢。”

楚星笑意不减：“是。”

离了坤宁宫，楚星的仪仗便往明月台去。明月台向来是宫中宴席之所，无论是宫宴，还是接待外宾，皆在此处。今夜宴请南楚使团，也是在此。

南楚居于大昭之南，原是番邦小国，后归顺大昭，成为附属国，每年上贡。此次南楚使团前来，不但带来贡品，还带来了南楚公主和亲，以表诚意。

楚星即位之后，这还是第一回。不过先帝在时，曾有过先例，因而楚星只让底下人一切按照先例办。楚星原本想带城月一起来，可考虑到她如今身子不方便，奔波过于劳累，到底还是作罢。何况这种场合，月儿也不喜欢。

这会儿已经月上梢头，楚星抬头望一眼明月，心说：这场合我也不喜欢，只盼能早些结束，回去见月儿。

楚星如此想着，步子加快了些。

他迈过明月台的大门，听见里头已经颇为热闹。

南楚人生来喜欢热闹，且不拘小节，不等楚星来，就已经开始饮酒了。楚星进门，睥睨一眼，从中间大道穿过桌子，在椅子上坐下。

“今日特请诸位前来一聚，各位不必拘束。”

南楚使团为首的，是位二十出头的青年，是南楚的王子。王子起身，举杯相敬：“参见大昭皇帝陛下，感谢大昭对我南楚多年来的照拂，为表诚意，特将我们的公主献给陛下。”

楚星懒懒抬眸，看一眼那劳什子公主，一愣，这人他下午刚见过。

楚星脸色微沉，连虚伪的笑容都懒得给。

公主却仿若不觉，摘了面纱，自我介绍：“陛下，我叫伊尔，很高兴今晚能见到陛下。”她这会儿已经换上南楚的装束，笑容明丽动人。

一众大臣窃窃私语，楚星却没什么兴趣，他一抬手，刘培恩就明白了意思，便宣读了圣旨，赐美人位份，居明华宫。

伊尔谢了恩，目光却紧紧落在楚星身上。她嘴角微扬，对楚星很有兴趣。这位陛下英俊非凡，她更是喜欢。下午的时候，他身边还有一位怀孕的少女，想来就是皇后娘娘了。伊尔打听过消息，皇帝陛下十分宠爱皇后，只可惜，皇后娘娘是个傻子。

伊尔想到此处，不免又看向楚星。像这么优秀的人，应当是属于她的。至于传闻说这位陛下脾性暴躁，甚至杀人如麻，伊尔才不怕，她们南楚的男人，还会驯服猛虎呢，这传闻反而让她更想征服眼前这个男人。

伊尔端起酒杯，一口饮尽杯中的酒，暗暗下定了决心。

觥筹交错尽数退去，已经是深夜。

楚星很早就想走了，无奈寻不到机会，他又不能大发雷霆，还是忍到了宴席结束。

南楚人离开的时候，并没有带走伊尔，伊尔既然已经献给陛下，成了陛下的美人，便该留在宫里。

伊尔本想趁机来寻楚星说话，无奈被人拦下，再抬头，楚星已经不见踪影。

伊尔心中懊恼，被宫女领去明华宫。明华宫除了伊尔，还住了已经入宫一年的钱美人。

钱美人入宫这么久，毫无恩宠，加之见过皇后与陛下的恩爱，已经心如止水，只想在宫中养尊处优地过完这一生，因而对新来的伊尔一点兴趣也没有，甚至都懒得出门看一眼。

伊尔从小就是娇生惯养、众星捧月，见此心中一梗。钱美人不找她，她便去找钱美人。

“这位姐姐，我是新来的美人，你好。”伊尔主动问好。

钱美人这才与伊尔打了个招呼，看她年轻气盛，心生恻隐，关照道：“你既然入了这宫，可得安分些，千万别招惹陛下，更别惹到皇后娘娘。”

伊尔不屑，下巴微扬：“实不相瞒，我看上了陛下。”

钱美人一脸看傻子的表情看着她：“你最好清醒一些，可别怪我没提醒过你。”

伊尔只当耳旁风，默默握拳：我心中只有楚星，我一定会成功的。

第二日，伊尔便带了南楚的特产去坤宁宫拜访，不过吃了个闭门羹。伊尔并不灰心，仍旧站在料峭春寒里等着。

坤宁宫内，城月正在喝鸡汤，听见雪蕊来报，说是外面来了个新封的美人，想要见她。

“不知道安了什么心，明明陛下都说了，不许她们来见。”

“可能她不知道吧，你都说她是新来的了。”

城月也觉得很奇怪，毕竟楚星都明明白白说过，他不喜欢那些女人，也不知道为何那些人还是要送女人进来。

城月吹了吹手中的汤，忽然想起别的好玩的事，于是和雪蕊说起，这一说起，就过去半个时辰。

伊尔还在门外等着，等得牙齿都打战了，里面的人还是没有半点要见她的意思。她想：这皇后娘娘真小气，毫无容人之量，一定是觉得我太貌美，会威胁到她的地位。

伊尔正犹豫接下来该怎么办，忽然听见身后有动静，转身一看，正是楚星过来了。她心中一喜，就要凑上去。

楚星往后退了一步，问刘培恩："怎么回事？不是说了不见，还不快赶了去？"

刘培恩点头，连忙差人把伊尔带走。

伊尔被带走之前，从敞开的半扇门里，看见挺着肚子的城月扑入了楚星怀里。

楚星接住人，笑起来，那笑容实在是好看极了。伊尔一时看呆。

随后门被关上，什么也瞧不见了。

两个太监将伊尔带出去好远，劝道："这位主儿，您日后还是远着些……"伊尔听不见他们后面说了什么，目光愣愣的，脑海中只有楚星的笑容。

楚星接住城月，吓了一跳，语气略微有些严厉："怎么这么急？不是说不许跑这么急了？"

城月吐舌头："我忘了。"

楚星紧紧抱住她，和她一起进门去。先前她和雪蕊聊天聊得热火朝天，鸡汤也忘了喝，摆在一边，都凉了。楚星叹口气，叫人拿下去重新热。

"你啊。"楚星抬手，欲在她额头上轻敲一下。

城月下意识地闭眼，意料之中的手指却没落下来，反而落下一道温柔的触感。

“好好吃饭，嗯？”楚星的声音从她头顶传来。

城月睁开眼，笑容渐深，伸手环抱住楚星的腰：“下次一定不会了。”

天气还是冷，若不是因为要处理政务，楚星估计整天都要住在坤宁宫里。

回到恒源殿的时候，刘培恩不在，也不知道去了哪儿。楚星进了门，才发现屋内光线昏暗，他心头闪过一种不好的预感。

他停了脚步，将房间打量一圈，手不由得握成拳头，心中越发警惕。他谨慎地绕过屏风时，原本留着的灯烛倏然熄灭，有破风的声音在他身旁响起。

楚星闪身避过，并从架子上拿过自己的佩剑。

剑出精光，落在那人的脖颈之上。

楚星冷眼添了几分凌厉，质问道：“你是谁？”

屋中光线昏暗，对面人的脸看不分明，但长发垂下来，加上有清淡香味，可见是个女人。

女人开口，婉转娇声：“陛下。”

这声音听来耳熟，似乎有些印象，可又不记得这人到底是谁。楚星将剑推近喉咙几分，不管这人是谁，总之都最好滚远一点。

那人又开口：“如今皇后有孕，难道陛下一个人不寂寞吗？是奴家不够漂亮吗？”

她说话间，手缠上来。她原想着，这种佳人在面前的时刻，总归会得些温情，可她想错了。

楚星用剑鞘推开了她的手，用力很重。

她痛呼出声，又骂道：“你这个人，怎么如此不解风情？”

楚星终于想起来她是谁，不就是那位南楚的公主？

楚星脸色更冷，那把剑从她脖子上擦过去，留下一道血痕，血痕不算浅，却也不危及生命。

他干净利落地收了剑，冷冷地说：“来人，拖下去，禁足半年，没有孤的准许，不许出宫。”

伊尔马上就被侍卫拖了下去。

“哎，你们干吗？放开我……”

楚星都不想多看伊尔一眼，若不是为了月儿，他甚至想一剑杀了她。

但若杀了伊尔，南楚必然不满，说不定就要闹事，若是南楚起事，那势必不太平……楚星又冷声指使宫人把这屋里所有东西换成新的。

侍卫们哪里知道这女人是怎么混进来的，这等大事，只怕要脑袋不保。众人皆是面如死灰。谁知道陛下只是罚了些俸禄。

收拾屋子需要些时间，楚星不得已去了御书房，借着一腔的不高兴，倒是很快批阅完了折子。

楚星折返坤宁宫时，城月已经换了寝衣，正准备睡觉，见了他，面上一喜：“楚星，你怎么这么早就过来了？”

楚星点头，在床边坐下：“处理完了，便过来了。”

城月给他腾开位置，看他脸色，明白他此刻情绪不算好，小声问道：“怎么了？他们又说什么不好听的了？”

“没有。”楚星摇头，“没什么事，月儿别担心。”

城月因为肚子越发大了，晚上睡觉不太方便。楚星脱了外衣，在她身侧躺下，轻拍着她的背，安抚她睡觉。城月近来越发嗜睡，不仅晚上要睡足，白天还要睡一个时辰的午觉。她靠在楚星怀里，很快熟睡过去。

宫里的灯火安稳地燃着。

第二日，太阳初升。

楚星醒过来的时候，见城月还在睡着，抱着被子一角，嘴微撇着，不知道是又做了什么梦。

楚星要去上朝，因而轻手轻脚地起床，从她身侧离开。

临走的时候，他又吩咐：“待她醒了，着人来通知孤。”

城月的确做了一个好长的梦，梦见她生了个孩子，孩子一直哭，怎么也停不下来。她抱着一直哇哇哭的孩子，叫着楚星的名字，可是楚星怎么也不出现。她抱着孩子一直跑啊跑，跑了好远的路，终于找到了楚星。

可楚星不理她，身旁还跟了个别的女人。

城月把孩子往前送了送：“你看，我们的宝宝出生了。”

楚星冷眼从她身边走过，而后她便醒过来。醒过来的时候，她一身的汗，嗓子也莫名地干渴。

“彩蝶。”城月略带哭腔唤人进来，小嘴嘟着，一脸不高兴的样子。

彩蝶和雪蕊一同进来，彩蝶伺候城月穿衣，雪蕊则伺候城月洗脸。

城月眼角还挂着泪珠，瞧着就是做了噩梦。

彩蝶笑着问：“怎么了？做噩梦了？”

直到雪蕊伸手在她跟前晃了晃，城月才回过神来。

城月长叹了口气，点头说：“嗯，做了一个好长的噩梦，特别吓人。”

城月里衣都湿透了，另换了一身。

雪蕊替她擦干净脸，笑道：“梦而已，娘娘不要放在心上。再说了，梦都是反的，梦见不好的事，一定是说明要发生好事了。说不定啊，您要生个小皇子呢。”

城月摸自己肚子，喃喃道：“是吗？”

“是啊。”雪蕊很笃定。

城月的注意力顺利被她分散了：“可是，女儿也很好啊。”

“是是是，都好，那就生两个好了，一个男孩，一个女孩。”

“这样也好。”城月打个哈欠，看一眼天色已大亮，她睡了很久。

楚星临走前说，若是城月醒了，立刻通知他。

过来通传的小太监在门口候着，只见门口跪了个大人，不知道是犯了什么事。

小太监看一眼那大人，便被狠狠瞪回来，小太监心中一惊。还好这时候，里面来人宣他进去，小太监把消息送到，便折返坤宁宫。

小太监回来的时候，城月已经用过早膳，在廊下坐着晒太阳。城月拦住他，问起消息：“楚星是不是在忙？”

小太监低着头：“回皇后娘娘的话，陛下这会儿抽不开身，好似又生了好大的气。御书房门外还跪了位大人，那大人属实凶，奴才就看一眼，他还瞪奴才。”

城月觉得惊讶：“啊？还有这种事？你知道发生了什么吗？”

小太监摇头：“奴才不知。”

城月点点头，从躺椅上起身，要去御书房。

彩蝶忙不迭叫人去备轿辇，轿辇停在御书房门前，城月下了辇步行。门口确实跪了个人，城月匆匆看了一眼他的背影，便被刘培恩领进门去。

御书房里看不出什么情况，不过原本在桌上的那只杯子不见了，估摸着又被摔了。

可怜的杯子。

城月奔向楚星，一把抱住他，拿头蹭他的胸口：“我做噩梦了。”

楚星抱住她，顺着她的话往下问道：“做什么噩梦了？”

城月在他腿上坐下：“梦见楚星不理我了。”

“假的。”楚星出声很快。

城月笑了声，抓住他的手，仔细看了看，没发现哪儿伤到了。她松了口气，说道：“嗯，假的。”

楚星今天又是为南楚人生气，南楚使团还在驿站，今日早朝后，却听闻那南楚王子夜里被行刺，闹得满城风雨。

这事儿是由李瑾负责，自然他要担责，故而才跪在外面。

楚星又想起昨晚那个南楚女人属实烦人，这些事情又不能告诉月儿，他嘴角便更沉。

楚星叹了口气，捧住她小脸，轻啄了一下：“没什么大问题，怎么过来找我了？”

“在宫里闷着也是闷着嘛，正好出来走走。不过我是坐步辇过来的，你不要担心。”

楚星点头：“嗯，那待会儿咱们去御湖走走？”

“好呀。”城月笑嘻嘻地点头。

出门的时候，李瑾还在门外跪着。城月看见他的正脸，记起他来。

“你让他起来吧，改成罚俸禄好了。”城月拉楚星袖子，替李瑾求情。

她声音不大不小，李瑾也听见，意外地抬头看她一眼。

城月根本没看他，已经和楚星走出去了。

李瑾的目光追随着他们出了门，直到背影消失。

刘培恩过来，说道：“李大人，您起来吧。”

李瑾对刘培恩说：“多谢刘总管。”

刘培恩摆手：“李大人还是谢皇后娘娘吧，毕竟咱们陛下只听娘娘的话。”

李瑾压下惊讶，他确实觉得楚星有些不同了。李瑾与刘培恩道别，往出宫的方向去，在路上，被拦住去路。

来人是李珠。

李珠屈膝行了个礼：“二哥。”

李瑾停下脚步：“不知娘娘有什么事？”

李珠垂眸，欲言又止，最后叹了口气，说道：“二哥，你同父亲的筹谋，我都知晓。我只是想劝你们一句，还是尽早收手吧，你们又如何能保证，一定能比陛下做得更好呢？万一你们弄得天下大乱，苦的还是百姓。”

李瑾冷哼一声，一言不发，径自从她身边走过。

李珠看着他的背影，只得叹气。

清风吹拂，御湖湖面上波光点点，看来倒是舒服。城月拉着楚星上了一艘船："我们去湖上玩吧。"

楚星点头，接过船桨，命船娘去别处暂作休息。

御湖里会栽种荷花，夏天划船从湖里经过，可以采摘莲蓬，是番好滋味。不过这时候，湖中空空，什么也没有。一叶扁舟划过去，只有涟漪轻泛。今天的阳光很好，洒在人身上，暖洋洋的。

城月坐在船头，轻晃着身体，口中哼着歌儿，可见甚是高兴。楚星看她一眼，也忍不住笑。两个人和乐融融，碍了岸上人的眼。

伊尔趴在宫墙上，一眼就认出了楚星，以及他身边的女人。她被禁足宫中，可她自小习武，宫墙这点高度，哪能困住她。

她想起昨夜的事，觉得这是对她的侮辱。她都送上门了，竟然如此羞辱她，难道这世上真有男人能从一而终吗？

她可不相信。

她父皇宫中妻妾成群，数都数不过来。若不是她生得好看，只怕她父皇根本不记得还有她这个女儿。

伊尔目光落在那个女人身上，心下有了盘算。

她和身边的侍女说："你去给哥哥修书一封，就说我有事找他帮忙。"

"是。"侍女跳下墙去。

伊尔抬头，正好瞥见船上二人在拥吻。

她攥紧了拳头，心中愤愤不平。

深夜，驿馆。

南楚王子的房中点了炭火，噼里啪啦地烧着。

伊尔道："兄长也该收敛一些，在人家的地界上，还做得如此过火。"

她所说的正是关于兄长伊达遇刺一事。实则并非遇刺，而是他强抢民女，结果人家不从，闹出了人命，才谎称遇刺。

伊达不耐烦地挥手：“行了，你别说教我。你给我的信我看了，你还不是一样的胆大妄为。”

伊尔啧了声，她在信中所说的确胆大，但是她非常想这么做。她想带走楚星身边那个女人。这事太难做，因而她需要帮手。

“你在信里所说的帮手是谁？靠谱吗？”伊尔问道。

伊达点头：“是大昭的一位官员。”

伊尔狐疑：“他们大昭的官员，怎么会帮助我们？”

伊达说：“如果这事成了，京城必定会发生动乱。动乱，就是他要的结果。”

“他要什么？做新的皇帝？”伊尔想起楚星的脸来，她的爱，已经变成了一种恨。

伊达又不耐烦了：“管这么多做什么，反正他愿意帮我们就是了。话说回来，你为什么非要带走那个女人？”

“你别管这么多，反正我要带她走，让皇帝一辈子也找不到她。”

炭火又爆了一声，伊尔与伊达商量完，趁着夜半无人，又溜回她的宫殿。

伊尔心道：这皇宫看似守卫森严，却让我进出自如，实在无趣。

殊不知，她的一举一动，皆被人看在眼里。

阿一早就发现了她的行踪，且已经禀报了楚星。

“南楚公主已经从驿馆回来，似乎有所计划。”

“嗯，孤清楚了，继续跟着吧。”

之所以会怀疑到伊尔身上，还是因为前几日南楚使团遇刺一事。

那日楚星罚了李瑾，李瑾虽然担下罪责，却仍然让楚星觉得奇怪。按理说，近年来京城很太平，匪寇之类更是少见。而南楚一行人，是远来之客，又没有仇家，怎么会忽然遇刺。于是，楚星命人继续追查，才调查到真相。

哪有什么遇刺，原来是强抢民女，却谎称遇刺。这么大的事，却没激起水花，若不是大昭内部有人相帮，又怎能如此平静？

楚星摩挲着扶手上的龙头，他一直都明了，他这皇帝做得树敌颇多，但没想到李家竟然会串联外邦。

楚星垂眸，沉思许久，起身出了殿门，命步辇去坤宁宫。

城月正在窗下学写字，一抬头，从窗户里远远看见楚星过来，即刻扔了笔，向他招手：“楚星，你来啦。”

她已经怀孕快六个月，身子越发笨重，且肚子比同期孕妇要大一些，连跑动都已经十分困难。城月从房里踱步出来，扶着肚子，快步往楚星身边来。

楚星比她更快一步，稳稳扶住她，皱眉道：“我会走向你的。”

城月撇嘴，理直气壮地反驳：“那也不能全是你走向我，要一起的嘛。”

楚星被她说得笑起来：“好，月儿说得对。今天感觉怎么样？”

城月笑得露出牙齿：“好多啦。”

楚星扶她进门，让她在榻上坐下，替她脱了鞋袜。城月的脚水肿得厉害，楚星看着，又蹙眉。

“早知如此，就不让你生孩子了。”他喃喃自语。

城月抱住他脖子，摇头：“不，要生的。”

楚星看她这样，又笑了：“好，就生这一个。”

城月的腿被他攥在手里，轻轻地按摩，这是杨太医教过的手法。

“那，要是生个女儿怎么办？”

身边的人都在说最好生个小皇子，因为小皇子能继承皇位。

如果她生一个女儿的话，那该怎么办呢？城月不由得纠结起来。

楚星却说道：“女儿好，女儿会像月儿一样漂亮可爱。”

他从小腿替她按摩到大腿，又换另一条腿。

城月低着头：“可是，如果这样的话，那……那没人继承皇位了，楚星要跟别人生吗？”

楚星瞪她一眼：“什么话？哪有别人？那就给我们的女儿继承。”

“啊？这样可以吗？”城月不可置信。

“为什么不可以？”楚星语气寻常，放下手，但没把她的腿放下去，仍旧放在自己腿上，看着她的眼睛，“月儿不能这么想我，怎么会有别人呢？”

快到五月，今年的春天十分短暂，不过眨眼工夫，天气已经热起来，春衫又要换夏衫。因为怀孕，城月近来容易出汗，活动起来很不方便。她干脆瘫着，由宫女们伺候着扇风。

城月每日要午睡，这日殿中只有一个打扇子的小丫头陪着。窗户半开，透进丝丝缕缕的凉风。城月翻了个身，呼吸平稳。打扇子的小宫女捂嘴打了个哈欠，眼皮耷拉下来，没了精神，也趴下来，很快睡着了。

万籁俱寂，只听见窗户咯吱一声，有人影从窗户闪进来，落在房间的地板上。

来人正是伊尔，伊尔在房间里打量一番，目光落到桌上的茶壶上。她打开盖子，从怀中掏出一个纸包，纸包中是白色粉末，顺着杯壁落进杯中。

伊尔搅了搅，面上闪过一丝阴森的笑。

这是她们南楚特产的蒙汗药，人吃下去，必定会睡得如同死猪一样。等到了夜里，那个女人喝下这茶水，伊尔就会过来把人带走。

伊尔又看一眼那熟睡着的女人，感到非常不解：这女人分明长得不如我，真不知道楚星喜欢她什么。

伊尔听见有脚步声，一闪身，又从窗户翻出去。

脚步声渐近，是彩蝶端着酸梅汤过来。她见两人都睡着，皱眉轻声叫醒了那个小宫女：“你怎么也睡了？”

小宫女揉眼，马上认错：“对不起，彩蝶姐姐，我也不知道为什么，忽然好困，就睡了过去。”她强迫自己睁开眼，打起精神来。

彩蝶叹了口气，接过扇子：“你下去吧，我来伺候就好。”

小宫女谢了她，退出门去。

城月这一觉已经睡了一个时辰，还没醒，眼看着外头太阳都要落下去，彩蝶看向城月，犹豫着要不要叫醒她。上午陛下来过，似乎出了什么大事，又匆匆地走了。

彩蝶看着城月的睡颜，想着城月永远是这样，对谁都很信任。彩蝶长叹一声，她一点也不知道城月到底是不是她妹妹，她脑子里产生过很多大胆的想法，比如说，带城月走。

彩蝶始终不信任陛下，她害怕城月会受到伤害。可是转念一想，若是城月并非她亲生妹妹，这一切又当如何呢？

她时刻处在这种犹豫和纠结之中，难以抉择。

城月眼睛睁开一条缝，还没清醒过来。这一觉睡了很久，她嗓子很痛。

“想喝水。”城月撑起身，目光有些呆滞。

彩蝶起身去给她倒水，不知道是不是水不干净，倒出来的水有些浑浊。彩蝶多想了想，还是把那一壶水给倒了，毕竟城月有孕，不能冒险。

彩蝶叫雪蕊去另取一壶水来，倒了一杯给城月。城月喝得急，被呛到，咳嗽起来。

彩蝶替她拍背：“慢点喝。”

城月揉了揉眼，看着外面的日光，问道：“什么时辰了？”

彩蝶报了时辰。

城月从床上下来，她睡了太久，这会儿没什么力气，被彩蝶和雪蕊搀着起身，行至院子里透气。这会儿阳光还有些晒人，彩蝶与雪蕊扶着她走了一圈，又回到房内。

城月清醒过来，问道：“楚星还没回来吗？”

雪蕊点头：“是呢，不过应该快了，娘娘您别急。”

城月“哦”了声，趴在桌上，又问道：“晚上吃什么？”

彩蝶和雪蕊相视而笑：“娘娘想吃什么？”

城月说：“都想吃。”

两个宫女又笑，先前彩蝶端来的酸梅汤还在，城月喝了半碗，还是酸得牙疼。她最近疯狂想吃酸的，又完全吃不了，很是难受。

几个人说着话，便听见来人报，陛下驾到。

城月一听见楚星的名字，皱着眉出门迎他。

楚星比她走得还快，快一步接住她，看她苦着张脸，以为出了什么大事，忙问道："怎么了？"

"好酸。"城月略带哭腔，说着说着就哭起来，"酸梅汤太酸了，可是我想喝，怎么办？呜呜呜……"

楚星哭笑不得，放她在榻上坐下，拿过她已经喝了半碗的酸梅汤尝了一口。

楚星对酸的承受度尚且可以，他喝了一口，觉得还行。

城月眼巴巴地看着他，楚星低头，捧住她的脸，凑近了，用嘴喂给她，舌尖相碰，唇齿交缠。

楚星依依不舍地放开她："还酸吗？"

城月脸上还挂着泪，摇头："不那么酸了，再吃一口。"她扯着楚星的衣领，自己巴巴地凑过来。

日影西斜，落在房里的墙上。墙上挂着幅画卷，画中是一位少女。画卷和日影痴缠，日影从画卷首吻到画卷尾。

夜里闷热，蚊虫也多起来，窗户开着，窗下点一炉熏香。纱帐清透，赶过帐中的蚊虫，才放下帘钩。

城月靠着软枕呼气，楚星手里拿着小团扇，替她扇风。她穿一身轻薄的寝衣，手肘靠在枕头上，小腿蹬在软榻上，抱怨道："好热。"

楚星不紧不慢替她扇着风："我替月儿扇风，月儿快睡吧。"

"好。"她软软应着，撑着身子缩下去，顺便把脚边的被子蹬掉。

楚星轻笑了声，拦住她的动作，将被子一角盖在她肚子上："会着凉的。"

“才不会，这么热。”城月嘴上反驳，身体还是诚实地接受了被子。

她闭上眼：“我睡了，楚星。”

“睡吧。”

她很快睡过去，待她睡过去，楚星才放下扇子，也跟着躺下。城月翻了个身，手和脚全靠上来，像藤蔓一样把他缠住。楚星搂住她，也闭上眼。

已经能听见蝉鸣。

夜渐深，屋顶上瓦片松动，人影掠过去，落在窗外。一双眼往里张望，确认屋内的人已经睡熟，才从窗户翻进去，差点踩翻一炉熏香。

伊尔穿着夜行衣，摘下面罩，靠近床边。她冷笑着，随着脚步靠近，笑容却僵在脸上。

床上只睡着城月，而另一边，男人从黑暗处走出，负手而立，神情冷厉，如同要将伊尔生吞活剥。

“真是自找死路。”楚星看着面前的女人，一抬手，身后的人便齐齐上前，将人围住。

伊尔看着楚星，问道：“你为什么这么喜欢这个女人？她到底有什么好的？”

楚星懒得看她，脚步一抬，往床边去。城月脸上有层汗，楚星拿出手帕，替她擦了，慢条斯理地说：“这与你无关。你们南楚人，实属劣根难驯。”

伊尔冷笑一声，扫视一圈，又说道：“你知道我原本想做什么吗？”

楚星不理她，仍旧看着城月，甚至抬手捂住了城月的耳朵，怕吵醒她。

伊尔看他的动作，心中更是来气，愤愤道：“我本来想把她带走，然后卖到花楼去。你说，我要是成功了，你会如何？我看你顶多难过几年，等几年过去，你还不是会把人忘了……”

楚星听她口出狂言，越听眸光越暗，手中拳头紧紧攥着。即便知道这是不可能的，因为他会把月儿保护得很好，不会让她有这种危险，可从伊尔嘴里听见这些，脑子还是不受控制地想起那种画面。

倘若月儿有事，别说几年，这一生他都不会忘记月儿的，当然了，他也不会忘记把伤害她的人千刀万剐。

楚星拳头越握越紧，从腰间抽出剑，剑飞出去，从伊尔的脖子旁边擦过。动作太快，她的话语戛然而止，似乎不敢相信，待反应过来才腿软瘫在地上，瞪大眼睛看着楚星。

“来人，带下去。”楚星努力克制住情绪，不让自己失控，“关押进天牢，再行处置。”

伊尔毕竟是南楚公主，不好随便处置，还有她的兄长，在大昭的京城强抢民女，触犯了律法，却被李瑾父子包庇，颠倒是非黑白。他们兄妹暂不好处置，可李家如此行径，可以说是通敌叛国。是他仁慈得太久了是吗？

“李家……李家……”楚星喃喃，思索该如何处置他们。倘若是按照他从前的脾气，必定毫不犹豫诛九族，但是如今月儿还未生产，他不想造太多杀孽。

正犹豫着，忽然听宫人来报，说是李珠来了。

楚星沉默片刻，道：“带她进来。”

李珠走进来，行礼：“臣妾参见陛下。”

那个高高在上的男人甚至没有看她一眼，只是眷恋地望着身边熟睡的人，说：“说吧。”她既然这时候来，必定是要说些重要的事。

李珠垂眸，咬着下唇苦笑，道：“臣妾今夜求见，是为父亲与兄长而来，他们犯了大不敬的罪行，臣妾知道不可饶恕，但……还望陛下网开一面，放过李家那些不知情的人，莫要牵连太广。”

楚星冷声道：“你凭什么与朕谈条件？你既然知情，知情不报是什么罪名？”

李珠道：“陛下虽知道臣妾父兄有罪，却没有确凿的证据，不是吗？名不正言不顺，只怕不能使天下人信服。臣妾手上有证据，以此作为交换，只盼陛下能网开一面，别牵连无辜的人。”说完，她重重地一磕头。

楚星合上眸子，又默然片刻，道：“好，朕答应你。来人，传朕旨意，李家通敌叛国，证据确凿，按律例当株连九族，然朕顾念李家于社稷之功德，只追究有罪之人，不牵连无辜。”

接二连三的动静下，城月悠悠转醒，看见楚星绷着脸，身躯微微颤抖。城月不知道发生了什么，她只是本能地爬起来，抱住了楚星。她什么话也没说，动作里尽是眷恋的意味。

楚星回抱住她，抱得很紧很紧，呢喃着：“月儿，我离不开你。”

旁人只看见月儿是如何依赖他，如何有福气，得他宠爱，殊不知，其实事实反过来是楚星离不开城月，是他有福气，得她宠爱。

楚星缓过神来，抱城月起身：“这里不能睡了，我们换个地方睡，好不好？”

城月顺应地揽住他的脖子：“好啊。”

楚星抱她出门，语气极致温柔：“去哪儿呢？”

“都行啊，有楚星就行了。”

“那天涯？”

“好啊。”

“海角呢？”

“也好。”

年轻的帝王抱着他心爱的妻子，步调沉稳，一步一步走下台阶。身后的天空里，星星闪烁，月亮明朗。

/番外一/

·江南轶事·

这时节正值春夏之交，江南气候与京城不同，水乡风光养眼。画舫游船陈列江上，女子的笑声与岸边绿树相点缀。空气中飘着甜味，若仔细分辨，便能发现有些是街边的花香，有些是女子的脂粉香。

今日是个好天气，艳阳高照，城月与楚星牵着手在街上闲逛。

这一趟出门算是微服私访，刘培恩和彩蝶都在身后跟着，不远处更是设下便衣侍卫暗中保护。众人皆穿着民间服饰，穿梭于街巷之中，瞧着不过是谁家少爷陪少奶奶出门。

即便两个孩子都已经快七岁了，楚星与城月看起来还是很年轻，倒像是新婚夫妻似的。

城月生了一对龙凤胎，这一胎可谓是被寄予厚望。

临盆之时，皇后娘娘哭得脸都花了，陛下黑着脸，差点发飙，好在最后母子平安，众人都松了口气。就这情况，谁还敢期望有下一次？何况陛下在皇后产子之后，便将后宫一并遣散了。

不管怎么说，好在已经有小皇子，也算堵住了诸位大臣的嘴。

小皇子与小公主皆生得活泼可爱，更是聪敏非常，诸位大臣都觉得只要孩子不长歪，他们就能安心去见老祖宗了。

这一次微服私访，原本臣子们都是不同意的。毕竟这样远，少说都得走上半年，这半年国家政事可怎么办？

楚星差一点就要撂下一道禅位圣旨，把江山社稷都扔给不足七岁的儿子，被一众臣子力谏：“陛下三思，此事万万不可，太子殿下年纪尚小，尚不能担此重任。”

两相比较，臣子们只好同意让他们出去。

于是，楚星便带着城月来了江南，还带了小公主，没带小皇子。

小皇子被迫留在了京中，听大臣们唠叨。

小皇子很是不满，但抗议无效，父皇向来如此，说一不二。

母后则一脸骄傲地摸着他的头，说道：“哇，好棒！”

算了，妥协了。

父皇闻言，一记眼刀杀过来：“他很棒吗？”

城月点头，笑得眉眼弯弯，挽住楚星胳膊：“对呀，毕竟是楚星生的，随楚星嘛，但还是楚星更厉害一点！”

楚星脸色这才好看了一点，只不过临走之前，又特意嘱咐太傅，给小皇子多留些功课，不必拘束。

城月一手牵着楚星，一手牵着女儿，笑吟吟看着街上人来人往。他们听闻城中有一家很灵的佛寺，这会儿也正往佛寺去。

抵达佛寺已经是傍晚时分，一行人在佛寺厢房安置下来。他们没暴露身份，但是出手大方，加之衣着富贵，寺中众人皆好生相待。

城月与楚星宿在一间，刘培恩与彩蝶几人皆在隔壁房间。小公主跟着彩蝶和雪蕊一起，她向来与她们关系好。

城月逛了一天，身心俱疲，眼皮都耷拉几分。她在榻上坐下，看一眼楚星，抓过他的手，懒懒地靠在他肩头，一面轻揉他的手玩，一面和他说话：“江南真是好玩，都不想回去了。”

她不过随口一说，说完怕楚星又要撂挑子，又抬头说道：“但是有楚星在，在哪儿都是好玩的。”

楚星笑了声，轻抚她后脑勺。

臣子们也好，宫人们也罢，都在这事上达成了共识：陛下这几年是越发仁慈了，不仅笑的次数多了，整个人都变得开朗许多。

这是好事，皆大欢喜。

楚星其实自己也有所察觉，他越发像个寻常人。从前他不这么觉得，因为他那时候并不能控制自己的情绪，暴躁易怒。而如今，一切都往好的方向走，这都是因为怀里的这个人。

他看向城月，眼神中尽是眷恋爱意。

城月和他絮絮叨叨地说起今日感受，这几年她学了不少东西，虽然学得慢，但也比从前聪明不少。

楚星替她抚顺发丝：“月儿累了吗？”

城月点头，捂嘴打了个哈欠：“是有些累了。”

“那就睡会儿吧。”

城月躺下，楚星拍着她的胳膊，哄她入睡。

厢房一角安置了一个小香炉，烟雾袅袅升起，没一会儿，楚星也觉得有些困倦，便躺了下来。

已经入夜，楚星眼皮沉沉，拥着城月睡过去。

楚星醒得早，这一觉睡得格外好，神清气爽。他轻手轻脚起身，出了厢房门，练了会儿功。

晨练结束，寺中一个小沙弥来寻他，说是寺中住持想见一见他。

楚星没多想，等见过这位大师回来，想来月儿便醒了。他便欣然应允，随小沙弥一道前往。

小沙弥领楚星到门口，说道："阿弥陀佛，施主且进去吧，我师父正在里头等你。"

楚星推开门，果真见一胡子发白的老僧定坐于蒲团之上。

老僧睁开眼，面带笑意："施主请坐。"

楚星便在一旁坐下，询问缘由："不知道大师找我有何事？"

老僧看着他笑了笑："施主身份尊贵，贫僧倒是没什么大事，只是想为施主讲一个故事。从前佛祖问阿难……"

楚星皱眉，只觉得疑惑，这好端端的，讲什么故事？不过左右无事，他便忍下了。

房中亦有一香炉，香烟袅袅，听得楚星竟有些困倦。他捂嘴打了个哈欠，意识逐渐模糊。

再醒过来，楚星发觉身体有些异样，他好像无法驱使自己的手和脚。这种无法驱使，并非说全然不得动弹，他能动，但是不太对劲。

他的手和脚都不太对劲，好像变短了不少，并且还长满了白色绒毛。

楚星发觉到这一点之后，心中惊骇不已，他行至一摊水前，从水的映照中看见了自己脸上也长满了白色的毛，瞳孔是蓝色的，鼻子旁还有六根很长的胡须。

他变成了一只猫？

楚星沉默了片刻，随后不满地发出声音："喵——"

楚星沉默了，他真的变成了一只猫。

他分明清楚地记得，他在那老僧的禅房之中，听老僧讲什么故事。怎么此刻，竟变成了一只猫？

他直觉这一切与那老僧脱不了干系。

楚星抬头，从他的视角看周边一切，都变成庞然大物。他甚至都无法分辨如今身在何处，便是想找那老僧问清楚，也找不到路。

他会不会一辈子变成猫？那他的月儿怎么办？

正想着，便听见开门的声音，以及脚步声。

“哎？这是哪儿来的野猫？”说话之人正是刘培恩。

刘培恩起了个大早，去打点了一下，这会儿恰好回来，就看见院子里多了一只通体雪白的猫。

“哟，野猫容易伤人，还是赶出去吧。”刘培恩刚说完，便看见城月的房门打开了。

城月伸了个懒腰，一下就看见了那只猫。她面露喜色：“哎？这是哪儿来的？”

楚星被刘培恩拎着后脖子，叫天天不应，叫地地不灵，他还从未有过这种狼狈的时刻。

好在城月及时出现：“这猫真可爱，别赶走啦。”

楚星被送到城月手中，回头狠狠挠了一把刘培恩。

刘培恩痛呼，劝道：“夫人，你看这猫这么野，要不还是……”

闭嘴，再不闭嘴，孤便杀了你。

楚星意欲开口训斥，无奈出声尽是“喵喵喵”，反而听得城月捂嘴笑：“哪有，你看它这么可爱。哦，乖乖，是不是饿了？刘……管家，你去寻些吃的来吧。”

城月一面吩咐刘培恩，一面哄着猫往房里去。

楚星安静下来，觉得实在是太过丢人，不能再开口了。

打定了主意不再出声，楚星便真的紧闭牙关，任城月怎么逗也不出声了。

城月顺着他的毛：“乖乖，你怎么不叫了，是不是饿坏啦？不怕不怕，马上就有吃的啦。”

楚星忍着不出声，由她顺着毛，可还是忍不住蹭了蹭她的手背。

城月笑容更甚，甚至抱他在怀里，像抱孩子。

刘培恩回来得很快，带了些饭食，放在桌上：“哎，看这里，是吃的，快吃吧。也就是遇上我们家夫人这么好心，这要是换了老爷，指不定……”

刘培恩把食物喂到他嘴边，自认为已经做得很周到，哪知道又遭了一下挠。

“哎哟喂，怎么还挠我？”

猫爪子一下钩在刘培恩衣服上，城月笑得不行，但还是护着猫，把他爪子拿下来，亲自拿了东西喂他。

刘培恩觉得惊奇：怎么我喂就不吃？

“夫人，这可真是奇怪了，这猫看来和您有缘分哪。”

楚星瞪他一眼：我和月儿自然是有缘分的，还用得着你来说？

刘培恩自然感受不到，继续说着：“只不过到底是野猫，夫人也不能带着走……”

若是自己一直成了猫，月儿不带自己走，那可如何是好？想到这里，楚星回头咬了刘培恩一口，只盼他能早点闭嘴。

刘培恩“嘶”了声，哎哟叫唤。城月见状，赶忙叫人来。

楚星看城月一眼，一下跳进她怀里，拿头轻轻蹭她：“喵——”

刘培恩越发不满：“这猫……怎么还看人下菜？”

城月受用得不得了，笑嘻嘻地抚摸猫头：“一只猫而已，何况这么可爱，和楚星说一下，便带着它吧。对了，楚星呢？”

她睡醒，便发觉楚星不在。

刘培恩倒是知道楚星去了住持那儿，如实相告，但这么久了，也该回来了才是。他也觉得奇怪，便差人去问。

那人回来说：“住持说请我们家老爷去帮忙办件事，兴许要耽误两日。”

城月没有怀疑：“哦，这样啊。两日……”她已经很久没和楚星分别过这么久了，还有些怅然。

“怎么也不和我说一下？”城月嘟囔着，抱紧了猫。

楚星有苦难言，只好拿爪子扒拉她一下，暗示她：“喵——”

那老和尚铁定有问题，他变成猫一定是他干的，可是要怎么办？

城月感受到猫的动作，以为他是害怕，又哄他："好了好了，乖乖不怕。"

楚星又"喵"了两声，见他们全然没有反应，只好作罢。

晌午时候，城月去见住持，便问起楚星的事："住持，他是去做什么事了？怎么也没和我们说一声？"

住持笑着念了句阿弥陀佛："施主放心吧，两日后，他定会回来的。"

楚星看见这老和尚便火大，从城月怀里跳出去，一下扑向老和尚，试图咬他一口。无奈被城月抓住，逮了回来。

"哎，乖乖，可不能乱咬。"

老僧看着猫，笑得更深了："无碍，无碍。这两日，诸位便先在寺中好好休息吧。"

楚星被城月放在桌上，兀自生着闷气。那老和尚说的话也不知可信不可信，如今也只能当他可信，两日过后便会变回来。

可是这两日，也很难熬。

楚星爬下来，窝成一团，做猫真是干什么都不行，这爪子也不好用。他很生气，可又没什么用。

城月逗他："乖乖，你是从哪儿来的呀？"

他当然回答不了。

城月又说："没事啊，你遇见我了，我会好好保护你的。"

楚星心中一暖，又蹭了蹭她。

城月说着说着，又说起楚星，有些难过："楚星应该不会有什么危险吧？唉……"

楚星闻言，伸出舌头舔了舔她手背，是安抚的意思。

城月明白了他的意思，笑了笑："好，咱们都高兴一些。"

听闻城月捡了只猫，彩蝶与雪蕊也跟着过来逗猫。可这猫就跟人似的，谁也不理，只理城月。

雪蕊嘀咕着："真是稀奇。"

楚星只能在心中生气：你们懂什么？

尽管他对旁人都凶得很，还是有不怕死的想要摸摸他，楚星便东逃西窜，屋子热闹得很。

时间过得倒是快，很快便到夜里。

刘培恩他们本是把楚星放在门外，可楚星这些年和城月待在一起习惯了，便想方设法要进门。他想从窗户跳进去，可窗户关得紧，根本没机会。

最后，他只得挠门，一边挠门，一边叫唤。

城月听见声音，还是不忍心，便把他放进了房间里。

城月也不习惯一个人睡，躺在床上翻来覆去睡不着，只好又爬起来和猫说话。

楚星便在她身侧躺下，"喵"了声。

城月很感动："乖乖，你也太乖了。"

这一晚，楚星睡在城月身边。

等待的时间简直是一日三秋，楚星恨不能直接将时间拉到第三天。

好在第二天深夜，楚星就变了回来。

城月一觉睡醒，看见楚星，惊喜得不得了，一把抱住他："你可算回来了，楚星。"

楚星本想去找那老和尚算账，想了想，又作罢。

只不过临走的时候，那老和尚竟还装模作样问他感觉如何。

楚星黑着脸，拂袖就走。

城月不明所以，还追问楚星到底是去做了什么。

做了什么？不过是做了两日猫。

但这话是万万不能说的，只能成为楚星一个人的秘密。

/番外二/

·山河甚美·

孤这一生，落在史书上只怕尽是批判之语：暴戾恣睢、残暴不仁、视人命如草芥……

孤都认。

孤的前半生的确如此，但孤的后半生却并非如此。

至于这前后半生的分界，却非按年龄划分。孤虽然活到七十岁，但孤的前半生却只算到二十岁。

只因孤在二十岁那一年，遇见了一个人。

一个让孤觉得不枉此生的人，一个让孤觉得日子也能过得高兴的人，一个很善良很天真很可爱的人。

故而，孤的后半生便为她改了许多。

孤从前并不信鬼神之说，但为了她，还是想信一信，只好也收一收那些戾气，攒一攒善缘，只盼下辈子还能遇见她。若是遇不见，便将这些善缘都给她吧，让她下辈子也过得开开心心的。

至于史书，随史官们怎么写吧，孤只有一个愿望：能与她一同留下名字。这样也好让世人知道，孤曾遇到过这样一个人。

在孤四十岁这一年，孤的儿子二十岁，他已经长成了一个大人，他比孤要出色得多。他仁慈、知礼数，让臣子们赞不绝口，政治才能上也很出色。

孤看着他，其实有一些嫉妒。因为他拥有这么多的爱，在这么多的爱里长成：月儿的，他妹妹的，以及孤的。

虽说孤的爱几乎全部给了月儿，分给这俩孩子的已经所剩不多，但孤确确实实是爱他们的。孤看着他们一天天长大，孤很高兴。

至于孤的女儿，她与月儿很像，善良真诚，又活泼开朗，也很勇敢。只不过她比月儿幸运一些，她是在许多爱中长大的，打小就有孤和月儿撑腰，活得恣意得很。她不像她的哥哥，需要承担许多责任。但她与她哥哥感情甚笃，孤很欣慰。

孤看着他们高兴，看着月儿高兴，孤也就高兴。

孤在四十岁这一年，终于能把这担子交给孤的儿子。孤相信，他会做得比孤更好。而孤，只想和月儿一道四处游玩。

天下山河甚美，若是能与月儿同赏，那便是人生至美。

孤这一辈子，甚是幸福。

/后记/

生活也许有很多困境，倘若渡你的人还未出现，
看完这个故事，希望能给你一点温暖和治愈

这个故事最开始出现在我脑子里，是2020年的夏天。那时，我临近大学毕业，站在人生的分水岭上，毕业论文、工作、家庭一团糟，没有一件事是顺利的。

毕业论文我写得不顺利，因为自己水平不足，而导师又是十分认真的人，导致我写得很痛苦，几乎每一次打开电脑，就止不住流泪。工作也没有找到，因为都不合心意，心里始终抱着对于理想的一点幻想。至于家庭，家家有本难念的经，没办法。

总之，因为这许多事，我一度十分崩溃。

大概很多人都有过这种想法，在人生遇到窘境、困境、逆境的时候，希望能有一个英雄出现，他不一定要踏着七色祥云，但是他一定会救你出苦海。

于是，我的脑子里冒出了一个关于救赎的故事。

一个有心理疾病的皇帝，遇到了一个无条件治愈他的小姑娘。他们天生一对，世间绝配。

楚星遇见过很多人，那些远距离观望他，因为他的脸和权力而对他产生好感的人。她们的喜欢很轻，和城月不一样。城月是无条件地相信他，包容他。

于别人而言，楚星是恐怖的怪人，但是他也希望有人能看见这么可怕的自己之后，仍旧能坚定不移地喜欢他。城月就是这样一个人。

其实反过来，也是楚星无条件地相信城月，包容城月。正因为如此，所以楚星和城月才是天生一对。换了别人，都不行。因为救赎和被救赎其实是相对的，也相辅相成。

“救赎”二字听起来很大，其实不然，也许只是不经意的小事，就能拯救一个人。也许是你在深夜和人说起一句谢谢你，也许是某一天随口的一句夸赞。

在我觉得特别难熬的时候，有一天晚上，我刷到一个初中同学的动态，他说：突然想起初中毕业那会儿写的同学录，记得你写了“睡神附体”四个字。如果我说这次我一定好好学习不再睡觉，是否还能追上你的步伐？

那个“你”就是我。

他认识我的时候，我还是一个很优秀的人，尖子生，成绩数一数二，按部就班读书，以为人生也就是这样下去。后来我念高中，身边多了很多更优秀的人，我变得不再光芒万丈，甚至曾经因为数学考 15 分被老师约谈。再后来，我上了一所普通一本大学，变得更加泯然众人。我甚至觉得自己已经像一摊烂泥，散发着腐败的气息。

这些年，我也从一个经常晒生活的人，变成动态寥寥。他仅能从我的社交平台上的只言片语中，想象我的生活。

那天夜里，我看见这条动态，感触很深。那时候我刚大学毕业，前途一片渺茫，情绪也很不好。

我想，原来我在他眼里，还是那个光芒万丈的人。我曾经是那样的人啊。

于是，我又打起精神来，应付生活的一切困境，如今再难过的事情也过去了。

谢谢读到这里的你。

生活也许有很多困境，倘若渡你的人还未出现，看完这个故事，希望能给你一点温暖和治愈。

陈十年

2021年春 长沙